Sheila Roberts

Weihnachtsbote auf vier Pfoten

Sheila Roberts

Weihnachtsbote auf vier Pfoten

Roman

Übersetzung aus dem amerikanischen
Englisch von Ulrike Moreno

Lübbe Ehrenwirth

MIX
Papier aus verantwortungsvollen Quellen
FSC
www.fsc.org
FSC® C006701

Dieser Titel ist auch als E-Book erschienen

Titel der amerikanischen Originalausgabe:
»The Nine Lives of Christmas«

Dieses Werk wurde vermittelt durch die Literarische Agentur Thomas Schlück GmbH; 30827 Garbsen

Lektorat: Judith Mandt
Textredaktion: Dorothee Cabras, Grevenbroich
Umschlaggestaltung: Tanja Østlyngen
Umschlagmotiv: © Shutterstock / Perry Harmon
Satz: Fotosatz Amann, Aichstetten
Gesetzt aus der ITC Berkeley
Druck und Einband: CPI – Ebner & Spiegel, Ulm

Printed in Germany
ISBN 978-3-431-03879-8

5 4 3 2 1

Sie finden uns im Internet unter: www.luebbe.de
Bitte beachten Sie auch: www.lesejury.de

Für Ruth

Kapitel Eins

Wer ein ernstes Problem hat, beginnt gern, mit seinem Schöpfer zu feilschen, und Ambrose feilschte wie verrückt. Scharfe Zähne schnappten nach ihm, und sein ganzes Leben – oder genau genommen alle sieben – rollten noch einmal vor seinen Augen ab. Wenn dieser Hund ihn erwischte, war es aus.

Zu Hundefutter zu werden war eine sehr konkrete Möglichkeit, da der Baum, den Ambrose sich ausgesucht hatte, klein und der Ast, auf dem er hockte, nur ein dünner Zweig war, der kaum ein Kätzchen tragen konnte, ganz zu schweigen erst von einem ausgewachsenen Kater. Und die große schwarze Bestie dort unten schien Federungen an den Pfoten zu haben.

Ich werde alles tun, maunzte Ambrose. *Alles! Aber lass mich bitte noch ein bisschen länger leben!*

Dies war Leben Nummer sieben. Er wusste, dass er kein weiteres erhalten würde, doch er würde sich auch gern mit einem längeren begnügen, in dem er seine Tage gemütlich beenden könnte. Unter den gegenwärtigen Umständen wäre es allerdings ein Wunder, wenn er das noch erleben würde. Aber erst neulich hatte er Leute Lichterketten an den Häusern anbringen sehen, was bedeutete, dass in Kürze die Weihnachtssaison beginnen würde, und war Weihnachten nicht angeblich die Zeit der Wunder? Nicht dass Weihnachten je gut zu

Ambrose gewesen wäre. Für ihn war es gewöhnlich die Zeit, in der er es irgendwie schaffte, sein Leben zu verlieren.

Deshalb überraschte ihn auch nicht, was ihm da gerade widerfuhr. Doch das bedeutete ja nicht, dass er es mögen musste. Was für ein schreckliches Ende, von einem blutrünstigen Straßenköter von einem Baum gezerrt und brutal ermordet zu werden! All diese Häuser und nicht ein einziges menschliches Wesen in der Nähe, um ihm an diesem kalten, grauen Morgen beizustehen! Aber auch das war eigentlich nicht sehr überraschend. Die Menschen kauften Häuser und hielten sich dann nur selten in ihnen auf … bis sie alt wurden und ihre Tage, so wie die seinen jetzt, gezählt waren.

Unter ihm fletschte der Hund wieder die Zähne und knurrte.

Ich brauche ein Wunder, schnell!

Nicht dass Ambrose eins verdiente. Er dachte an den kleinen Robbie, den er in seinem vierten Leben so manches Mal gekratzt hatte, und an Snoopy, Robbies armen Beagle, den er ständig schikaniert hatte. Er hätte dem Hund das Leben nicht so schwer machen sollen, aber damals war er schon ein wenig verbittert gewesen. Und wie er es genossen hatte, den alten Snoopy auf die Palme zu bringen, indem er auf ihn sprang, ihm die Krallen in den Rücken schlug und auf ihm durch das Haus ritt! Hi, hi. Das war …

… schlimm, sehr schlimm. Nie wieder würde er so gemein sein.

Warum nur hatte er sich keinen hohen, starken

Baum zum Hinaufklettern gesucht statt dieses lächerlichen Ahornbäumchens? Was hatte er sich bloß dabei gedacht? Das ließ sich leicht beantworten. Sein einziger Gedanke war gewesen: *Hau ab!*

Jetzt begann es auch noch zu regnen – dicke, eisige Kügelchen, die sich in sein Fell bohrten, und ein scharfer Winterwind kam auf und schüttelte den Baum und die Äste. *Neiiin!* Ambrose grub die Krallen noch tiefer in die Rinde. *Ich werde von nun an ein braver Kater sein und mir hier auf Erden meinen Unterhalt verdienen. Schick mir bloß Hilfe, dann werde ich es beweisen!*

Der Köter stand mittlerweile auf den Hinterbeinen, drückte mit seinem ganzen Gewicht gegen den Baum und streckte die Pfoten nach Ambrose aus, als wäre er so was wie ein Kauspielzeug für Hunde. Fest entschlossen, nicht kampflos unterzugehen, fauchte Ambrose ihn an und holte mit ausgefahrenen Krallen nach ihm aus. Das ließ das Biest noch mehr ausrasten.

Wo waren die Hundefänger, wenn man sie brauchte? *Hilfe! Hört mich jemand?*

Förmlich aus dem Nichts, so plötzlich, wie es zu regnen begonnen hatte, erschien ein Mann in »Joggingsachen«, wie Menschen diese Kleidung nannten. Er rannte auf den Hund zu und brüllte ihn an: »Aus! Schluss! Verschwinde hier!«

Mit der aggressiven Art, wie der Mann in die Hände klatschte, und seinem tiefen, hundeähnlichen Bellen verscheuchte er nicht nur den Hund, sondern bescherte auch Ambrose fast einen Herzanfall.

Das Hundevieh lief die Straße hinunter, und der

Mann sagte: »Okay, Junge, sieht so aus, als wärst du jetzt sicher.«

»Sicher«, das beste Wort der Welt! Ambrose spähte zu seinem Retter hinunter. Das Fell auf dem Kopf des Mannes war von der Farbe, die Menschen »Blond« nannten – nicht so hübsch wie Ambrose' orangefarbener Pelz, aber von einem Ton, den Menschen bewunderten, und seine Augen waren blau wie die eines Siamkätzchens. Er war groß, was bedeutete, dass auf seinem Schoß vermutlich Platz genug war, um sich bequem zusammenzurollen, und das freundliche Lächeln ließ erkennen, dass er ein netter Mensch war. Irgendetwas an diesem Gesicht kam Ambrose bekannt vor. Wo hatte er diesen Mann schon mal gesehen?

»Du bist jetzt auf dich selbst angewiesen«, sagte er zu Ambrose, der sich noch immer an das Ästchen klammerte. »Ich weiß, dass du allein da runterkommst. Du wirst auch nicht länger in diesem Wetter draußen bleiben wollen als ich«, fügte er hinzu, bevor er sich abwandte und die Straße hinunterjoggte.

Ambrose konnte kaum glauben, dass die Gefahr vorüber war. Er war nass, fror und hatte Hunger, aber er war in Sicherheit. Auch der eisige Regen ließ nun nach, und als wären sie beschämt über das Unwetter, das sie verursacht hatten, begannen sich die dunklen Wolken zu verziehen. Es würde doch noch ein guter Tag werden. Ambrose streckte sich auf dem Ast aus, um seinem rasenden Herzen Zeit zu geben, sich zu beruhigen.

Ein letzter Windstoß fuhr mit einem leisen Wispern an ihm vorbei: *Vergiss nicht, was du versprochen hast!*

Natürlich würde Ambrose das nicht vergessen. In Zukunft würde er ein besserer Kater sein. Wenn sich eine Gelegenheit dazu ergab. Es eilte ja nicht.

Schließlich kletterte er von dem Baum herunter und hatte den Rasen schon halb überquert, als er denselben Hund an der Ecke herumlungern sah. Und die schwarze Bestie hatte ihn auch entdeckt.

Ach, du Schande! Nichts wie weg! Ambrose flitzte auf die Straße.

Das Kreischen von Bremsen, ein Wasserschwall und wütendes Gehupe ließen seine sieben Leben wieder mal vor seinen Augen vorbeiziehen, als Ambrose nur knapp dem riesigen Metallmonster auswich. Wieder flüsterte der Wind ihm etwas zu. Diesmal war es: *Letzte Chance*.

Okay, schon gut, er hatte verstanden. Die Zeit, die Boshaftigkeiten der Vergangenheit wiedergutzumachen, war gekommen. Aber wie? Wo sollte er beginnen und bei wem? Der Sturm hatte die Straße von so gut wie allen Lebewesen leergefegt. Bis auf den mörderischen Hund und diesen großen Mann.

Dem Hundevieh bei irgendwas zu helfen, kam natürlich nicht infrage. Damit blieb nur noch der Mann, was ja auch sehr vernünftig war. Ein Leben für ein anderes.

Ambrose rannte los. Sein Retter hatte einen Vorsprung, aber dafür hatte er, Ambrose, vier Beine, was die ungleichen Startbedingungen weitgehend ausglich. Er holte den Mann gerade noch rechtzeitig ein, um ihn ein großes Haus in einer stillen Straße betreten zu sehen. Es ähnelte Ambrose' früherem Zuhause und war frisch gestrichen und blau wie ein Drosselei. Und es hatte auch einen Kamin. Das bedeutete ein warmes Feuer an einem kalten Tag. Kein schlechter Ort zum Landen.

Es bedurfte eines geduldigen Kampierens unter den Büschen an der Veranda, aber schließlich wurde Ambrose belohnt, als sich die Tür öffnete, um denselben Mann zum Vorschein zu bringen, nur dass er diesmal andere Kleider trug. Er trat aus der Tür, und Ambrose flitzte an ihm vorbei ins Haus. *Oh, was für eine wunderbare Wärme!*

»Hoppla«, sagte der Mann. »Was ist das denn?«

Was? Konnte er das nicht sehen? Ambrose dachte nicht daran, eine so dumme Frage einer Antwort zu würdigen, und begann stattdessen, in der Eingangshalle seines neuen Heims herumzustreifen. Interessant. Holzböden, eine Treppe auf einer Seite und auf der anderen ein bogenförmiger Durchgang zu dem, was Menschen als »Wohnzimmer« bezeichneten. Das Haus fühlte sich alt an und von Erinnerungen erfüllt wie das, in dem sein letztes Frauchen, Adelaide, gelebt hatte. Was war das für ein gemütliches Heim gewesen! Ihren widerlichen Sprösslingen waren die Erinnerungen jedoch egal gewesen. Das Einzige, was sie interessiert hatte, war, das Haus so schnell wie möglich zu verkaufen.

Zu verkaufen! Was hatten sie sich denn gedacht, wo Ambrose dann leben sollte? Natürlich hatte er es sehr bald herausgefunden, und deshalb war er weggelaufen.

»He, Moment mal, Tom«, sagte der Mann, während er Ambrose hochhob.

Tom? Wie beleidigend! Sah er etwa wie ein gewöhnlicher Kater aus? Sein Name war nie Tom gewesen. In all seinen Leben nicht! Er war Tiger-Morris-Jackie-Muffin-

Toby-Claus-Ambrose – wobei Ambrose natürlich sein letzter Name war.

»Das hier ist kein Katzenhotel«, belehrte der Mann ihn und öffnete die Haustür. Er trat hinaus, zog die Tür hinter sich zu und ließ Ambrose auf die Veranda plumpsen. Wieder in der Kälte draußen! Das war doch die Höhe!

Ambrose' Schwanzspitze zuckte, als er zusah, wie der Mann die Einfahrt hinunterging, in einen glänzenden schwarzen Wagen stieg und wegfuhr. *Ich bin hier wohl nicht gern gesehen. Wenn dieser ungastliche Mensch der Schlüssel zur Erhaltung meines siebten Lebens ist, na dann prost!*

Er konnte Adelaide schon beinahe sagen hören: »Hab Geduld, Ambrose, mein Guter!« (Das hatte sie immer gesagt und eine Futterdose geöffnet, wenn er halb verhungert gewesen war und sich an ihren Beinen gerieben hatte.) Es war jedoch ein guter Rat. Geduldig zu sein war kein Problem.

Der Mann würde wiederkommen. Menschen gingen zur Arbeit, was immer das auch war, aber irgendwann kamen sie zurück, und wenn dieser hier heimkehrte, würden er und Ambrose das Missverständnis klären. Ambrose kroch wieder unter das Gebüsch und machte es sich bequem, um abzuwarten.

Zachary Stone war wie benommen, und seine Augen fühlten sich an, als wären sie voller Sand, als er von seiner achtundvierzigstündigen Schicht nach Hause kam. Die Leute glaubten, Feuerwehrmänner säßen bloß vor dem Fernseher herum oder schliefen, wenn sie nicht gerade Feuer löschten oder bei medizinischen Notfällen halfen, aber auf der Wache gab es immer genug zu tun. Und diese Schicht war keine Ausnahme gewesen. Am Mittwoch hatten Zach, Ray und Julio den Tag mit der Reinigung der Ausrüstung verbracht und die Batterien an Walkie-Talkies und Herzüberwachungsgeräten ausgetauscht. In den frühen Morgenstunden waren sie zu zwei Notrufen ausgerückt, und danach hatte Zach für einen Schulbesuch am Morgen frisch wie der junge Tag sein müssen. Nach der Rückkehr zur Feuerwache hatte er die Küche putzen müssen. Der Backofen war eine Katastrophe gewesen dank Stevens, der keine Mahlzeit zubereiten konnte, ohne eine Schweinerei zu veranstalten, und der auch nie Dienst zu haben schien, wenn das Reinigen der Küche anstand.

Aber Zach hätte jederzeit den Küchendienst dem nächsten Notruf vorgezogen, bei dem es um eine alte Dame gegangen war, die aus ihrem Schaukelstuhl gefallen war. Er runzelte die Stirn bei der Erinnerung an seinen neuen Spitznamen. *Little Old Ladykiller.* Es würde Wochen dauern, bis die Sanitäter ihn nicht mehr damit aufziehen würden, dass die alte Frau ihm unablässig den Arm getätschelt und Plätzchen für ihn hatte backen wollen, nachdem er sie wieder in den Stuhl befördert hatte (was nicht leicht gewesen war, da die »kleine« alte Dame fast genauso viel wie Zach gewogen hatte). Nach diesem Abenteuer hatte er obendrein noch seine vorgeschriebenen täglichen Workouts gemacht, danach drei Sicherheitsinspektionen in Privathäusern vorgenommen, und schließlich war die Einheit um ein Uhr morgens zu einem schweren Unfall auf dem Highway gerufen worden. Und der hatte schon fast gereicht, um Zach sich fragen zu lassen, warum er diesen Beruf ergriffen hatte.

Die Antwort war eigentlich ganz einfach: Er half gern Menschen. Seine Arbeit gab ihm das Gefühl, etwas Sinnvolles zu leisten, und er fand es auch gut, dass er während des Rests der Woche so viel Freizeit hatte. Denn der Achtundvierzig-Stunden-Dienst ermöglichte es ihm, sich mit solch großen Projekten wie der Renovierung seines alten viktorianischen Hauses zu beschäftigen.

»Oh, du solltest es behalten«, hatte seine Mutter gesagt, als sie und seine Stiefschwestern ungebeten vorbeigekommen waren, um das Haus in Augenschein zu nehmen, nachdem er es erworben hatte. (Ein weiterer Versuch, sich in sein Leben einzumischen.) »Ich kann es jetzt schon mit einem Weihnachtsbaum in diesem Erkerfenster sehen.«

Und mit einer Frau und Kindern, die im Haus herumliefen. Das hatte seine Mutter zwar nicht gesagt, aber Zach wusste, dass sie es gedacht hatte. »Es passt nicht zu mir«, hatte er erwidert.

»Das könnte es aber«, hatte sie prompt gesagt.

Das war der Moment gewesen, in dem er auf die Uhr geschaut und erklärt hatte: »Ich mache mich jetzt besser auf die Socken. Ich habe einen Termin, um mir Bodenbeläge anzusehen.«

Mom hatte ihn misstrauisch beäugt. »Seit wann braucht man einen Termin, um sich Bodenbeläge anzusehen?«

»Es ist ein Sonderauftrag«, hatte er improvisiert und sich in die Sicherheit des Baumarktes geflüchtet.

Mom wollte Enkelkinder, weiß der Kuckuck, warum. Vielleicht dachte sie, sie könnte es als Großmutter besser machen? Oder was auch immer. Es sah jedenfalls nicht so aus, als würde sein jüngerer Bruder David ihr welche schenken – er war zu beschäftigt damit, Fotos für *National Geographic* zu schießen und in Australien zu surfen –, aber es war genauso sinnlos, ihre Hoffnungen auf Zach zu setzen. Er würde sich nicht bei eHarmony oder wie all diese Internet-Agenturen für Partnervermittlung hießen, anmelden. Oder bei *The Bachelor* mitmachen.

Seine Stiefschwester Natalie hatte ihn für die Sendung vorgeschlagen, und irgendjemand hatte ihn tatsächlich kontaktiert. Zach hatte gedacht, die Typen von dem Sender erlaubten sich einen Spaß mit ihm, und es geschafft, ein paar ganz schön beleidigende Witze zu reißen, bevor er gemerkt hatte, dass der Anruf echt war. Und dann war er nicht mehr amüsiert, sondern stinksauer gewesen.

Natalie und Kendra (seine Stiefschwestern, die er als »die Stiefies« zu bezeichnen pflegte), waren beide empört gewesen, dass er sich die Gelegenheit hatte entgehen lassen, die ganze Welt zusehen zu lassen, wie ein Haufen heiratswütiger Frauen ihn bedrängte. Ja, da hatte er tatsächlich was verpasst. Man sollte meinen, eine College-Anfängerin und eine Highschool-Studentin hätten mehr zu tun, als sich in das Liebesleben ihres Stiefbruders einzumischen. Und man sollte auch annehmen, dass alle drei Frauen inzwischen kapiert hatten, dass er nicht der Typ für ernsthafte Beziehungen war.

Oder jedenfalls nicht mehr. Für Zach war Schluss damit, ein Masochist zu sein.

Außerdem war die Ehe etwas für … wen? Seine Freunde waren alle entweder Singles oder geschieden. Mom war auch nicht gerade ein glänzendes Beispiel für eheliches Glück gewesen, zumindest nicht mit Dad. Beim zweiten Mal hatte sie durchgehalten, aber Dad ging es noch immer schlecht.

Nein, Zach gefiel sein Single-Dasein. Keine Sorgen, kein Stress, nur Spaß und gute Zeiten.

Er hatte gerade seine vordere Veranda erreicht, als der orangefarbene Kater, der ihm nach Hause gefolgt war, aus dem Gebüsch auftauchte. Das Tier kam zu ihm an die Haustür und strich kläglich maunzend um Zachs Beine. Offenbar spekulierte er auf Katzenart auf Mitleid.

»He, Tom, was machst du denn noch hier? Geh nach Hause, Kumpel!«

Aber der Kater miaute nur noch lauter und rieb sich an Zachs Bein.

Zach war eigentlich kein Katzenfan, sondern mehr ein Hundetyp. Zumindest damals auf der Highschool war er es gewesen, doch nach Dexters Tod hatte er den Hunden abgeschworen.

Und das war auch gut so. Haustiere brauchten Pflege, und bei seinem Job konnte Zach einem Tier nicht die Aufmerksamkeit widmen, die es benötigte. Trotzdem tat ihm dieser verwahrloste orangefarbene Kater irgendwie leid. Der arme Kerl sah ganz schön mager aus. Und nach seinem zerfetzten Ohr zu urteilen, hatte er schon einiges abbekommen.

Aber er trug ein Flohhalsband mit einer Marke, sodass er also jemandem gehören musste. »Hast dich wohl verlaufen, Junge?«

Nun ja, bald war Weihnachten – Frieden auf Erden und den Menschen (und Katzen) ein Wohlgefallen. Es würde nicht schaden, diesen kleinen Kerl hereinzuholen und dazubehalten, bis sein Besitzer ihn abholen konnte. Das zumindest wollte Zach für ihn tun.

Also hob Zach den Streuner auf und nahm ihn mit ins Haus. Dann sah er sich noch einmal die Plakette auf dem Halsband an. »Ambrose, hm? Was ist 'n das für ein Name für einen Kater?«

Der kleine Kerl maunzte.

»Ja, ich kann's dir nicht verdenken, Junge. Ich würde auch nicht Ambrose heißen wollen. Aber keine Bange. Ich bringe dich schon wieder dorthin zurück, wo du hingehörst.«

Als er die auf der Marke angegebene Nummer anrief, war die Frau am anderen Ende der Leitung jedoch alles andere als erfreut, von ihm zu hören. »Er war der Kater meiner Mutter. Wir wollten ihn gerade ins Tierheim bringen, als er weglief.«

»Ins Tierheim, hm?« Zach blickte zu Ambrose hinüber und sah ihn eben noch unter das Ledersofa flitzen.

»Ich habe gerade meine Mutter verloren, und wir sind alle ein bisschen gestresst«, fügte die Frau brüsk hinzu. »Ich habe nur noch ein paar Tage, um alles zu erledigen, bevor ich nach Florida zurückfliege, und wirklich keine Zeit, mich auch noch um dieses dumme Katzenvieh zu kümmern. Er soll sehen, wie er zurechtkommt.«

Hoho! Irgendjemand würde den Barmherziger-Samariter-Orden bekommen, aber ganz bestimmt nicht diese Frau.

»Danke für den Anruf«, setzte sie noch hinzu, bevor sie auflegte.

Zach starrte fassungslos sein Handy an. »Auweia, Lady.« Wie konnte jemand so gefühllos einem armen Tier gegenüber sein?

Der Kater kam wieder heraus und begann, sich an Zachs Beinen zu reiben. Zach nahm ihn auf den Arm und versuchte, dem kleinen Kerl zu erklären, dass er auch hier kein großartiges Zuhause haben würde. »Ich weiß, dass du eine schwere Zeit durchmachst, und ich würde dir auch gern helfen, Junge. Doch ich bin Feuerwehrmann und sehr oft auf der Wache, und es gibt hier keine Frau, die sich um dich kümmern könnte.« Zumindest nie auf Dauer.

Jetzt schnurrte der Kater. *Oje.*

Katzen waren doch ziemlich selbstständige Tiere, oder nicht? Auf jeden Fall hatte Zach das oft gehört. Aber neben seinem Job hatte er auch noch genug mit der Renovierung dieses Hauses zu tun, und das Letzte, was er brauchen konnte, war ein Tier.

»Okay, ich sag dir was. Ich geb dir was zu fressen, und dann bist du wieder auf dich allein gestellt.«

Damit setzte er die Katze auf den Boden und ging zum Kühlschrank. Natürlich trabte sie ihm hinterher.

Das Tierheim suchte ein neues Zuhause für herrenlose Tiere. Das Beste wäre, den Kater jetzt gleich hinzufahren und die Sache hinter sich zu bringen. Das Problem war nur, dass dieser Bursche kein süßes junges Kätzchen mehr war. Wer würde ihn schon wollen? Er würde mit Sicherheit über kurz oder lang eingeschläfert werden.

Zach blickte auf ihn herab und runzelte die Stirn. »Warum musstest du ausgerechnet vor meiner Tür auftauchen?«

Das Tier miaute und schlängelte sich zwischen seinen Beinen hindurch.

Mit einem leidgeprüften Seufzer öffnete Zach den Kühlschrank und nahm einen Karton Milch heraus. »Ich sag dir was. Du kannst bleiben, bis wir ein richtiges Zuhause für dich gefunden haben. Was meinst du?« Er goss Milch in einen leeren Sahnebecher, gab etwas Wasser hinzu und stellte ihn auf den Boden. »Trink aus, Junge!«

Das Tier schnupperte daran, doch dann drehte es sich um und ging.

»Was ist?«, rief Zach ihm nach. »Du bist ein Kater. Da musst du verdünnte Milch doch mögen.«

Old Tom hielt nicht mal inne.

»Na prima«, brummte Zach. »Ein toller Gast bist du!«

Dieses Tier würde eine Nervensäge sein, das konnte er schon sehen.

Kapitel Zwei

Falls der Kater das hier für ein verdammtes Restaurant hielt, stand ihm ein böses Erwachen bevor. Zach hatte eine Menge Arbeit und keine Zeit, auch noch Katzenfutter einzukaufen.

Er würde sich ein paar Stunden aufs Ohr hauen und dann am Nachmittag mit dem Abriss der Küche beginnen. All die billigen Schränke kamen raus, um durch die neuen ersetzt zu werden, die Zach in Mikes Einrichtungshaus in der Innenstadt von Angel Falls gefunden hatte. Mike hatte ihm einen guten Preis gemacht. Auch den Boden würde Zach herausreißen.

Nach zwei Stunden Schlaf zog er sein ältestes T-Shirt und Jeans an und begann mit der Arbeit. Sein neuer Mitbewohner saß in der Küchentür und sah zu, wie Zach sich die Werkzeuge zurechtlegte, doch sobald es laut wurde, verzog er sich.

»Gewöhn dich dran, Tom!«, rief Zach ihm nach. »So ist das, wenn man umbaut.«

Mit etwas Glück würde er bis zum Frühjahr fertig sein. Dann würde er das Haus verkaufen, das Geld nehmen und von hier verschwinden. Es hatte keinen Sinn, dass ein alleinstehender Mann ein solch großes Haus behielt. Er würde sich eine dieser schicken neuen Eigentumswohnungen kaufen, die drüben in Falls Ridge erbaut wurden. Von dort würde er eine fabelhafte Aussicht auf die Stadt und die Cascade Mountains dahinter haben.

Die Überlegungen, wie er sein Geld anlegen würde, verliehen Zach jede Menge Energie, und als sein Kollege Ray erschien, hatte er schon die Hälfte des alten PVC-Bodens herausgerissen. Er hatte es allerdings auch geschafft, den Unterboden ziemlich übel zuzurichten.

»Auweia, Mann«, sagte Ray, als er den Berg von PVC-Stücken sah. »Du hast aber wirklich keine Zeit verschwendet!«

Ray war ebenso groß und kräftig wie Zach, aber im Gegensatz zu ihm konnte er ein Ende eines Hammers von dem anderen unterscheiden. Er war geschieden, und sein einziges »Kind« war ein Chihuahua namens Taquito (oder Tacky), den er überall mit hinnahm. Ray war nur allzu gern bereit gewesen, Zach im Austausch gegen Bier und Pizza beim Umbau der Küche zur Hand zu gehen.

Doch nun blickte er stirnrunzelnd auf die Kerben und Krater im Unterboden und sagte: »Wir werden hier einiges ausbessern müssen, bevor wir die Holzdielen verlegen können.« Mit dem zitternden Tacky auf dem Arm ging er in die Küche, wo er versehentlich mit der Stiefelspitze den Plastikbecher mit der verdünnten Milch für den Kater umstieß, worauf sich ein weißer Strom über den unebenen Boden ergoss. »Was zum Geier …?«

»Das hatte ich vergessen wegzuräumen.« Zach warf den Becher in die Spüle und legte ein paar Papiertücher auf die Milch.

»Aber wieso stand das überhaupt da?«, fragte Ray und

setzte Tacky ab. Der kleine Hund klemmte den Schwanz zwischen die Beine und zitterte am ganzen Leib.

»Ich habe einen herrenlosen Kater aufgenommen«, sagte Zach und warf die durchweichten Papiertücher weg.

Ray verzog das Gesicht. »Katzen!«

Zach reichte ihm einen Hammer. »Was hast du gegen sie?«

»Sie sind Haustiere für Frauen. Sie lieben Katzen, weil sie so süß sind. Ich will ein Tier, das zu etwas zu gebrauchen ist, das Stöckchen holt oder das Haus bewacht.« Tacky sprang an seinem Bein hoch, und Ray tätschelte ihm den Kopf.

Zach verschränkte die Arme und lehnte sich an den Küchenschrank. »Wie dein Killer da?«

Ray runzelte die Stirn. »Hey, er weiß, wie man Alarm schlägt. Nicht wahr, mein Junge?«, fügte er in sanfterem Ton hinzu.

»Um einen Hund muss man sich kümmern«, gab Zach zu bedenken. »Sieh dich an! Du musst Tacky bei deiner Mutter lassen, wenn du auf der Wache bist. Katzen sind anders. Sie können auf sich selbst achtgeben.«

»Ach ja? Dann hat der Kater die Milch wohl ganz allein aus dem Kühlschrank geholt«, entgegnete Ray grinsend.

Zach zeigte mit einer Brechstange auf ihn. »Okay, Klugschwätzer. Wie wär's, wenn du außer deinem Mundwerk noch was anderes arbeiten lässt?«

Ray grinste immer noch und setzte sich in Bewegung.

»Außerdem«, sagte Zach sowohl zu Ray als auch zu

sich selbst, »behalte ich ihn sowieso nur, bis ich ein nettes Zuhause für ihn gefunden habe.« Wo das sein könnte, wusste er selbst nicht recht, aber auf jeden Fall nicht hier. Der Kater brauchte jemanden, der ihn so liebte wie Ray seine Ratte von einem Hund. Und außerdem würde Tom hier auch nicht glücklich sein. All das Gehämmer und der Lärm verschreckten ihn.

Es war auch nichts für Tacky, der sofort das Weite suchte, als sein Herrchen geräuschvoll das erste Stück PVC auf den Haufen warf.

Gegen Ende des Nachmittags sah die Küche aus, als wäre ein Orkan hindurchgefegt, und die beiden Männer waren verschwitzt, hungrig und bereit für Pizza.

»He, danke, Mann«, sagte Zach, als Ray eine Flasche Bier öffnete. »Hol mir auch eins, ja?«

»Oh-oh«, murmelte Ray mit schuldbewusster Miene. »Das ist die letzte.«

Zach gab Ray einen Klaps auf den Bauch. »Bei dem Tempo wirst du das Joggen anfangen müssen. Kannst mich ja demnächst begleiten.«

Ray verzog das Gesicht. »Ich bin gut in Form. Das ist nur die Wärmedämmung für den Winter. Und wenn ich heute noch irgendwohin laufe, dann nur, um Bier zu holen. Komm, Tacky.« Er bückte sich, um den Chihuahua aufzuheben, der wieder erschienen war und an Rays Hosenbein hinaufkletterte.

»Nein, ich hab's«, sagte Zach. »Du und Tacky bleibt hier und ruht euch aus. Und falls der alte Tom aus seinem Versteck herauskommt, kannst du sie einander vorstellen.«

Ray drückte den kleinen Hund an sich. »Hoffen wir lieber, dass dein Kater sich nicht sehen lässt. Tacky würde ihn in der Luft zerreißen.«

Zack lachte noch, als er ins Bad ging, um zu duschen.

Fünfzehn Minuten später war die Pizzabestellung bei *Little Lola's* aufgegeben, und Zach befand sich auf dem Weg zum Supermarkt, um mehr Bier zu besorgen. Da die meisten Bewohner von Angel Falls schon eifrig mit den Weihnachtsdekorationen begonnen hatten, war es eine idyllische Fahrt durch die Nachbarschaft, einer Mischung alter und neuer Häuser, die zwischen Tannen und Gesträuch verborgen und weihnachtlich beleuchtet waren. Aufblasbare Weihnachtsmänner und Schneemänner winkten von den Rasenflächen, und jedes Haus schien einen Kranz an der Eingangstür zu haben.

Zach dachte, dass sein Haus, das völlig ungeschmückt war, wahrscheinlich so aussah, als beherbergte es den Grinch. Aber hey, er war schließlich mit wichtigeren Projekten beschäftigt und hatte keine Zeit herumzubasteln, um sein Haus in einen Weihnachtsklon aller anderen Häuser in der Straße zu verwandeln. Und das brauchte er auch nicht. Das war ein weiterer Vorteil des Single-Daseins: keine *Ach-Liebling-mach-doch-bitte*-Listen. Außerdem war dies ohnehin nicht seine liebste Jahreszeit, warum also ein Heuchler sein und das Haus rausputzen?

Es war der erste Freitag im Dezember, und der Parkplatz war gerammelt voll mit Autos. Vor dem Supermarkt stand jemand von der Heilsarmee, der, als Weihnachtsmann verkleidet, tapfer das Schneetreiben ertrug, ein

Glöckchen klingeln ließ und den Leuten ein frohes Weihnachtsfest wünschte. Zach ließ einen Dollar in den Eimer fallen und betrat den Laden. Auch der war überfüllt mit Leuten, die nach der Arbeit schnell noch was fürs Abendessen einkauften. Ein Hauch von Brathähnchengeruch erreichte ihn, der seinen Magen zum Knurren brachte und Zach noch schneller auf den Gang mit dem Bier zueilen ließ. Eine sexy Frau in einem roten Partykleid und schwarzen Stöckelschuhen kam aus der anderen Richtung an ihm vorbei. Wow!, dachte Zach. Die würde ich nicht von der Bettkante stoßen. Am Ende eines anderen Ganges stieß er auf eine Live-Vorstellung dessen, was geschah, wenn Schluss mit lustig war. Eine gehetzte Mutter fuhr ihren kleinen Jungen an: »Ich sagte, wir kaufen das nicht. Leg es zurück!« Ein weiteres leuchtendes Beispiel fürs Familienleben! Zach seufzte leise.

Seine Mutter mochte die Familie zerstört haben, aber sie hatte ihn nie angefahren. Das war etwas, was er ihr zugestehen musste. Und so ungefähr das Einzige, was er zu ihren Gunsten sagen konnte.

Auf dem Weg zum Bier fiel sein Blick in den Gang mit dem Tierfutter, und er erinnerte sich an die vergossene Milch. Wenn er schon mal hier war, konnte er sich auch gleich nach Futter für den Kater umsehen.

Die Hälfte der Regale war mit Katzenfutter vollgepackt, und für einen Moment stand er ratlos vor den Bergen von Tüten. Du liebe Güte! Wie viele Sorten von dem Zeug brauchen die Leute?

Ihm war nicht bewusst, dass er laut gesprochen

hatte, bis jemand mit sanfter Stimme hinter ihm bemerkte: »Es ist nicht leicht zu entscheiden, was man nehmen soll, nicht?«

Er drehte sich um und stand einer rothaarigen jungen Frau mit großen grünen Augen gegenüber, die ihn schüchtern anlächelte. Sie reichte ihm gerade mal bis zur Brust, und mit dem kurzen lockigen Haar und der Stupsnase erinnerte sie ihn an einen Kobold. Oder eine Elfe? Was auch immer die weibliche Version sein mochte. Sie verschwand fast vollständig in einem dicken Daunenmantel, der viel zu groß für sie aussah, und ihre Waden steckten in hässlichen Gummistiefeln, aber nach dem wenigen zu urteilen, was er von ihren Beinen sehen konnte, schien sich ein hübscher kleiner Körper unter diesem Mantel zu verstecken. Aus dem Nichts kam Zach der Refrain von Dr. Hooks »You Make My Pants Want to Get Up and Dance« in den Sinn.

Er verdrängte ihn natürlich augenblicklich wieder. Diese Frau sah nämlich auch wie das nette Mädchen von nebenan aus, mit dem man eine Familie gründete und Kinder bekam, die Art von Frau, der ein Mann nicht wehtun wollte. Nicht dass es zu Zachs Gewohnheiten gehörte, Leuten wehzutun. Darum brauchte er sich nicht zu sorgen bei den Frauen, mit denen er sich amüsierte, da auch sie nichts anderes wollten und wie er kein Interesse an ernsthaften Beziehungen hatten.

Zach griff nach einer Billigmarke und hörte, wie die Elfe scharf die Luft einsog. Fragend warf er einen Blick über die Schulter. »Nicht gut?« Der Preis war jedenfalls in Ordnung.

»Nun, das beste Futter ist es nicht. Haben Sie eine Katze?«

»Ich habe gerade einen Kater aufgenommen.«

Ihre Augen leuchteten auf, und sie sah Zach an, als hätte er ihr erzählt, er habe ein Kind aus einem brennenden Haus gerettet. »Oh, Sie haben ihn adoptiert?«

Zach wand sich in seiner Jacke. »Mehr in Pflege genommen. Seine Besitzerin ist verstorben, und ihre Kinder wollten ihn ins Tierheim bringen.« Was wahrscheinlich die bessere Entscheidung gewesen wäre.

»Ich finde es großartig, dass Sie ihn aufgenommen haben«, lobte ihn die Elfe.

Nur für eine Weile, dachte Zach. Das solltest du ihr noch mal sagen. Aber er hielt den Mund.

»Das Tierheim hat immer einen Überschuss an Katzen, und nicht alle finden ein Zuhause. Manche von ihnen …« Ihre Mundwinkel zuckten, und sie beendete den Satz nicht.

Das brauchte sie auch nicht. Jetzt konnte Zach die Titelmusik von *Psycho* durch seinen Kopf schallen hören.

»Auf jeden Fall ist es wunderbar, dass Sie eine gerettet haben.«

Ja, so war er, Mr. Zachary Wonderful. Er hätte gestehen können, dass das Ganze nicht seine Idee gewesen war, sondern dieser alte Kater bloß kein Nein als Antwort hatte gelten lassen. Stattdessen aber fragte er: »Was ist nicht gut an diesem Futter?« Er wollte das Gespräch in andere Bahnen lenken, bevor er versucht sein könnte, etwas Dummes zu tun, wie vorzuschlagen, sie solle vorbeikommen und seinen Kater kennenlernen.

»Das billige Trockenfutter ist nicht gut für ihre Nieren. Und wenn Sie einen Jungen haben, nun, die neigen auch zu Prostataproblemen«, fügte sie hinzu, und ihre Wangen liefen rosa an.

Wie süß. Zach konnte sich nicht erinnern, wann er das letzte Mal eine Frau hatte erröten sehen. Was wahrscheinlich auch viel mit der Art von Frauen zu tun hatte, mit denen er sich befasste.

»Ich kaufe immer nur das Spitzenprodukt und reiche es abwechselnd mit Dosenfutter.«

»Das Spitzenprodukt?« Na ja, der alte Tom hatte auch was Gutes verdient. »Und welche Marke kaufen Sie?«

Die Elfe zeigte sie ihm und führte ihn dann geradewegs zum Dosenfutter, um ihm auch hier ihr bevorzugtes Produkt zu zeigen. Natürlich ebenfalls das teuerste.

»Danke«, sagte er. »Sie sind ja eine richtige Expertin. Sind Sie Tierärztin oder so etwas?«

Wieder errötete sie und schüttelte den Kopf, dass ihre kurzen Locken hüpften. »Nein. Ich arbeite im Pet Palace.«

Das Pet Palace, ein Geschäft für Tierbedarf, gehörte der Familie seiner Freundin. Zach hätte es der Elfe fast gesagt. Aber nur fast.

»Katzen sind mein Spezialgebiet«, fügte sie hinzu.

»Ich werde daran denken, falls ich noch einmal den Rat einer Expertin brauche«, erwiderte Zach. Sie begannen ganz schön vertraut miteinander zu werden in der Katzenfutterabteilung. Es wurde Zeit für ihn, zu Ray, der Pizza und in die Sicherheit seines eigenen Heims zurückzukehren. »Und nochmals vielen Dank.«

»Es war mir ein Vergnügen«, sagte sie.

Vergnügen. Das Wort beschwor ein paar frivole Bilder von sich und der Elfe in ihm herauf, für die ihm der Weihnachtsmann sicher ein dickes Stück Kohle in den Strumpf stecken würde. Wenn du an Vergnügen denkst, du Dussel, denk an Blair!, sagte er sich. Die gute alte Blair, die Frivolität dem Nettsein immer vorzog. Sie hatte Heirat und Ehe schon hinter sich und alles, was damit zusammenhing, verarbeitet und aus ihrem Kopf verbannt. Deswegen passten sie und Zach auch so hervorragend zusammen.

Nachdem er so seine Gedanken neu geordnet hatte, nickte Zach dem netten Mädchen von nebenan freundlich zu und machte, dass er wegkam. Nette Mädchen brachten einem früher oder später nur Probleme und Kummer ein, wie er aus eigener Erfahrung wusste.

»He, wurde aber auch langsam Zeit, dass du zurückkommst«, begrüßte Ray ihn, als Zach mit einem großen Sack Katzenfutter über der Schulter durch die Tür kam. »Die Pizza ist seit fünf Minuten hier. Lass uns das Bier aufmachen.«

Bier? Mist. »O Mann, ich hab das Bier vergessen!«

»Na, wenn das nicht allem die Krone aufsetzt! Wir kommen rüber und machen uns den ganzen Nachmittag den Rücken krumm, und an wen denkt *er*?«, fragte Ray Tacky, der auf seinem Schoß lag. »An die verdammte Katze. Schick nie 'nen Jungen los, um die Arbeit eines Mannes zu tun.« Er stopfte sich den Rest eines Stücks Pizza in den Mund, setzte Tacky auf das Sofa und erhob sich.

Zach stellte den Sack und die Plastiktüte mit dem Dosenfutter neben der Tür ab. »Schon klar, Mann. Reg dich mal nicht gleich so auf! Und verputz nicht die ganze Pizza, bevor ich wieder da bin!«, sagte er, ehe er die Tür hinter sich zuzog.

Er beschloss, zur Tankstelle hinüberzulaufen und etwas von dem überteuerten Bier zu kaufen. Zum Supermarkt würde er jedenfalls nicht zurückfahren. Denn sollte er dort die Elfe wiedersehen, könnte er in einem Anfall vorübergehender Unzurechnungsfähigkeit auf die Idee kommen, sie nach ihrem Namen und ihrer Telefonnummer zu fragen.

Merilee White stand in der Schlange an der Kasse, blätterte in einer Ausgabe von *People* und versuchte, allmählich in Feiertagsstimmung zu kommen. Verflixt. Für einen Moment hatte sie geglaubt, einen Kontakt zu diesem gut aussehenden Mann in der Tierfutterabteilung hergestellt zu haben. Er hatte wie ein moderner Wikinger ausgesehen, groß und blond, und sein Gesicht war nahezu perfekt gewesen, der einzige Makel die etwas krumme Nase, die ausschaute, als wäre sie einmal gebrochen gewesen. Und diese Augen! Blau wie Fjorde. Er war ihr sehr sympathisch erschienen, und ein Tierliebhaber war er auch, was ihn Merilees Ansicht nach zu einem perfekten Mann machte. Und so, wie er sie angesehen hatte, hätte sie schwören können, dass er interessiert war. Aber dann war er plötzlich ganz nervös geworden und davongerannt. Was hatte sie gesagt, was ihn gestört haben könnte? Was war schiefgelaufen?

Sie seufzte. So viel dazu, dass der Supermarkt ein guter Ort war, um Männer kennenzulernen. Wo hatte sie das überhaupt gehört?

Ach ja, von ihren Schwestern. Sie schienen ständig Männer in Supermärkten kennenzulernen. Und nicht nur dort, sondern auch im Fitnessstudio, im Einkaufszentrum, im Café, bei geschäftlichen Meetings und sogar in Dessousgeschäften. Verdammt. Warum konnte sie nicht eine sexy Modediva sein wie ihre erfolgreiche ältere Schwester oder eine quirlige Blondine wie ihre jüngere?

Wieder seufzte Merilee. Die beiden sagten immer, sie sende nicht die richtigen Vibrationen aus.

Was erwarteten sie denn? Ihre Pheromon-Übertragung war nun mal gestört. Stirnrunzelnd betrachtete Merilee ihren Daunenmantel, der ihr jetzt viel zu groß war, und konnte schon fast die tadelnde Stimme ihrer älteren Schwester hören.

»Du musst zur Geltung bringen, was du hast«, erklärte Gloria (deren Spitzname *Die Gloriose* war). »Wer kann dich überhaupt noch finden unter all diesen hässlichen Klamotten? Männer sind faul. Du musst es ihnen leicht machen.«

Glorias Vorstellung von »zur Geltung bringen, was sie hatte«, war, tief ausgeschnittene Tops und hautenge Jeans zu tragen, aber solche Outfits waren nichts für Merilee. Sie hatte so etwas noch nie angezogen. Natürlich hatte sie auch noch niemals die Figur dafür gehabt. Heute vielleicht schon, doch ihr fehlte immer noch das nötige Selbstvertrauen.

»Und was würde ich damit erreichen?«, hatte sie gemurmelt. »In dieser Art von Kleidern würden die Männer mich höchstens fragen, wie viel es kostet.« Noch während sie es gesagt hatte, hatte sie gedacht: Selbst dann hättest du noch Glück gehabt.

Sie hatte Glorias Angebot, mit ihr shoppen zu gehen, abgelehnt, worauf ihre Schwester empört und beleidigt aufgegeben hatte.

»Männer riskieren nicht gern etwas«, meinte Liz, Merilees jüngere Schwester. »Du musst ein klares Signal senden, dass du interessiert bist, damit sie wissen, dass sie grünes Licht haben.«

Bisher hatten sehr wenige Männer das grüne Licht gesehen. (Es funktionierte ungefähr genauso gut wie ihre Pheromon-Übertragung.) Sie war jetzt sechsundzwanzig und hatte erst eine Handvoll Beziehungen gehabt – eine sehr kleine Handvoll. Okay, genau genommen waren es nur zwei Männer gewesen, und beide waren nicht geblieben. Die beste Zeit, einen wirklich festen Freund zu finden, war natürlich auf dem College. Aber sowohl dort als auch auf der Highschool war Merilee nicht die Art von Mädchen gewesen, für die das andere Geschlecht sich ernsthaft interessierte. Selbst jetzt noch, obwohl sie in den letzten drei Jahren zweiundfünfzig Pfund abgenommen hatte, wurde sie die Unsicherheit nicht los, die sie zusammen mit dem Übergewicht seit der Mittelschule mit sich herumgeschleppt hatte.

»Du musst einfach ein bisschen mehr aus dir herausgehen«, beharrte Liz.

Das war leichter gesagt als getan. Merilee war schon

immer still gewesen. Ihre Komplexe wegen ihres Gewichts hatten sie furchtbar schüchtern Männern gegenüber werden lassen. Außerdem war sie in dem gigantischen Schatten ihrer überaus erfolgreichen Geschwister verloren gegangen. Denn nicht nur ihre Schwestern waren fabelhaft, auch ihr jüngerer Bruder war ein Star. Im wahrsten Sinne des Wortes, denn er spielte die Hauptrolle in einer Fernseh-Soap. Und dann war da noch ihr älterer Bruder, der ein erfolgreiches Geschäft hatte, eine perfekte Ehefrau und zwei hübsche Kinder. Na, und wenn schon! Sie hatte …

Merilee schlug die Zeitung zu und stellte sie ins Regal zurück. Das Letzte, was sie jetzt brauchte, war, über die Reichen und die Schönen zu lesen.

Du bist keine Versagerin, sagte sie sich entschieden. Ein Veterinärstudium abzubrechen machte einen nicht zu einer Versagerin. Es hatte sie bloß finanziell ruiniert. Aber sobald sie mehr Geld hatte, würde sie ihr Studium wieder aufnehmen. Und bis dahin war nichts Falsches daran, in einem Geschäft für Tierbedarf zu arbeiten und in ihrer Freizeit im örtlichen Tierheim auszuhelfen. Auch Tiere brauchten Liebe. Und sie wussten einen zu schätzen, egal wie man aussah. Tiere blickten in die Seele eines Menschen.

Merilee bezahlte ihre Einkäufe – Hüttenkäse, Salatzutaten und eine Zuckerstange (man musste auch mal einen draufmachen) – und verließ den Supermarkt mit einem stoischen Lächeln auf dem Gesicht. Kaum saß sie jedoch in ihrem Wagen, stieß sie einen Seufzer aus.

»Ach, hör schon auf!«, schimpfte sie mit sich. »Dein

Leben ist gar nicht so schlecht.« Um es zu beweisen, schaltete sie das Radio ein, suchte einen Sender, der Weihnachtsmusik spielte, und begann, laut mitzusingen: »O du fröhliche, o du selige, gnadenbringende Weihnachtszeit. La-la-la-la-la, la-la-la-LA!«

Na also! Sie fühlte sich schon besser. Das Leben war schön. Sie hatte zu essen, ein Dach über dem Kopf und Menschen, die sie liebten. Weihnachten stand kurz bevor, was jede Menge Familienfeste und altehrwürdige Traditionen bedeutete. War doch egal, dass sie keinen Mann hatte. Brauchte eine Frau zum Glücklichsein einen Mann?

Eine kleine Stimme in ihrem Hinterkopf flüsterte: »Nein, aber es hilft vermutlich dabei.«

Kapitel Drei

Solange Ray und Taquito im Haus waren, hielt sich der Kater versteckt.

»Umso besser«, meinte Ray.

»Aber ja, natürlich«, spottete Zach. »Dein Killer da hätte ihn umgebracht.«

»Hunde verletzen Katzen«, sagte Ray stirnrunzelnd.

»Große Hunde, ja, doch ich hab schon größere Ratten als dein Schoßhündchen gesehen«, scherzte Zach, worauf sich Rays Stirnrunzeln noch vertiefte. »Und seinem Aussehen nach zu urteilen, hat der alte Tom schon so manche Kämpfe überlebt.«

»Eine echte Schönheit, was?« Ray schüttelte den Kopf und trank einen Schluck Bier, während der Actionfilm, den sie sich ansahen, mit viel Getöse über Zachs Bildschirm lief. »Jetzt ist es besiegelt. Du wirst niemanden finden, der ihn haben will. Sieht ganz so aus, als hättest du für immer einen Kater an der Backe.«

»O nein. Ich werde ein Zuhause für ihn finden.« Irgendwo und irgendwie, setzte Zach stumm hinzu.

Es musste unter seinen Bekannten doch jemanden geben, der einen struppigen Kater mit einem zerfetzten Ohr würde haben wollen. »Und was soll ich denn auch tun – den armen Kerl dem sicheren Tod ausliefern?«

Ray schüttelte den Kopf. »Du bist ein Schwächling, Mann.«

»Ganz und gar nicht«, entgegnete Zach. »Ich bin nur kein Katzenmörder.«

»Du weißt doch gar nicht, ob sie ihn im Tierheim eingeschläfert hätten«, bemerkte Ray.

»Glaub mir«, entgegnete Zach, »das hätten sie. Sie haben schon viel zu viele Katzen dort.«

»Und woher weißt du das?«

»Jemand hat es mir gesagt«, erwiderte Zach ausweichend.

»Jemand? Wer?«

»Bloß jemand, dem ich im Supermarkt begegnet bin«, antwortete Zach. Er hielt den Blick auf den Fernsehschirm gerichtet, konnte aber spüren, wie sein Freund ihn musterte, und als er sich ihm zuwandte, sah er das Grinsen, das auf Rays Gesicht erschien.

»Ein weiblicher Jemand?«

Zach wechselte die Haltung auf der Couch.

Ray nickte vielsagend und zeigte mit dem Finger auf ihn. »Deshalb hattest du das Bier vergessen.« Er lachte. »Sieh mal einer an! Mein Freund wird häuslich. Schafft sich 'ne Katze an, und als Nächstes wird er sich 'ne Frau suchen und sich wie wir anderen unter das Ehejoch begeben.«

»Nein, das kannst du vergessen«, versicherte Zach sowohl sich selbst als auch Ray. »Sie war nicht mein Typ.«

»Zu normal für dich, oder was?«, scherzte Ray.

»He, sehen wir uns jetzt den Film an oder nicht?«, knurrte Zach.

»Ja, klar«, sagte Ray und saß den ganzen restlichen Abend mit diesem wissenden Grinsen im Gesicht da.

Typisch, dachte Zach gereizt. Es gab nichts, was ein Mann, der sich schon einmal verbrannt hatte, mehr liebte, als zu wissen, dass seine Freunde mit ihm litten. Es war wie bei Krebsen – versuchte nur ein einziger, aus dem Topf herauszukrabbeln (oder wie Zach erst gar nicht hineinzufallen), schon griffen alle nach ihm, um ihn ins heiße Wasser zu den anderen zurückzuziehen. Aber Zach würde nicht wie Ray enden: buchstäblich an seinem Reißverschluss herumgeführt, verschaukelt und hinausgeworfen, um in einem schäbigen Apartment zu landen und Haushaltswaren vom Trödelmarkt zu benutzen, weil er bei der Scheidung sein letztes Hemd verloren hatte. O nein! Nicht Zach. Und durch den Besitz einer Katze wurde ein Mann noch nicht häuslich.

Zachs pelziger neuer Freund kam aus seinem Versteck, sowie Ray gegangen und der Fernseher abgestellt war. Zach merkte plötzlich, dass das Tier seit Stunden nicht mehr draußen gewesen war. Katzen gingen nachts doch raus? Das gab ihnen die Möglichkeit, ihr Geschäft zu erledigen, zu jagen oder zu tun, was Katzen eben so taten.

»Höchste Zeit, dir ein wenig die Füße zu vertreten, mein Freund«, verkündete er und ging zur Eingangstür. »Du musst doch bestimmt mal.«

Der Kater folgte ihm vorsichtig.

Zach öffnete weit die Tür zur Freiheit. Ein kalter Windstoß fegte herein. Inzwischen fiel auch Schneeregen, und Zach kam sich plötzlich wie ein Ungeheuer vor.

Aber daran ging kein Weg vorbei. Er hatte keine Lust, sich damit befassen zu müssen, den Geruch von

Katzenurin aus Holzdielen oder Teppichen zu entfernen. »Da draußen sind bestimmt jede Menge Mäuse, die du jagen kannst«, sagte er, um Tom die Situation ein wenig schmackhafter zu machen. »Na, komm schon, Junge!«

Der Kater schlich zur Tür, streckte den Kopf hinaus und schnupperte. Dann hob er zaghaft eine Pfote.

»Raus mit dir«, sagte Zach und schob ihn mit der Tür auf die Terrasse hinaus.

Doch statt es zu kapieren und hinauszulaufen, wirbelte der Kater herum und preschte ins Haus zurück.

Zach konnte es dem kleinen Kerl nicht verdenken bei dem Wetter, aber er war sicher, dass Tom nach der langen Zeit etwas zu erledigen hatte. Deshalb schnappte er sich ihn und sagte: »Na, komm schon, Freund, du musst dein Geschäft da draußen machen!«

Damit setzte er den Kater schnell auf die Veranda und schloss die Tür.

Und kam sich wie der König der Ratten vor, als er zu seinem schönen warmen Bett hinaufging.

Am Morgen, als er die Haustür öffnete und Tom mit total durchnässtem Fell ins Haus zurückflitzte, fühlte Zach sich sogar noch schlechter.

Er gab etwas Dosenfutter in einen leeren Hüttenkäse-Becher und stellte ihn auf den Boden. Der Kater setzte sich davor und begann, das Futter hinunterzuschlingen, als wäre es seine letzte Mahlzeit in diesem Leben.

»Tut mir leid, dass ich dich gestern Abend in die Kälte hinausgeschickt habe, Junge. Das war echt gemein von mir.«

Der Kater ignorierte ihn, während er noch einen Mundvoll »Thunfisch Surprise« nahm und mit seinen scharfen kleinen Zähnen darauf herumkaute. Heute gab es kein Um-die-Beine-streichen.

Zach, der es ihm nicht verübeln konnte, stieß einen resignierten Seufzer aus. Er hatte wirklich keine Lust, sich mit einem Katzenklo zu befassen, aber wenn er eine gute Tat vollbringen wollte, konnte er es auch gleich richtig machen. »Soll nicht wieder vorkommen, okay? Keine kalten Nächte mehr im Freien für dich, mein Alter.«

Getreu seinem Versprechen fuhr Zach zum Pet Palace, sowie der Laden öffnete.

Mehr als ein Laden war es ein riesiges Warenhaus, das alles für sämtliche nur denkbaren Haustierarten führte. Käufer standen fasziniert vor Aquarien für tropische Fische, verglichen Preise für Wüstenmauskäfige, schlenderten mit ihren Hunden an der Leine durch die Gänge und sahen sich Kauspielzeuge und Hundepullis an.

Komisch, dachte Zach, dass ich hier noch nie gewesen bin, obwohl ich mit der Tochter des Besitzers liiert bin! Und ihm war vorher auch noch niemals der Gedanke gekommen, warum Blair eigentlich kein Haustier hatte, obgleich ihre Familie doch ein Geschäft für Haustierzubehör betrieb. Warum wohl nicht? Wahrscheinlich hatte sie wie er ein geliebtes Tier verloren und beschlossen, diese Qualen nicht noch einmal durchzumachen.

Er fand die Abteilung für Katzen und nahm das erste Katzenklo, das er sah. Dann schnappte er sich noch ein paar Tüten Katzenstreu und – warum auch nicht? – ein Katzenspielzeug und ging auf die einzige offene Kasse zu.

Und wen sah er dort hilfsbereit sitzen? Die kleine Elfe vom Abend zuvor.

Für einen Moment verlangsamten sich seine Schritte. Das Beste wäre, das ganze Zeug zurückzubringen und woandershin zu fahren. Sonst würde sie noch denken, er verfolgte sie.

Nein, das wird sie nicht, widersprach er sich. Warum sollte sie? Sei einfach ganz normal und locker!

Heute trug sie ein braunes Polohemd und eine Khakihose. Das Firmenlogo, ein vor einem Schloss sitzender Hund, prangte über ihrer linken Brust. Die Uniform war hässlich, bestätigte aber, was Zach schon am Abend zuvor vermutet hatte: Sie hatte wirklich einen schönen Körper.

Ihr Namensschildchen (auf der rechten Brust) zeigte, dass sie auch einen hübschen Namen hatte. *Merilee – ich diene mit Freuden unseren Tieren.* Es war die Art von Name, der einen Mann an Lachen, gute Zeiten und ein gutes Leben denken ließ.

Zach rief sich schnellstens in Erinnerung, dass er das alles bereits hatte.

Bei seinem Anblick machte Merilee große Augen, blinzelte dann ein wenig und errötete. »Guten Morgen«, sagte sie stockend. »Willkommen im Pet Palace!«

Er brachte sie durcheinander. Sie fand ihn attraktiv. Die Streicheleinheiten für sein Ego brachten Zach zum Lächeln. Bis ihm einfiel, dass er *gar nichts* von dieser Art von Frau gestreichelt haben wollte. »Hi, Merilee. Ich hatte etwas Wichtiges vergessen«, sagte er und stellte Toms Toilettenartikel auf die Kasse.

Die simple Feststellung nahm ihr die Nervosität und entlockte ihr ein Lächeln. »Ihr neuer Kater ist also ein Hauskater.«

»Er will es sein. Er war nicht gerade glücklich, als ich ihn gestern Nacht hinausbrachte.«

Diese vertrauliche kleine Mitteilung erzeugte ein missbilligendes Stirnrunzeln bei ihr. »Sie gehen gern hinaus, aber nicht in der Kälte und im Regen.«

»Na ja, wer tut das schon?«, witzelte Zach, um sein herzloses Benehmen der Nacht zuvor herunterzuspielen.

»Ich«, sagte sie fröhlich und schien dann ihr Geständnis noch einmal zu überdenken. »Ich wandere gern«, erklärte sie.

»Wirklich?« Genau wie er. Die meisten Frauen, mit denen er ausging, wanderten allerdings gar nicht gern. Sie machen sich immer Sorgen um ihr Haar oder darum, dass ihre Kleider schmutzig werden könnten.

»Ich finde Spazierengehen im Regen sehr romantisch«, gestand sie, ohne von der Kasse aufzusehen, und errötete noch heftiger.

»Sie sind die erste Frau, der ich begegnet bin, die so denkt«, antwortete Zach. »Sorgen Sie sich denn gar nicht um Ihr Haar?«

Sie zupfte verlegen an einer Handvoll ihrer Locken. »Das ist sowieso hoffnungslos.«

»Nein, es ist hübsch.« Das war es wirklich. Er flirtete nicht, sondern stellte nur etwas ehrlich fest. He, Alter!

Was denkst du dir dabei? Nur ja keine »ehrlichen Feststellungen« mehr!, ermahnte er sich.

Sie räusperte sich und beschäftigte sich mit dem Eintippen seiner Einkäufe. »Es ist klug von Ihnen, Ihren Kater im Haus zu halten.«

Fast hätte Zach gesagt: Er ist nicht wirklich mein Kater. Er bleibt nur eine Zeit lang bei mir. Stattdessen aber fragte er: »Ach? Und warum?«

»Weil es sicherer für die Tiere ist«, erwiderte sie mit zunehmendem Selbstvertrauen in der Stimme. »Draußen könnten sie sich mit Krankheiten wie Katzenaids anstecken oder von einem Auto überfahren werden. Deshalb ist es am besten, sie drinnen zu halten. Bar oder mit Karte?«, fügte sie hinzu, nachdem sie ihm den Gesamtbetrag genannt hatte.

So viel, nur damit das Tier sein Geschäft drinnen erledigen konnte? »Ähm, mit Karte«, sagte Zach und fischte das Plastikkärtchen aus dem Portemonnaie. Die Kosten für das Samaritertum begannen zu steigen.

»Danke, dass Sie vorbeigekommen sind«, erklärte Merilee, als alles erledigt war. »Und falls Sie Hilfe mit Ihrem Kater brauchen, ich bin hier.«

Sie hatte genauso gut sagen können: Rufen Sie mich an! Bei diesen großen grünen Augen und dem hübschen kleinen Körper wäre Zach vielleicht sogar versucht gewesen … Wenn sie ihm irgendein Zeichen gegeben hätte, dass sie nicht auf der Suche nach etwas war, das zum Altar und dann zum Scheidungsrichter führte – und er nicht schon jemanden hätte, der nicht von weißen Hochzeitskleidern träumte.

Ich bin hier.

Was bedeutete, dass er von jetzt an dafür sorgen musste, dass er woanders war.

Merilee streckte den Kopf aus ihrer Apartmenttür im Erdgeschoss. Gut. Die Luft war rein. Die Mülltüte in der Hand, schlüpfte sie hinaus, um zu den Containern auf dem Hinterhof zu laufen. Auf Zehenspitzen und mit wild klopfendem Herzen huschte sie an Mrs. Winnamuckers Apartment vorbei. Zum Glück erschien kein von Lockenwicklern gekrönter Kopf in der Tür, um zu fragen, wohin sie ging.

Gott sei Dank. Schließlich wäre es nicht das erste Mal gewesen. Mrs. Winnamucker, die Hausverwalterin der Angel Arms Apartments, nahm ihre Aufgabe sehr ernst und behielt alle Bewohner aufmerksam im Auge. (Was wohl auch der Grund dafür war, dass die meisten von ihnen über fünfzig und ausgesprochen bieder waren. Niemand mit einem etwas aufregenderen Leben blieb hier lange.)

Besonders scharf behielt Mrs. Winnamucker Merilee im Auge, obwohl sie eine ruhige Mieterin war – bei ihr gab es weder wilde Partys noch einen zu laut gestellten Fernseher. Aber Merilee arbeitete in einem Geschäft für Tierbedarf, was sie in Mrs. Winnamuckers Augen schon verdächtig machte. Sie war eine Mieterin, die sich mit dem Feind befreunden könnte: Tieren. In den Angel Arms Apartments war die Haltung von Haustieren nicht gestattet (eine neue Richtlinie, die gleich nach Merilees Einzug eingeführt worden war), und Mrs. Winnamucker achtete genau auf die Einhaltung dieser Mietklausel. Im Erdgeschoss und nur zwei Türen entfernt von ihr zu leben war also gefährlich. Auf jeden Fall heutzutage, weil Merilee jetzt eine Katze hatte.

Aber welche andere Wahl hätte sie denn gehabt? Queenie war eins von mehreren Katzenjungen gewesen, die vom Tierheim zum Pet Palace gebracht worden waren in der Hoffnung, dort vielleicht Familien für sie zu finden. Und alle außer der armen Queenie hatten auch Glück gehabt. Aus irgendeinem Grund hatte die Kleine ihr Verfallsdatum überschritten, und der Gedanke, dass das weiße Kätzchen eingeschläfert werden würde, war Merilee so unerträglich gewesen, dass sie etwas sehr Untypisches für sie getan hatte: Sie hatte die Regeln gebrochen und Queenie in ihr Apartment geschmuggelt. Und sie bereute es nicht. Kein bisschen!

Sie war allerdings nervös, denn falls Mrs. Winnamucker Wind davon bekam oder jemand Queenie miauen hörte, würden sie beide aus dem Angel Arms hinausfliegen und auf der Straße in der Kälte landen. Natürlich könnte Merilee jederzeit zu ihren Eltern ziehen, da ihre Mutter aber gegen Katzen allergisch war, würde Queenie schon wieder kein Zuhause haben. Das konnte Merilee dem armen Tier nicht antun. Wenn sie sich doch bloß ein gemütliches kleines Mietshaus mit tierfreundlichen Eigentümern leisten könnte! Merilee seufzte.

Der beste Ausweg war, schnell ein Zuhause für ihren pelzigen Hausgast zu finden, bevor sie erwischt wurde. Queenie war so ein liebes Kätzchen! Bestimmt würde jemand sie haben wollen. Merilee hatte schon ein Foto am Schwarzen Brett der Stadtbibliothek aufgehängt und eine Anzeige bei Petfinder.com aufgegeben, doch bisher hatte sich niemand gemeldet. Sie hatte auch versucht, ihre beiden Schwestern zu überzeugen, dass sie ein Haustier brauchten, was diese jedoch mit fadenscheinigen Argumenten wie Angst vor Allergien und zu viel Arbeit abgelehnt hatten. Ihre jüngere Schwester Liz hatte sogar gewitzelt, sie sei bereits mit einem Tier verlobt, und eines sei genug. Ha, ha.

Was stimmte eigentlich nicht mit den Leuten? Konnten sie nicht nachvollziehen, wie abhängig Tiere von ihnen waren? Wie schade, dass es nicht mehr Menschen gab wie den Mann, dem sie im Supermarkt begegnet war!

Bei der Erinnerung an sein Lächeln stieg eine Hitze in Merilee auf, die ihren Mantel überflüssig machte. Wenn sie doch bloß etwas Cleveres gesagt hätte, als er im Pet Palace gewesen war, dann hätte sie jetzt vielleicht ein Date mit ihm, statt wieder mal vor dem Fernseher zu sitzen. Wenn sie doch nur daran gedacht hätte, ihr Haar zurückzuwerfen, sich mit der Zungenspitze die Lippen zu befeuchten oder irgendetwas anderes Laszives zu tun, was bei Frauen in den Filmen funktionierte. Nur hatte sie dummerweise nicht genügend Haar, um es zurückzuwerfen. (Warum warst du auch so dumm, es abschneiden zu lassen?) Und hätte sie nicht wie eine Wahnsinnige gewirkt, wenn sie sich bei einem Gespräch über Katzenaids über die Lippen geleckt hätte? Außerdem war es ohnehin zu spät, sodass es also keinen Sinn hatte, sich noch den Kopf darüber zu zerbrechen.

Merilee schaffte es bis zu den Müllcontainern und warf die Tüte mit dem belastenden Inhalt des Katzenklos hinein. Mrs. Winnamucker stocherte bekanntlich sogar hin und wieder im Müll herum, um nach verräterischen Hinweisen auf exzessive Feiern oder Drogenmissbrauch zu suchen, doch zum Glück für Merilee war Winter. Selbst Mrs. Winnamucker hatte ihre Grenzen. Und überhaupt – von welchem ihrer Mieter konnte sie schon annehmen, er könne außer Rand und Band geraten?

Von mir natürlich. Ha! Schön wär's, dachte Merilee voller Selbstironie.

Nach der Beseitigung der Beweise ihres kriminellen Verhaltens zog sie die Jacke vorn zusammen und eilte zu ihrem Apartment zurück. Merilee war noch ungefähr drei Meter von Mrs. Winnamuckers Tür entfernt, als die Hausverwalterin heraustrat. Sie war in einen langen, roten Steppmantel gehüllt und hatte die grauen Locken unter einem kecken roten Hut verborgen.

Mit ihrem runden Gesicht, der Brille mit dem Metallgestell auf der Stupsnase und dem reizenden, großmütterlichen Lächeln hätte man sie fast für die Frau des Weihnachtsmannes halten können. Aber der Schein trog. Mrs. Winnamucker konnten in Sekundenschnelle Reißzähne wachsen, wie Merilee sehr wohl wusste, weil sie es selbst gesehen hatte.

»Hallo, Miss White«, begrüßte sie Merilee mit der täuschend liebenswürdigen Stimme, die sie so gern benutzte.

Merilees Schritte stockten, doch sie nahm sich zusammen und lächelte die Hausverwalterin an wie jemand, der nichts zu verbergen hatte. »Hi, Mrs. Winnamucker. Ungemütliches Wetter, nicht?«

»Das ist es«, stimmte die Frau zu. »Daher überrascht es mich, dass Sie an einem solchen Abend draußen waren, meine Liebe.« Sie lächelte, jedoch nicht, ohne eine Augenbraue hochzuziehen. Wann immer Mrs. Winnamucker eine Braue hochzog, kam Merilee sich wie in einem dieser Vernehmungsräume vor, die man in Fernsehkrimis sah, wo einer den guten Bullen und ein anderer den bösen spielte. Nur würde es in Mrs. Winnamuckers Fall nie einen guten Bullen geben. Den hätte sie im wahren Leben zum Frühstück verspeist, zusammen mit einer Schachtel Doughnuts.

»Ich habe nur schnell den Abfall rausgebracht«, stammelte Merilee. »Weil ich gerade meinen Kühlschrank auswasche.«

Mrs. Winnamucker nickte, aber ihre Mundwinkel verzogen sich nach unten. »Velma Tuttle glaubte neulich, eine Katze gehört zu haben.«

Velma Tuttle, die alte Schachtel, die Merilee gegenüber wohnte, könnte nicht einmal einen Rottweiler direkt an ihrem Ohr bellen hören, selbst wenn sie ihr Hörgerät auf volle Lautstärke gestellt hätte.

»Haben Sie irgendwas gehört, Miss White?«, fragte Mrs. Winnamucker.

»Nein, aber wir sind umgeben von Häusern, und es gibt einige Katzen in der Nachbarschaft.«

»Na ja, dann war's wohl das. Schönen Abend noch.« Mrs. Winnamucker hängte sich ihre Tasche über die

Schulter, schloss ihre Tür ab und marschierte aus dem Haus und auf den Parkplatz zu.

Merilee sah ihr stirnrunzelnd nach. Die Frau brauchte eigentlich gar kein Auto. Wahrscheinlich könnte sie sich genauso gut mit einem Besen fortbewegen.

Ambrose war noch nicht ganz sicher, wie er sich verhalten sollte, um sein siebtes Leben zu behalten, aber der Grund, warum er ausgerechnet hier bei diesem Menschen gelandet war, kam ihm mit jäher, blendend greller Klarheit zu Bewusstsein, als der Mann sein Essen vorbereitete.

»Halte durch, Junge!«, hatte er gesagt, als Ambrose um seine Hosenbeine gestrichen war, um ihn daran zu erinnern, dass er dem Hungertod nahe war.

Halte durch, mein Junge! Halte durch!

Die Worte versetzten Ambrose schlagartig in die Vergangenheit zurück. Es war Weihnachten in seinem zweiten Leben. Überall brausten große weiße Lastwagen mit den Buchstaben *FedEx* an der Seite herum. Er hatte sich um seinen eigenen Kram gekümmert und wollte gerade die Straße überqueren, als einer dieser Wagen direkt auf ihn zugeschossen kam und seinem Vokabular ein neues Wort hinzufügte: *Patsch!*

Aus dem Nichts erschien ein Fremder und hob ihn auf, legte ihn auf einen Autositz und raste mit ihm in die nächste Tierklinik. »Halte durch, mein Junge! Halte durch!«

Diese Gelegenheit war es also gewesen, bei der er diesen Mann schon mal gesehen hatte. Kein Wunder, dass sein Gesicht ihm bekannt vorgekommen war. Es war dasselbe Gesicht, das sich ihm in jenem anderen Leben mit solcher Besorgnis zugewandt hatte. Der Mann war älter geworden – und größer –, aber er und dieser fürsorgliche junge Bursche waren ein und derselbe. In einem anderen Leben, als Ambrose noch unschuldig und vertrauensvoll gewesen war, hatte dieser Mann versucht, ihm das Leben zu retten.

Daher war es bestimmt kein Zufall, dass ihre Wege sich gekreuzt hatten. Zum zweiten Mal nun schon. Es war an der Zeit, sich zu revanchieren.

Aber wie konnte Ambrose es dem Mann vergelten? Offenbar musste er gerettet werden, die Frage war nur, wovor? Es schien ihm doch ganz gut zu gehen.

Ambrose musterte seinen neuen Menschen prüfend und betrachtete ihn aus vielen unterschiedlichen Blickwinkeln: von der Kommode, vom Fußende des Bettes, vom Kaminsims, vom Boden und natürlich auch vom Schoß des Mannes aus. Wie all die anderen Menschen, die Ambrose in seinen vergangenen Leben gekannt hatte, verbrachte dieser hier viel Zeit damit zu schlafen, sich zu pflegen und mit seinem Essen herumzuspielen – alles gute Beschäftigungen, wie jede Katze bestätigen konnte. Aber er verschwendete auch viel Zeit und Energie darauf, Teile seines Hauses zu zerstören und durch neue zu ersetzen. Und in sein Mobiltelefon zu sprechen.

Ambrose mochte diese Dinger nicht. Eine Frau, die eins benutzt hatte, hatte ihm eines seiner Leben genommen.

Sie hatte in einem Auto gesessen, in dieses Ding gequatscht und woandershin gesehen, und bevor Ambrose aus dem Weg hatte springen können, hatte es einen dumpfen Knall gegeben, und das war das Ende seines Lebens Nummer drei gewesen. Diese Mobiltelefone waren gefährliche Spielzeuge, wenn man Ambrose fragte. Sprachen Menschen nicht ohnehin schon genug miteinander? Warum mussten sie auch noch ihre Telefone überall mit hinnehmen?

Aber so sehr Ambrose sie hasste – ihm war doch bewusst, dass er beim Zuhören viel erfahren konnte, wenn ein Mensch mit einem dieser Dinger spielte. Deshalb blieb er in der Nähe und lauschte, während der Mann in sein Handy sprach. Meist schien er dann mit Frauen zu reden.

Die eine war »Mom«. Ambrose wusste, was eine Mom war. Bei seinem Umgang mit Familien hatte er festgestellt, dass meistens Mom die Person war, die ihn fütterte. Sie bereitete auch das Essen für die anderen Menschen zu und hielt das Haus sauber. (Manchmal halfen die Männer, aber gewöhnlich verrichteten die Frauen die meiste Arbeit.) Moms machten viel Aufhebens um ihre Jungen und paarten sich häufig mit dem erwachsenen Mann. Trotz all dieser Paarungen brachten Moms jedoch nur selten einen richtigen Wurf zustande. Die wenigen, denen es gelang, erschienen im Fernsehen oder in den Zeitungen. Der Rest schaffte es gelegentlich, einen einzigen kleinen Menschen, den sie »Baby« nannten, hervorzubringen, und wenn das geschah, war es kaum zu glauben, was die Menschen für ein Theater darum veranstalteten. Menschliche Babys brauchten ewig, um zu Kindern heranzuwachsen. Und Kinder … Puh! Die konnten eine echte Plage sein. Sie taten einem Kater alles Mögliche an, angefangen dabei, ihn am Schwanz zu ziehen, bis hin zu der schrecklich erniedrigenden Idee, ihm Puppenkleider anzuziehen. Trotzdem liebten Moms ihre Kinder, egal, wie die ihre Katzen behandelten, und auch die Kinder waren ihren Moms sehr zugetan. Ungeachtet ihres Alters kamen sie sehr oft zu ihren Moms, um mit ihnen lange Gespräche über wichtige Dinge wie Schulprojekte, Jungs oder Arbeit zu führen – oder weil sie wissen wollten, wie man einen Truthahn zubereitete.

Aus irgendeinem unerfindlichen Grund rief sein neuer Mensch seine Mom nicht an, aber sie ihn, und er schien nicht erfreut darüber zu sein. Er sagte Dinge zu ihr wie: »Ja, ja, die Neugestaltung geht voran.«

Neugestaltung. Nannte man so das Durcheinander, das der Mann veranstaltete?

Er sagte auch so etwas wie: »Ich glaube nicht, dass ich kommen kann.« Oder: »Tut mir leid, Mom, ich habe schon andere Pläne.«

Seine Pläne für den heutigen Abend schienen etwas mit jemandem namens »Baby« zu tun zu haben, wenn auch offensichtlich nicht mit der kleinen, Windel tragenden Version, da *dieses* Baby ja bereits mit einem Telefon umgehen konnte. Wenn der Mann mit ihr sprach, sagte er zum Beispiel: »Ich kann es kaum erwarten, dich darin zu sehen, Baby.« Und: »Komm rüber! Ich lasse uns etwas zu essen kommen.«

Baby war offensichtlich jemand Wichtiges, schlussfolgerte Ambrose, während er und der Mann auf der großen Ledercouch saßen und der Mann ihn streichelte, während er telefonierte.

Es hörte sich nicht so an, als würde Ambrose Mom irgendwann in naher Zukunft zu Gesicht bekommen, doch Baby würde er an diesem Abend sehen. Ambrose leckte sich die Pfote und fuhr sich damit über das Fell auf seinem Kopf. Ein Mann wollte schließlich gut aussehen, wenn er jemand Wichtigen im Leben seines Menschen kennenlernte.

Ambrose sah voller Entsetzen zu, wie Baby zur Tür hereinspazierte. Er kannte diese Frau, diese Mörderin, diese herzlose Kreatur, die beim Autofahren telefonierte und hilflose Katzen überfuhr, die noch so viel hatten, wofür es sich zu leben lohnte! Sein Schwanz zuckte bei der Erinnerung, wie sie danach vor ihm gestanden und noch immer in ihr blödes Telefon gesprochen hatte.

»Was soll ich tun? Ihn aufheben? Bist du verrückt? Vielleicht beißt er mich. O Gott, mir wird gleich schlecht.«

Ihr? Und was war mit ihm? Schließlich war er es, der im Sterben lag.

Doch das war ihr egal gewesen. Es war nur um sie gegangen. Sie hatte noch immer geflennt und in ihr Telefon geplappert, als sie zu ihrem schicken Wagen zurückgegangen und davongebraust war. Hatte Ambrose allein und mit großen Schmerzen auf der Straße liegen lassen, diese gefühllose Kreatur, ohne sich darum zu scheren, ob dieses nicht vielleicht sogar sein letztes Leben war.

Und jetzt war sie wieder da, zurückgekehrt wie aus einem bösen Traum. Sie hatte noch das gleiche lange gelbe Fell auf dem Kopf, und ihr Mund war blutrot angemalt. Sie trug Schuhe, die sie fast so groß aussehen ließen wie den Mann, und Hosen, die an ihren dünnen Beinen klebten. Darüber trug sie einen langen Mantel, der mit … Pelz besetzt war! Falls auch nur der kleinste Zweifel bestanden hatte, war er damit ausgeräumt. Diese Frau hasste Tiere.

Warum sollte dieser gutherzige Mann sich mit einer solchen Person abgeben? War sie überhaupt noch jung genug, um Nachwuchs hervorzubringen? Wie Ambrose hatte sie seit ihrer letzten Begegnung ein paar Leben mehr gesehen, was deutlich an den kleinen Linien um ihre Augen zu erkennen war.

Nun, das alles war nur ein weiterer Beweis dafür, dass sein neuer Mensch nicht allzu klug war und Hilfe von jemand Weiserem brauchte, von jemandem mit der Art von Weisheit, die man nur erlangen konnte, wenn man schon einige Leben hinter sich gebracht hatte.

»Ich habe James gesagt, dass er vor Mitternacht nicht zu Hause sein muss«, erklärte sie. »Was bedeutet, dass ich es auch nicht muss.« Sie legte ihren Mantel ab, unter dem etwas Schwarzes, Glänzendes an ihrer oberen Körperhälfte zum Vorschein kam, das nur knapp ihre Haut bedeckte. »Magst du es?«, schnurrte sie geradezu.

O Mann, ich werd nicht mehr! Was gab's daran zu mögen?

Offensichtlich irgendetwas schon, da dieser Narr von einem Mann sie ansah, wie Ambrose einst den verlockenden Kanarienvogel betrachtet hatte, der ihn schließlich sein fünftes Leben gekostet hatte. »O ja«, sagte der Mann, und auch seine Stimme klang fast wie ein Schnurren.

Von seinem Platz vor dem Kamin sah Ambrose angewidert zu, wie die beiden sich aneinanderdrückten und küssten (ein beliebter menschlicher Brauch in Verbindung mit der Paarung, den Ambrose allerdings für pure Zeitverschwendung hielt). Das gemütliche Kaminfeuer, vor dem er lag, hatte sein neuer Mensch gleich nach seiner Heimkehr angezündet, und erst jetzt merkte Ambrose, dass er es nicht seinetwegen getan hatte. O nein, der Mann hatte dabei an dieses erbärmliche Frauenzimmer gedacht. Ambrose und Adelaide, seine alte Dame, hatten viel ferngesehen, und daher wusste Ambrose ganz genau, was diese herzlose Person war: ein Puma wie aus dieser Sendung *Pumas in Connecticut*. Das brutale und bösartige Verhalten, das Ambrose in dieser Sendung gesehen hatte, hatte ihn froh gemacht, eine Katze zu sein. Das Letzte, was dieser arme Narr hier brauchte, war, sich mit dieser Art von Weibchen zusammenzutun.

Endlich lösten sie sich voneinander, und der Puma kam ins Wohnzimmer. Auf halbem Weg zur Couch blieb die Frau jedoch wieder stehen, als sie Ambrose sah.

Ja. Erinnerst du dich? Ich bin wieder da.

»Zach, was ist das? Du hast eine Katze?«, fragte sie und ließ es so klingen, als hätte der Mann sich eine tödliche Krankheit zugezogen.

Einen Kater. Denselben, den du platt gefahren hast. Offenbar erinnerten Menschen sich nicht an Morde, die sie in einem früheren Leben begangen hatten.

»Du hast mir nichts davon gesagt«, bemerkte sie.

Ambrose hatte diesen Satz schon oft genug gehört. Weibliche Menschen erwarteten von ihren Männern, ihnen jede Kleinigkeit zu erzählen. Was für eine Plage! Wie gut, dass er ein Kater war!

»Es ist mehr so, als hätte er mich«, sagte der Mann namens Zach. »Ich habe den alten Tom gerettet, und er ist mir nach Hause nachgelaufen. Ich behalte ihn, bis ich ein Zuhause für ihn finde.«

Tom. Ambrose erschauderte bei der Erwähnung seines erbärmlichen neuen Namens. Und was hatte Zach gemeint? *Das* hier war Ambrose' Zuhause. Es war da, wo er sein sollte, wo er sich sein schönes, langes siebtes Leben verdienen sollte.

Die Frau betrachtete ihn von oben herab. »Na, dann viel Glück damit! Er ist nicht gerade der bestaussehende Kater im Viertel, nicht?«

Was? Meinte sie das ernst? Was wusste sie schon, was einen zu einem gut aussehenden Kater machte? Die Katzendamen mochten ihn jedenfalls. Da war es völlig unerheblich, dass ihm die Spitze seines rechten Ohrs fehlte. *Das ist eine Kriegsverletzung … Baby.*

»He, Blair, du wirst seine Gefühle verletzen«, sagte Zach.

Ambrose' Augen verengten sich. Er erkannte einen scherzhaften Ton, wenn er einen hörte. Plötzlich schienen Zach seine, Ambrose', Gefühle gar nicht mehr so sehr zu kümmern. Blair-Baby brachte nicht das Beste in diesem Mann hervor – was angesichts ihrer Vergangenheit aber auch nicht überraschend war.

»Oh, ich bin sicher, dass er ganz reizend ist. Nicht wahr, mein Kleiner?«, gurrte sie.

»Komm, Tom, und sag Hi zu Blair!«, forderte Zach ihn auf.

Ambrose war kein Dummkopf. Er wusste, dass sie nur Zachs wegen so freundlich zu ihm war. Aber er machte das Spiel nicht mit! Statt zu der Katzenmörderin zu gehen, schlenderte er davon, rieb sich an dem Bein eines alten Stuhls und markierte ihn. *Ich würde mich eher auf die gleiche Stufe mit diesem Holzstuhl stellen, als mich in deine Nähe zu begeben.*

»Er verursacht mir Niesreiz«, sagte der Puma und rieb sich mit einem Finger unter der Nase. »Ich hoffe, dass du ihn nicht allzu lange haben wirst.«

Wieder wurden Ambrose' Augen schmal. *Wir werden ja sehen, wer am längsten bleibt … Baby.*

Kühne Worte, wenn man bedachte, wie sehr Blair-Baby seinem neuen Menschen zu gefallen schien. Es dauerte nicht lange, bis Zach und Blair ineinander verschlungen auf der Ledercouch lagen, redeten, sich betatschten und miteinander lachten. Ambrose verzog sich in die Küche, bevor ihm ganz und gar der Appetit verging. Gut, dass der Puma wenigstens nicht hier lebte und bald wieder verschwinden würde!

Oder auch nicht. Blair-Baby blieb wie ein hartnäckiger Kopfschmerz, klebte buchstäblich an Zach und stahl seine Aufmerksamkeit. Sie aßen zusammen, und dann gingen sie zu Zachs Schlafzimmer hinauf und machten Ambrose die Tür vor der Nase zu. Irgendwann kamen sie endlich wieder herunter, stellten den Fernseher an und kuschelten sich auf der Couch zusammen. Baby stellte eine Schale Popcorn auf Zachs Schoß – genau dorthin, wo Ambrose normalerweise liegen würde.

Hmmpff. Ambrose rollte sich vor dem Kamin zusammen und kehrte den beiden den Rücken zu. Aus den Augen, aus dem Sinn.

Aber hören konnte er sie noch immer. Und er vernahm auch eine Stimme aus dem Fernseher, die Zach und Blair aufforderte, mit ihrem Haustier zum Pet Palace zu kommen, um es mit dem Weihnachtsmann fotografieren zu lassen.

Der Weihnachtsmann! Er war groß und sadistisch veranlagt. Er griff sich kleine Kinder und zwang sie, auf seinem Schoß zu sitzen, machte ihnen Angst und brachte sie zum Weinen. Ambrose wusste das, weil er die Bilder gesehen hatte. Menschen benutzten den Weihnachtsmann anscheinend um diese Jahreszeit, um ihre Sprösslinge zu bestrafen. Aber wer würde das einem hilflosen Tier antun?

Das Pet Palace natürlich. Es war ein übler Ort. Ambrose erschauderte bei der Erinnerung an jenen Tag in seinem sechsten Leben, als sein Besitzer den Rabattgutschein des Pet Palace fürs Kastrieren beim Tierarzt benutzt hatte. Entmannung! Er war furchtbar verängstigt gewesen. Kein Wunder, dass er einen Herzanfall bekommen hatte und auf dem Operationstisch gestorben war.

»Du solltest mit Tom hingehen und ihn fotografieren lassen«, sagte Blair.

Neiiin, das sollte er nicht!

»Ich weiß nicht«, erwiderte Zach. »Das ist für mich ungefähr so, wie Hunden ein Rentiergeweih aufzusetzen.«

Ein Rentiergeweih? Ja, das klang nach etwas, das zu tragen Ambrose Hunden zutrauen würde.

»Ich dachte nur gerade, dass es eine gute Idee wäre, wenn du ein niedliches Bild von deinem Kater mit Weihnachtsmannmütze auf die Vermittlungslisten für herrenlose Tiere setzen würdest.«

Niedlich! Ambrose würde sich doch nicht zum Affen machen lassen, und schon gar nicht mit dem großen, bösen Weihnachtsmonster. Eher würde er sich ins Kaminfeuer stürzen, als dem Mann in Rot in die Hände zu fallen. Und was meinte sie mit »herrenlos«? Er war nicht herrenlos. Er hatte doch Zach. Und bei ihm wollte er auch bleiben.

Unter dem Vorwand, sich strecken zu müssen, drehte Ambrose sich wieder um und beobachtete die beiden Menschen. Zachs Stirn war leicht gerunzelt.

»James wird nächstes Wochenende bei seinem Vater sein, dann kann ich dich begleiten«, sagte der Puma. »Der arme Kater sollte ein richtiges Zuhause haben. Je eher, desto besser«, fügte Blair-Baby hinzu und rieb sich wieder die Nase.

Jetzt schien Zach sehr nachdenklich zu werden. Und das sah nicht gut für Ambrose aus.

Kapitel Vier

Als Blair das nächste Mal vorbeikam, gab sie Zach kaum eine Chance, sie zu küssen, bevor sie die hübsche Nase rümpfte und sagte: »Igitt! Was ist denn das für ein Geruch?«

»Was für ein Geruch?« Zach hatte eben erst geduscht.

»Nach Katzenklo«, stellte sie angewidert fest. »Wann hast du das letzte Mal die Streu gewechselt?«

»Am Dienstag, bevor ich zur Wache gefahren bin.«

Sie verzog das Gesicht und schüttelte den Kopf. »Dein ganzes Haus stinkt.«

Er schnupperte. Okay, es roch tatsächlich ein bisschen streng. »Dann sollte ich sie wohl besser austauschen.«

»Ich denke, du solltest wohl besser etwas wegen des Katers unternehmen. Diesen ekligen Geruch in die Nase zu bekommen ist eine echte Spaßbremse.« Erschaudernd griff sie in ihre Tasche, um eine kleine Flasche Parfum herauszunehmen und es in der Diele zu versprühen. »Ich warte im Wagen«, sagte sie und ließ Zach allein in seinem stinkenden Haus und mit seiner stinkenden Katze.

Er begann ein anderes Gesprächsthema, als sie zum Lunch fuhren, doch später, als sie in einer ruhigen, von roten Lametta-Girlanden eingeschlossenen Nische des

Captain Crab saßen und sich die Speisekarte ansahen, schnitt Blair das Thema wieder an. »Und wie kommst du mit der Suche nach einem Zuhause für den Kater weiter?«

»Ich arbeite daran«, wich Zach aus und legte die Karte hin. »Weißt du, Blair, es überrascht mich irgendwie, dass du ihn nicht magst. Ich hätte dich eigentlich für eine Tierfreundin gehalten. Ich meine, immerhin gehört das Pet Palace deinem Vater.«

»Sei nicht albern!«, versetzte sie. Prompt kam er sich nicht nur dumm vor, sondern ärgerte sich auch. »Das ist ja, als müsste jemand, dem ein japanisches Restaurant gehört, auch Sushi mögen.«

»Ach ja? Und warum sollte man ein japanisches Restaurant besitzen wollen, wenn man kein japanisches Essen mag?«, gab er zurück.

»Um Geld zu verdienen«, sagte sie. »Hör mal, ich habe nichts gegen Katzen und auch nichts gegen den Kater, den du gefunden hast, außer dass er mich zum Niesen bringt. Und jetzt auch noch Gestank in deinem Haus verbreitet. Also wirklich, Zach, ein Hauch davon genügt, um mir die Lust zu nehmen, mich dort aufzuhalten.«

Er wusste, was das bedeutete. Es bedeutete, nun ja, *keine Lust* eben. Blairs Haus war mehr oder weniger tabu ihres halbwüchsigen Sohnes James wegen, der bei ihr lebte, und der Nachbarn, die ihm, wie sie glaubte, zweifellos erzählen würden, dass sie sich nicht nur mit dem Haushalt beschäftigte, wenn er nicht da war. Was ganz schön dumm war, wie Zach fand. Der Junge musste doch wissen, dass seine Mutter auch ein Leben hatte. Aber da sie es nun einmal so wollte, erhob Zach keine Einwände. Es sei denn, sie könnten sich auch bei ihm nicht mehr aufhalten … Das verhieß nichts Gutes für ihre Beziehung.

»Keine Sorge, ich kümmere mich darum«, versprach er.

»Das hoffe ich«, sagte sie. Und um ihm zu beweisen, wie ernst es ihr war, fuhr sie nach dem Lunch sofort nach Hause.

»Kein Problem«, sagte Ray, als der total frustrierte Zach ihn anrief. »Ich komme heute Nachmittag vorbei, und wir installieren eine Katzenklappe. Dann kann Tom kommen und gehen, wann er will. Kein Katzenklo, kein Gestank.«

Das ist die perfekte Lösung, dachte Zach, und als sie mit der Arbeit fertig waren, hatte er ein Loch auf dem Konto und ein weiteres in seinem Daumen, der unter den Hammer geraten war. Aber Tom hatte eine eigene Tür. Zach lächelte, als Tacky demonstrierte, wie einfach sie zu benutzen war. Perfekt.

Am Abend jedoch, als Zach versuchte, Tom mit dem Wunder seiner eigenen Eingangstür vertraut zu machen, sträubte sich der Kleine. Sträubte sich nicht nur, sondern suchte auch sogleich das Weite.

»He, nun komm schon«, rief Zach ihm nach. »Ich versuche doch nur hinzukriegen, dass du bleiben kannst.« Er holte Tom und wiederholte die Prozedur, und wieder krallte der Kater sich mit allen vieren in den Boden. Als Zach die Klappe nach außen drückte und

Tom hindurchschieben wollte, fauchte er und holte sogar mit einer Pfote aus, um Zach zu kratzen.

»Okay, Freundchen. Du hattest deine Chance«, knurrte Zach, dessen Wohlwollen Katzen gegenüber rapide schwand.

Am Morgen darauf war Zach wieder einmal im Pet Palace, dieses Mal, um eine Katzenbox zu kaufen. Denn ein gewisser *Jemand* würde morgen für ein Foto mit dem Weihnachtsmann hierhergebracht werden, damit dieser *Jemand* zu Weihnachten ein neues Zuhause hatte.

Zach stand vor der großen Auswahl an Boxen, Taschen und Körben, und ein leises Schuldbewusstsein beschlich ihn plötzlich bei der Vorstellung, Tom in eines dieser Dinger einzusperren. Der Kleine hatte sich am Abend zuvor mit ihm versöhnt und auf seinem Schoß gelegen, während Zach die Dezemberausgabe von *Do It Yourself* gelesen hatte.

Aber wenn ein Mann sich zwischen einem Kater oder einer Frau auf seinem Schoß entscheiden musste … Blair hatte völlig recht. Tom brauchte ein richtiges Zuhause, und ein Foto von ihm in Weihnachtsaufmachung zu posten war der beste Weg, dafür zu sorgen, dass er eins bekam. Zach schnappte sich eine Box und machte sich auf die Suche nach Katzenleckerli, weil er glaubte, dass ein bisschen Bestechung ihnen beiden ein besseres Gefühl bei der ganzen Sache geben würde.

Was für ein Zufall, dachte er, als er in dem Gang mit den Katzenleckerli die Elfe beim Auffüllen von Regalen antraf. Sie errötete ein wenig, als sie Zach erblickte, und schenkte ihm ein etwas unsicheres Lächeln.

Er hielt die Katzenbox hoch. »Ich musste eine Box besorgen.« Ach nee. »Ich bringe meine Katze nämlich morgen für das Weihnachtsfoto her.«

Ihre Augen leuchteten auf, ihr Lächeln wurde breiter.

»Mit meiner Freundin«, fügte er hinzu. Die Röte auf ihren Wangen vertiefte sich, und ihr Lächeln verblasste, was ein sicheres Anzeichen dafür war, dass er es bei nur zwei Begegnungen geschafft hatte, einen falschen Eindruck zu erwecken. Er kam sich vor wie ein Schuft.

Sie nickte tapfer. »Nun, dann werden wir uns dort sehen, da ich die Fotos mache.«

»Oh«, murmelte Zach. Schade, dass Blair mitkommt! Hoppla, wo kam der Gedanke denn her? Er wollte Blair doch bei sich haben, oder etwa nicht? Natürlich wollte er. Blair brachte keine Verpflichtungen mit sich. »Schön, dann bis morgen«, sagte er und ging.

Er war schon wieder unterwegs, als ihm einfiel, dass er keine Leckerli für Tom gekauft hatte. Aber er konnte ihm ja welche kaufen, wenn sie mit den Fotos fertig waren, zur Belohnung für gutes Benehmen sozusagen. Und wenn er Glück hatte, würde Blair vielleicht auch *ihn* für gutes Benehmen belohnen.

Ho-ho. Er grinste, als er sich vorstellte …

O nein! Was machte denn die Rothaarige mit den grünen Augen auf der Bühne? Wo war die blauäugige Blondine, die dort hingehörte? Blair. Du bist mit Blair zusammen, erinnerte er sich. Du bist glücklich mit ihr. Er verdrängte das Bild von Merilee, die in einem kurzen roten Samtkleidchen für ihn posierte, und brachte Blair auf die Bühne zurück, mit nichts als einer Weihnachtsmannmütze bekleidet.

Aber sie blickte zur linken Bühnenseite hinüber und machte ein finsteres Gesicht.

Eine Sekunde später war Merilee wieder da, steppte lächelnd zur Bühnenmitte, und Blair war plötzlich nirgendwo mehr zu sehen.

Zach schüttelte vehement den Kopf, um das Bild zu vertreiben. Was ist los mit mir?

Das war eine Frage, auf die er keine Antwort hatte, oder jedenfalls keine einfache.

Eine gut aussehende Frau in Designerjeans und einer teuren Jacke griff an Merilee vorbei nach ein paar Dosen Katzenfutter, und der Diamantring, den sie an ihrer linken Hand trug, schien Merilee richtiggehend zu verhöhnen. Alles an der Frau, von ihrer todschicken Jacke über die Jeans bis zu ihrem Make-up, besagte: »Ich bin perfekt und weiß es.«

Merilee rang sich ein schmallippiges Lächeln ab und nahm weitere Dosen aus dem zu leerenden Karton, um sie härter als nötig in das Regal zu knallen. Neid ist unschön, tadelte sie sich im Stillen. Und wenn sie selbst ein bisschen attraktiver wäre, müsste sie nicht gegen das gelbgesichtige Monster namens Neid ankämpfen.

Doch selbst wenn sie sich rein äußerlich verändern würde, wäre es ihr wahrscheinlich immer noch unmöglich, ihre Schüchternheit zu überwinden und die Kunst des Flirtens zu erlernen. Warum löste ihr Selbstvertrauen sich auf wie eine Fata Morgana, wann immer sie in Gesellschaft attraktiver Männer war?

Ha! Weil es ihr Leben lang schon so gewesen war. Die coolen Typen hatten sie nie bemerkt, weder auf der Highschool noch auf dem College. Und sie sahen sie auch heute nicht.

Einfach nur nett zu sein genügte heutzutage nicht. Man musste auffallen. Klasse haben. Anschluss finden.

Leider fand sie leichter Anschluss zu Tieren als zu Menschen. Tiere liebten einen, ob man Make-up trug oder nicht. Für Tiere brauchte man nicht sexy, witzig, clever und unterhaltsam zu sein. Sie wollten nur geliebt und akzeptiert werden, und darin war Merilee sehr gut. Sie bemühte sich um hilflose Geschöpfe, kümmerte sich um jeden, der Hilfe brauchte oder eine Schulter, um sich auszuweinen. Deswegen hatte es ihr auch nie an Freundinnen gefehlt. Auf der Highschool waren alle ihre Mitschülerinnen mit ihrem Liebeskummer zu ihr gekommen. Rückblickend war es leicht zu sehen, warum. Sie hatten gewusst, dass sie sehr viel Anteilnahme und wenig Konkurrenz von ihr zu erwarten hatten.

Merilee knallte eine weitere Dose Katzenfutter ins Regal. Männer wollten keine netten Frauen, sondern heiße, und sie wusste, dass *sie* niemals heiß sein würde. Sie war nicht einmal sicher, ob sie es je schaffen würde, auch nur lauwarm zu sein. Warum waren die Menschen (und insbesonders die Männer) derart oberflächlich? Was zählte, waren schließlich die inneren Werte, oder nicht?

Als sie einmal im Beisein ihrer Schwestern so etwas bemerkt hatte, hatte Liz erklärt, die meisten Leute blickten eben lieber in einen hübsch verpackten Geschenkkarton mit einer schönen Schleife als in eine langweilige, schmuddelige Papiertüte.

Noch heute runzelte Merilee die Stirn bei der Erinnerung. »Ich bin keine schmuddelige Papiertüte.«

»Danke für die Info«, sagte Dennis, der Abteilungsleiter, im Vorbeigehen, was bewies, dass eine Frau sehr wohl bemerkt werden konnte, ganz gleich, was sie auch trug.

Katzenboxen waren nichts anderes als tragbare Käfige, erniedrigende Transportmittel für ein Tier. Und in all seinen Leben war Ambrose noch nie in einem dieser komischen Kästen irgendwohin verfrachtet worden.

Mit schmalen Augen beobachtete er, wie Zach das hässliche graue Ding unten im Schrank verstaute. Zach und der Katzen mordende Puma dachten also wohl, sie könnten ihn in dieses Ding stecken, um mit ihm das Weihnachtsmonster aufzusuchen? Ha! Sie konnten es ja versuchen.

Zach verschwand nach oben, aber Ambrose blieb, wachsam wie immer, im Wohnzimmer unter der Couch. Heute war anscheinend nicht der Tag für den Besuch beim Mann in Rot, denn ein paar Minuten später erschien Zach in seinen alten Arbeitssachen. Das bedeutete … ja, genau. Schon kurz darauf war er im Esszimmer und begann, zu hämmern und zu klopfen.

Ambrose rannte die Treppe hinauf und versteckte sich unter dem Bett. Dieser Lärm! Er konnte einem den letzten Nerv rauben. Warum bloß hatte er hier enden müssen? Warum konnte seine Aufgabe nicht darin bestehen, einer reizenden alten Dame wie Adelaide Gesellschaft zu leisten? Aber natürlich kannte er die Antwort, und sie war der einzige Grund dafür, dass er noch immer hier herumhing. Er stand in Zachs Schuld. Und Zach brauchte definitiv Hilfe.

Später an jenem Abend, als sie auf der Couch vor dem Fernseher saßen, dachte Ambrose, dass seine Mission eigentlich doch gar nicht so schlecht war. Zach war ein ziemlich netter Mensch, nur leicht zu beeinflussen, weswegen er offensichtlich noch mit jemand anderem zusammen sein musste als dem Puma, mit jemandem, der einen guten Einfluss auf ihn hatte und ihn lehren würde, auf die Gefühle anderer, wie auf die seines Katers, Rücksicht zu nehmen.

Sie schliefen sehr gut in jener Nacht – Zach unter der Bettdecke, Ambrose auf ihr zusammengerollt. Betten waren etwas Wunderbares, weich und warm, und neben einem Menschen auf einem zu liegen (selbst wenn dieser Mensch nicht der Hellste im Viertel war), gab einem Kater ein Gefühl der Sicherheit und der Gemeinschaft. Im Gegensatz zu der landläufigen Meinung waren Katzen nämlich keine Snobs und Einzelgänger. Sie fühlten sich gern einem Menschen zugehörig. Und Ambrose konnte sich vorstellen, für lange Zeit bei Zach zu bleiben. Wenn er den Jungen erst mal auf Zack gebracht hatte.

Am nächsten Morgen lag er noch auf dem Bett und träumte, er verspeise eine schöne fette Maus, als Zach ihn aufhob. »Aufstehen, Junge, es ist Showtime.«

Showtime? Das konnte nur bedeuten, dass sie sich irgendwas im Fernsehen ansehen würden. Zach würde ihm erlauben, auf seinem Schoß zu liegen, und ihn streicheln. Gute Idee! Ambrose ließ sich widerstandslos nach unten tragen.

Als sie das Treppenende erreichten, sah Ambrose jedoch die Katzenbox und … den Puma. O nein! Sie würden ihn nicht in dieses Ding stecken.

Zach, der Ambrose' Reaktion jedoch vorausgesehen hatte, packte ihn nur noch fester, als er die Flucht ergreifen wollte. »Tut mir leid, Kumpel«, sagte er, und bevor Ambrose sich's versah, saß er auch schon in dem Käfig.

Das *sollte* ihm auch leidtun, dachte Ambrose empört. Was Zach getan hatte, war schlicht und einfach ein Vertrauensbruch. Durch die Gitterstäbe seines Gefängnisses beobachtete Ambrose, wie Blair-Baby Zach die Mütze zeigte, die sie für Ambrose gekauft hatte, eine kleine Version der albernen roten Mützen mit der weißen Bommel, die einige Leute um diese Jahreszeit zu Ehren des Weihnachtsmonsters trugen.

»Die wird sein zerbissenes Ohr verbergen«, sagte sie. »Sie wird mit einem Gummiband befestigt, damit sie nicht herunterfallen kann.«

Aber vorher musste Baby ihm das Ding aufsetzen, und falls sie glaubte, dass Ambrose sie mit diesem lächerlichen Hut auch nur in seine Nähe lassen würde, war sie schwer im Irrtum. Ein Hund würde einen solchen Unsinn mitmachen und für einen Riesenspaß halten, aber eine Katze, die etwas auf sich hielt, würde sich niemals auf ein solches Niveau herabbegeben.

»Das ist vielleicht ein bisschen zu viel verlangt«, warf Zack zweifelnd ein.

Was für eine Untertreibung!

»Ach was, das wird er schon verkraften«, meinte der Puma.

Würde er nicht!

Bevor Ambrose wusste, wie ihm geschah, befand er sich in der Luft und schaukelte wie ein Vogel in einem Käfig. *Puh*. Gleich würde ihm schlecht werden. Er sah Sträucher, Rasen und Bäume an sich vorbeischwanken, und dann befand er sich auf dem Rücksitz des glänzenden schwarzen Autos. Zach und der Puma stiegen vorne ein, und der Motor erwachte dröhnend zum Leben. Wieder schwankte Ambrose hin und her … und wurde von Sekunde zu Sekunde nervöser. Warum quälte Zach ihn so?

Des Pumas wegen natürlich. Wahrscheinlich war es auch Blair-Babys Idee gewesen, diese fürchterliche Katzentür einbauen zu lassen.

Oh, was für ein Entsetzen ihn beim Anblick dieses Dings ergriffen hatte! Es hatte lebhafte Erinnerungen an seinen demütigendsten Tod zurückgebracht. Okay, wenn er sich nicht im Rücken des armen Snoopy festgekrallt hätte und auf dem halb wahnsinnigen Beagle durchs ganze Haus geritten wäre, hätte er auch nicht den Tod gefunden. Diese Katzen- oder Hundetüren waren nicht dazu gedacht, huckepack auf einem anderen Tier hindurchzustürmen. Aber genau dazu hatte Snoopy sich in der allerletzten Sekunde entschlossen, und wie eine dämliche Comicfigur war Ambrose gegen die eigentliche Tür geknallt und hatte sich bei dem Aufprall den Hals gebrochen. Sein Pech und seine eigene Schuld. Er hatte bekommen, was er verdiente, aber trotzdem müssten diese Türen verboten werden. Und Frauen, die leicht beeinflussbare Männer dazu brachten, sie zu installieren, müssten eingeschläfert werden.

Es schien eine Ewigkeit zu dauern, bis der Wagen anhielt. Zack nahm die Katzenbox vom Rücksitz, und Ambrose erhaschte einen Blick auf ein endloses Feld von Autos. Vor ihnen erhob sich ein hohes, *riesiges* Haus. Ambrose drückte sich in die Ecke des Käfigs, weil er ein sehr schlechtes Gefühl bei alldem hatte.

Drinnen war das Gebäude größer als alle Häuser zusammen, in denen Ambrose schon gelebt hatte. Und schrecklich beängstigend mit dem Gewühl von Menschen dort und … Hunden!

Ambrose machte sich noch kleiner in seinem Kasten. Das hier war ja schlimmer als das Tierheim! Dort befanden sich die Bestien wenigstens hinter Gittern, wo sie hingehörten, aber hier spazierten sie herum, an dünnen Leinen und beaufsichtigt von abgelenkten Herrchen oder Frauchen … Bei dem Anblick sträubte sich Ambrose das Fell. Das war ja unerträglich! Und sie waren noch nicht mal bei dem Weihnachtsmonster angelangt. Wenn das so weiterging, würde er bestimmt nicht lange genug leben, um seinen Auftrag zu erfüllen und Zach zu retten. Er würde vor Angst tot umfallen. Auf Wiedersehen, Leben Nummer sieben!

Der Käfig – und er mit ihm – hüpfte und schwankte, als Zach ihn durch die riesige Halle trug. Irgendwo miaute ein Chor von Katzen *Stille Nacht, Heilige Nacht*, ein Weihnachtslied, das Ambrose aus anderen Leben in Erinnerung hatte. Aber er sah keine Angehörigen seiner Spezies. Wo waren sie, und wie konnten sie an einem solch gefährlichen Ort so ruhig singen? Waren sie nicht ganz bei Trost?

Schließlich setzte Zach den Käfig ab, und Ambrose erhielt aus nächster Nähe einen Blick auf menschliche Füße, Beine und noch mehr Hunde – einen kleinen Dackel, einen trägen alten Basset und … o nein, einen Deutschen Schäferhund, der mit heraushängender Zunge hechelnd dasaß. Üble Viecher, diese Deutschen Schäferhunde. Bösartig und unberechenbar. Ambrose wusste das aus eigener Erfahrung. Er hatte eine fürchterliche Begegnung mit einem gehabt in dem Leben, das er als streunender Kater geführt hatte. Natürlich war das auch um die Weihnachtszeit gewesen. Apropos gefährliche Weihnachten – bei seinem Anblick sprang der Schäferhund auf und bellte, worauf Ambrose fast einen Herzanfall erlitt.

Lass sie niemals deine Angst sehen! (Ein Mann in Adelaides Fernseher hatte das einmal gesagt.) Ambrose krümmte den Rücken, sträubte das Fell und fauchte.

Von irgendwo über sich hörte er Zachs Stimme. »Schon gut, Tom. Er kann nicht an dich heran.«

Sagst du.

Wie um es zu beweisen, hob Zach Ambrose' Käfig auf und brachte ihn außer Reichweite der Bestie.

»Hi«, erklang eine körperlose weibliche Stimme.

»Oh, hi!«, sagte Zach.

»Wir sind fast fertig mit den Hunden«, erklärte die

Frau. »Wenn Sie sich ein bisschen umsehen und in fünf Minuten zurückkommen möchten, gäbe das Ihrem Kater Zeit, sich zu beruhigen.«

Das Einzige, was Ambrose beruhigen könnte, wäre, hier herauszukommen. Wann würde die Tortur enden?

Nie. Zach und der Puma spazierten durch den Laden und ermöglichten Ambrose Blicke auf Vögel, die er nicht jagen konnte, und Fische, die außerhalb seiner Reichweite schwammen. Die Möglichkeiten, die Menschen hier finden konnten, um eine Katze zu quälen, waren endlos.

Schließlich kam die Tragebox wieder einmal zur Ruhe, und diesmal sah Ambrose keine Hunde, sondern nur ein paar menschliche Beine und Füße, aber er konnte sich trotzdem nicht entspannen. Den Hunden mochte er entkommen sein, doch das Weihnachtsmonster wartete noch.

Die Käfigtür wurde geöffnet, und obwohl Ambrose sich zu sträuben versuchte, gelang es Zach, ihn herauszuziehen.

»Schon gut, mein Kleiner«, säuselte Blair-Baby, die Tierhasserin.

Heute trug sie keinen Pelz, sondern einen Pullover mit Schneeflocken, doch für Camouflage war es zu spät. Ambrose wusste schon, dass sie der Feind war. Sie kam mit dieser lächerlichen Mütze auf ihn zu, und er drängte sich an Zack und legte die Ohren an, um Blair-Baby zu warnen, ihm nicht zu nahe zu kommen.

Es gab noch einen Grund, sie nicht zu mögen. (Als bräuchte er noch einen weiteren!) Sie war dumm. Sie kam einfach weiter auf ihn zu. Ambrose wandte den Kopf ab, aber ihre blutroten Krallen blieben nach ihm ausgestreckt – und so reagierte er, wie jede Katze mit Selbstachtung reagieren würde: Er verteidigte sich. Fauchend fuhr er die Krallen aus und schlug mit einer Pfote zu. *Ha! Erwischt!*

Seine Angreiferin zuckte mit einem blutenden Kratzer auf dem Handrücken zurück und stieß ein Kreischen aus, gefolgt von einem Wort, das Ambrose in seinem dritten Leben gelernt hatte. Es war kein schönes Wort. »Sieh nur, was dieses Tier mir angetan hat!«, sagte sie und streckte die Hand aus.

Sie blutete. *Na und? Sie hatte den Streit angefangen.*

»Verdammt noch mal, Tom!«, fauchte nun auch Zach und sperrte Ambrose wieder in den Käfig.

Ungerechterweise eingesperrt und in Schwierigkeiten mit Zach – das war nicht gut.

Derweil jammerte Blair-Baby draußen weiter. »Man sollte diesen Kater einschläfern. Er ist gefährlich.«

»Nein, das ist er nicht«, erklang dieselbe weibliche Stimme, die Ambrose vorher schon gehört hatte. »Er ist nur verängstigt.«

»Wie bitte?«, blaffte Blair-Baby.

»Ich sagte, er ist verängstigt«, gab die andere Frau im gleichen Ton zurück.

»Und Sie sind Katzenpsychologin oder was?«

»Komm schon, Blair«, meinte Zach. »Das ist unnötig.« Das konnte man wohl sagen!

»Ich verstehe einiges von Katzen«, erklärte die andere Frau.

»Natürlich. Sie müssen ja auch hochqualifiziert sein, um hier zu arbeiten«, sagte Blair-Baby.

Wahrscheinlich – aber warum sprach sie dann in solch herablassendem Ton?

»Die größte Qualifikation ist ein Herz«, entgegnete die andere Frau. »Sie sollten sich also gar nicht erst bewerben.«

»Sehe ich so aus, als hätte ich es nötig, hier zu arbeiten?«, fauchte Blair-Baby.

»Ich habe keine Ahnung, was Sie nötig haben«, kam es freundlich zurück, »doch Sie sollten vielleicht über eine Therapie nachdenken.«

»O Mann«, murmelte Zach.

Blair gab das menschliche Äquivalent eines Knurrens von sich und verkündete dann, sie werde den Kratzer reinigen, bevor er sich entzündete, und stapfte auf ihren dünnen Beinen und mit wackelndem Hinterteil davon.

Zach sagte zu der anderen Frau: »Entschuldigen Sie, Merilee. Sie ist, ähm …«

»Ja, das ist sie«, stimmte diese Merilee ihm zu. »Sie können es Ihrem Kater wirklich nicht verübeln, dass er so aufgeregt ist. Die meisten Katzen fahren nicht gern Auto. Es stresst sie. Sie müssen Ihren Kater sehr behutsam und entspannt in eine solche Situation bringen. Immerhin ist dies ein fremder Ort. Das kann beängstigend sein.«

Ein Mensch, der verstand? Was für eine seltene Kostbarkeit!

»Das kann ich sehen«, stimmte Zach ihr zu.

Na endlich.

»Ich nehme an, die Mütze war wohl ebenfalls keine so gute Idee«, fügte er hinzu.

»Und auch nicht, dass ich Ihrer Freundin gesagt habe, was ich von ihr halte. Das tut mir leid.«

»Sie wird es überleben«, meinte Zach. »Blair ist fair.«

Ein neues Wort in Ambrose' Wortschatz: *Fair: bösartiger weiblicher Mensch.*

Merilee hockte sich vor den Käfig, um einen Blick hineinzuwerfen. Ambrose erwiderte ihn mit gekränktem Stolz, wie es sich gehörte für jemanden, der ungerechterweise eingesperrt war.

Er konnte sofort erkennen, dass diese Frau seine Notlage verstand. Sie hatte freundliche Augen. Und ... Moment mal! War das möglich?

»Es tut mir leid, dass du Angst hast, Schätzchen«, sagte sie.

Er sah genauer hin. Ja, das war tatsächlich die freiwillige Helferin aus dem Tierheim. Sie waren sich in einem anderen Leben begegnet. Sie hatte versucht, ihn zu retten, als seine Besitzer ihn an diesen fürchterlichen Ort gebracht hatten, weil er den blöden Kanarienvogel zu Tode erschreckt hatte. Verurteilt, nur weil Ambrose sich wie eine Katze verhalten hatte – wie schrecklich ungerecht! Merilee hatte ihn als »Tier der Woche« in den *Angel Falls Nachrichten* vorgestellt, aber es hatte nichts genützt. »Irgendjemand wird dich haben wollen«, hatte sie ihm versichert.

Aber niemand hatte ihn gewollt. War es da ein Wunder, dass Ambrose in seinen späteren Leben noch bitterer geworden war? Man konnte niemandem vertrauen, nicht einmal Merilee, die ihn auch nicht vor dem Einschläfern bewahrt hatte.

Sie öffnete die Käfigtür, und Ambrose machte sich wieder auf Verrat gefasst. Jetzt würde sie ihn hinausziehen und ihn dem Weihnachtsmonster ausliefern.

Zu seinem Erstaunen legte sie jedoch nur ein paar Katzenleckerli in seine Box und schloss sie wieder mit den Worten: »Bitte schön. Die sind für dich. Friss sie in aller Ruhe und entspann dich!«

Entspannen? Hier auf dem Fußboden, mitten in einem Laden, der den Leuten gestattet, ihre Hunde mitzubringen? Träum weiter!

Aber die Tür zu seiner Box blieb geschlossen, und der Puma kam nicht wieder. Als niemand hinsah, setzte Ambrose vorsichtig einen Fuß nach vorn und probierte die Katzenleckerli. Köstlich!

Merilee war also noch immer eine nette Frau, die versuchte, ein wenig Güte an solch finstere Orte wie diesen hier zu bringen. Ambrose spähte durch die Gitterstäbe nach oben und sah, dass Zach sie anlächelte. Offensichtlich mochte er sie. Dann wäre es doch sicher gut, wenn diese beiden netten Menschen sich zusammentäten – und ebenso nette Kinder hervorbrächten?

Aber während er die Sache noch durchdachte, kam der Puma wieder und drückte sich ein Papiertuch an die verletzte Hand. Wer hatte die Tierhasserin aufgefordert zurückzukommen? Sie ergriff Zachs Arm. »Lass uns gehen, Schatz!«

»Ähm … vielen Dank auch, Merilee«, sagte er.

Dann wurde die Box wieder aufgehoben, sie verließen den Laden, und damit hatte es sich mit den Fotos mit dem Weihnachtsmonster. Gut.

Noch besser war, dass Zach und der Puma sich zu streiten begannen.

»Wofür hast du dich bei dieser Verkäuferin bedankt? Hast du nicht gehört, wie sie mit mir gesprochen hat?«, schimpfte Blair-Baby, als sie losfuhren.

»Hast du dich selbst reden gehört?«, gab Zach scharf zurück.

»Dieser Kater ist gemeingefährlich.«

»Nein, das ist er nicht. Er war nur durcheinander«, blaffte Zach. »Ich hatte dir ja gesagt, dass es eine dumme Idee war, ihm diese Mütze aufsetzen zu wollen.«

Da hast du recht.

»Nun, dann entschuldige bitte, dass ich helfen wollte«, zischte Blair-Baby beleidigt.

Zach erwiderte nichts.

Schließlich stieß sie einen tiefen Seufzer aus. »Es tut mir leid. Du hast recht; es war wirklich keine gute Idee. Lass uns nicht wegen einer dummen Katze streiten!«

Dumm? Diese Frau, die sich gerade in aller Öffentlichkeit zum Narren gemacht hatte, nennt mich dumm? Ich habe schon Vögel mit einem größeren Gehirn gesehen.

»Nicht ich bin es, der streitet«, erklärte Zach.

Dazu sagte sie nichts, sondern fing stattdessen wieder mit dem Thema »Fotos« an. »Wahrscheinlich wirst du ihn fotografieren müssen, wenn er schläft. Wenn du es schaffst, eine Aufnahme zu machen, auf der man sein zerfetztes Ohr nicht sehen kann, findest du vielleicht bis Weihnachten ein Heim für ihn.«

Bis Weihnachten? Der Puma hatte Zach also schon eine Frist gesetzt, um ihn loszuwerden. Wie viele Tage waren es noch bis dahin? Zachs Mom war neulich vorbeigekommen, um ihn daran zu erinnern, dass Weihnachten »vor der Tür stand«. Aber vor welcher Tür? Wie viel Zeit blieb Ambrose noch, um Zachs Sympathie zurückzugewinnen, bevor der Puma einen Weg fand, ihn verschwinden zu lassen?

»Das dürfte nicht so einfach sein«, meinte Zach.

»Mir kommt langsam der Verdacht, dass du diesen Kater gar nicht loswerden willst«, fauchte Blair-Baby.

Gut. Das sollte er auch nicht wollen.

»Das habe ich nicht gesagt.«

Na, dann sag es jetzt! Was denkst du?

»Hör mal«, entgegnete Zach mit nur mühsam unterdrücktem Ärger. »Können wir den Kater nicht vergessen?«

Den Kater vergessen? Was für eine lausige Idee!

»Na schön«, sagte sie mit schriller Stimme, die Ambrose an einen kläffenden kleinen Hund erinnerte.

Jetzt breitete sich Schweigen in dem glänzenden schwarzen Wagen aus, aber es war nicht die gemütliche Art von Schweigen wie sie zwischen Ambrose und Zach herrschte, wenn sie abends auf der Couch lagen.

Schließlich ergriff der Puma wieder das Wort. »Ich denke, ich gehe nach Hause.«

Gute Idee. Geh nach Hause und komm nicht wieder!

Diesmal war es Zach, der seufzte. »Nein, bitte nicht! Wir bringen Tom heim, und dann können wir zusammen noch etwas unternehmen.«

»Na gut. Aber dein stinkendes Haus werde ich nicht wieder betreten«, sagte Blair-Baby.

Soll mir recht sein, dachte Ambrose.

»Es sei denn, wir fahren bei Hallmark's vorbei und kaufen ein paar Duftkerzen«, fügte sie hinzu. Jetzt klang ihre Stimme wieder schmeichelnd. »Mit Zimtgeruch vielleicht. Etwas … Würziges?« Sie streckte die Finger mit den rot lackierten Krallen nach Zach aus und wanderte mit ihnen an seinem Bein hinauf.

»Hey, ich muss mich auf das Fahren konzentrieren«, protestierte er, aber Ambrose konnte hören, dass es nicht wirklich ernst gemeint war. Zach und der Puma vertrugen sich wieder.

Diese Wendung beraubte Ambrose der Genugtuung, die er über seinen kleinen Sieg im Pet Palace empfunden hatte. Zach war sich nicht im Klaren darüber, was mit ihm, Ambrose, passieren sollte, aber der Puma schon. Diese Tierhasserin wollte, dass er bis Weihnachten verschwunden war. Ambrose hatte keine Ahnung, wohin, doch eines wusste er: Bei seinem bisherigen Pech würde es mit Sicherheit kein gemütliches Zuhause sein. Das ließ nichts Gutes ahnen für den Rest seines siebten Lebens. Und auch nichts Gutes für Zach, der Ambrose zweifelsohne brauchte, um ihn vor einem Schicksal zu bewahren, das schlimmer wäre als der Tod durch eine Katzentür.

Ambrose zog die Vorderpfoten unter sich und kauerte sich hin, um nachzudenken. Er würde etwas unternehmen müssen, um das Problem zu lösen.

Kapitel Fünf

Wieder zu Hause, ließ Zach Tom aus der Box heraus, jedoch nicht ohne die strenge Ermahnung, die Katzentür zu benutzen. »Katzenklos sind wie Windeln, Kumpel, und du bist zu alt für Windeln. Also enttäusch mich nicht!«

Wenn er und Blair zurückkamen und Tom hatte ins Haus gepinkelt, würde es Ärger geben. Blair würde fuchsteufelswild sein, Zach nicht weniger, und Tom würde ein toter Kater sein.

»Bist du sicher, dass er weiß, wie er die Katzenklappe benutzen muss?«, fragte Blair.

»Das hoffe ich für ihn«, erwiderte Zach grimmig. Der Kater wurde allmählich zu einem Problem.

Das ist nicht fair, dachte er dann jedoch, als er Blair an Bergen von Geschenkpapier, Schmuckbändern und Weihnachtskarten vorbei durch Hallmark's folgte. Die meiste Zeit war leicht mit dem Kater auszukommen, solange er nicht vergaß, den kleinen Kerl zu füttern. Und Tom machte keine Szenen.

Was mehr war, als Zach von Blair behaupten konnte. Er hatte eine Seite an ihr kennengelernt, die er noch nie gesehen hatte, und es war keine schöne. So wie sie sich im Pet Palace aufgeführt hatte, als Tom sie gekratzt hatte, hatte sie die Blicke aller Kunden auf sich gezogen und Zach vor Scham erröten lassen.

Das Schlimmste jedoch war der angewiderte Ausdruck auf Merilees Gesicht gewesen. Und er konnte ihn ihr nicht einmal verübeln, denn auch er, Zach, war ganz schön aufgebracht gewesen, nicht nur über die Art, wie Blair Merilee behandelt hatte, sondern auch über sich selbst. Er hatte gleich gemerkt, wie verängstigt der arme Tom war, als er einen Blick in die Box geworfen hatte, und hätte schon in dem Moment das Pet Palace verlassen müssen.

Er schnupperte an der Kerze, die Blair ihm unter die Nase hielt. »Ja, die riecht gut.«

Sie lächelte. »Gut. Denn ich kaufe sie für dich.«

Eine Kerze. Genau das, was er sich schon immer gewünscht hatte. »Ich kann sie mir auch selbst kaufen«, sagte er und griff danach.

»O nein. Ich möchte sie dir schenken«, erklärte sie und tänzelte außer Reichweite. »Betrachte sie als Friedensangebot«, fügte sie mit reumütigem Gesichtsausdruck hinzu.

Sie wollte die Szene im Pet Palace wiedergutmachen. Das war doch eigentlich ganz süß von ihr. Es waren Momente wie dieser, wenn Blair nett und vergnügt war, in denen Zach gern mit ihr zusammen war. Okay, sie war ein bisschen hysterisch gewesen im Pet Palace, aber vielleicht hatte sie ja auch das Recht gehabt, sich aufzuregen. Immerhin hatte Tom sie gekratzt.

Nachdem die Kerze gekauft und eingepackt war, zog Blair Zach in Richtung Ausgang. Draußen blieb sie kurz noch einmal stehen, um ihr Wechselgeld in das Eimerchen des Glockenläuters der Heilsarmee zu werfen.

»Danke«, sagte der Mann. »Frohe Weihnachten!«

»Ihnen auch ein frohes Fest!«, erwiderte sie. »Ich gehe nie an einem dieser Eimer vorbei, ohne etwas hineinzuwerfen«, bemerkte sie danach zu Zach.

Wie konnte ein Mann einer Frau noch böse sein, wenn sie so großzügig war?

»So«, sagte sie vergnügt, »und jetzt lass uns etwas essen gehen! Wenn wir später bei dir sind, habe ich eine Überraschung für dich.«

Neue Dessous? Zach grinste. »Okay.«

Aber die Überraschung war nichts Erfreuliches.

»Ein Weihnachtsbaum?«, fragte er und starrte den großen Karton in Blairs Wagen an.

Sie nickte enthusiastisch. »Ich habe ihn im Ausverkauf gefunden, mit fünfzig Prozent Preisnachlass! Frohe Weihnachten im Voraus, Zach!«

»Ein Baum«, wiederholte er. Und noch dazu ein unechter.

»Ich habe auch ganz wunderbaren Schmuck dafür«, fuhr sie fort und griff nach einem kleineren Pappkarton. »Wir können den Baum heute Abend schmücken.« Sie lächelte ihn an. »Bist du überrascht?«

»Sprachlos.« Sie sah so zufrieden mit sich aus, so entschlossen, ihm eine Freude zu machen – wie konnte er ihr da sagen, dass er das Ding nicht haben wollte?

Das war völlig unmöglich, wenn er ihre Gefühle nicht verletzen wollte. Ein Weihnachtsbaum im Erkerfenster und eine Frau und Kinder … Zach war plötzlich, als entwiche alle Luft aus seiner Lunge. Verzweifelt bemüht, sie wieder mit Sauerstoff zu füllen, atmete er tief durch.

»Er gefällt dir nicht?«

Er kannte diesen Gesichtsausdruck. Blair starrte ihn so ungläubig an, als hätte er sie irgendwie verraten.

»Nein, nein. Es ist nur so, dass ich eigentlich keinen Baum aufstellen wollte. Ich meine, wozu braucht ein alleinstehender Mann schon einen Weihnachtsbaum?«

»Er wird deinem Haus eine weihnachtliche Atmosphäre geben«, versicherte Blair.

»Ich weiß nicht …« Zach hatte schon lange keine Weihnachtsstimmung mehr empfunden. Seinen Dad während der Weihnachtsfeiertage ausziehen zu sehen, am Heiligen Abend von seiner Verlobten abserviert zu werden – das waren Ereignisse, die es einem nicht leicht machten, sich seine Begeisterung für Weihnachten zu erhalten.

»Vertrau mir!«, sagte Blair. »Der Baum wird fabelhaft aussehen, und wir beide werden sehr viel Spaß beim Aufstellen und Schmücken haben.«

Zach schluckte seinen Widerspruch herunter und nickte ergeben.

»Außerdem ist es unser erstes gemeinsames Weihnachtsfest, und ich wollte dir etwas Besonderes, etwas Bedeutungsvolles schenken.«

Etwas *Bedeutungsvolles*? Was erwartete sie denn von ihm? Zach rang sich ein Lächeln ab und versuchte durchzuatmen.

»Komm!«, meinte sie eifrig. »Lass uns die Sachen ins Haus bringen und anfangen!«

Oder, besser gesagt, es hinter uns bringen.

Tom saß in einer entfernten Ecke und bewegte den

Schwanz nervös hin und her, während er ihnen beim Aufstellen des Baumes zusah. Auch Zach war leicht gereizt, bemerkte er.

»So, und ehe wir anfangen, wollen wir die richtige Atmosphäre schaffen«, sagte Blair. Und schon hatte sie ihren iPod für die weihnachtliche Hintergrundmusik angeschlossen, die Duftkerze, die sie gekauft hatte, angezündet, und sie begannen, den Baum mit silbernen Girlanden zu verzieren. Okay, das war gar nicht so schlecht, ja eigentlich sogar ganz nett.

»Unser erstes Weihnachten zusammen«, stellte Blair noch einmal fest und öffnete eine Schachtel mit blauem Christbaumschmuck. »Ich frage mich, was mein Schatz wohl für mich hat«, bemerkte sie dann mit einem schelmischen Blick auf Zach. »Etwas von Tiffany's vielleicht? Ich liebe Tiffany's. Oder einen Urlaub? Es ist ewig her, seit wir in Cabo waren.«

Zach drehte sich um, um eine Kugel aufzuhängen und seine Bestürzung zu verbergen. Er dachte an die Pralinen, die er online bestellt hatte. Damals war er recht zufrieden mit sich gewesen, aber jetzt gingen ihm die Worte »das wird's nicht bringen« durch den Sinn.

Es war kein Geheimnis, dass es Blair an den feineren Dingen des Lebens noch nie gemangelt hatte. Ihre Eltern und ihr Exmann sorgten dafür, dass sie alles hatte, was ihr Herz begehrte – und noch mehr als das. Als Zach das letzte Mal mit ihr shoppen gewesen war, hatte sie mehr Geld für eine einzige Handtasche hingeblättert, als er für seine gesamte Garderobe ausgegeben hatte … in den letzten drei Jahren.

Aber sie wusste, dass er Feuerwehrmann war, und konnte etwas so Verschwenderisches doch eigentlich nicht von ihm erwarten. Oder doch? Nein, sie hatte ihn nur aufgezogen. Oder nicht?

O Mann.

Als sie mit dem Schmücken des Baumes fertig waren, schlang sie ihm die Arme um die Taille und legte den Kopf an seine Schulter. Hatte sie noch mehr Parfum aufgelegt? Oder vielleicht war es der Geruch der Duftkerze, der ihm nicht bekam. Womöglich war er ja allergisch gegen Zimt. Die Kehle wurde ihm jedenfalls eng, und er musste husten.

Blair blickte beunruhigt zu ihm auf. »Du wirst doch hoffentlich nicht krank?«

»Nein, es ist nur ein Kratzen im Hals. Vielleicht bin ich allergisch gegen Christbaumschmücken«, krächzte er. »Oder Zimtgeruch.« Oder … was auch immer.

»Ach was, das sind bestimmt die Katzenhaare. Gut, dass der Kater Weihnachten nicht mehr da sein wird!«, sagte Blair. Sie blies die Kerze aus und nahm Zach an der Hand, um ihn zur Couch zu führen. »Lass uns eine Pause machen!«

Und was für eine Pause! Danach beschloss Blair, über Nacht zu bleiben.

Also war alles wieder ruhig, alles wieder freundlich … bis Zach einschlief und sich mit mehr Ketten ans Bett gefesselt wiederfand als Marleys Geist in Charles Dickens' *Weihnachtsgeschichte*. Eine Gestalt stand neben seinem Bett: Merilee aus dem Pet Palace, und sie hielt Tom in den Armen und blickte enttäuscht auf Zach herab. »Diese Frau ... ich dachte, du hättest einen besseren Geschmack.«

»Sie ist gar nicht so schlimm«, protestierte Zach.

»Wie kannst du das nach ihrem Verhalten heute sagen? Sie hat ihr wahres Gesicht gezeigt, und da liegst du und tust, als wärst du blind. Schäm dich!«, schalt die Merilee aus dem Traum. »Diese Frau dem armen, hilflosen Kater vorzuziehen! Ich dachte, du wärst ein besserer Mensch.«

»Bin ich auch«, widersprach er. »Ich habe den Kleinen schließlich bei mir aufgenommen.«

»Ja, und ihn dann rausgeschmissen, nur um mit dieser Frau ins Bett zu können.«

»Ich habe ihn nicht rausgeschmissen«, protestierte Zach. »Er ist noch irgendwo. Außerdem habe ich nie gesagt, ich würde ihn behalten.«

»Du behältst wohl nichts und niemanden, was?«, höhnte diese neue und gar nicht nette Merilee.

»Hey, nicht ich war es, der an Heiligabend seinen Ring zurückgegeben hat«, widersprach er. »Und sie hat mich für meinen besten Freund verlassen!«

»Netter Versuch«, spottete Merilee. »Gib ruhig deiner Exfreundin die Schuld an deinen Problemen! Aber das nützt dir nichts. Sie spürte, dass du kalte Füße bekamst. Kalte Füße, die zu deinem kalten Herzen passen.«

Zach wollte gerade protestieren, er habe kein kaltes Herz, als aus dem Nichts ein Müllwagen rückwärts an sein Bett heranfuhr und eine Tonne eiserner Ketten auf ihn abzuladen begann. Ihr Gewicht erdrückte ihn, erstickte ihn. »Hilfe! Warum hilft mir keiner?«

Er erwachte mit einem erstickten Schrei und sah, dass das Zimmer in frühmorgendliche Schatten getaucht war. Blairs Arm lag über seiner Brust. Er schob ihn sanft von sich, und sie drehte sich leise schnaubend auf die Seite. Zach blieb auf dem Rücken liegen, starrte zur Zimmerdecke auf und versuchte, mit purer Willenskraft seinen viel zu schnellen Herzschlag zu beruhigen.

Es war nur ein blöder Traum, sagte er sich und zwang sich, die Augen wieder zu schließen.

Aber natürlich fand er keinen Schlaf mehr, sondern lag nur da und grub Erinnerungen an die guten Zeiten aus, die er mit Blair in den letzten paar Monaten gehabt hatte. Sie war die ideale Frau gewesen: ein paar Jahre älter als er, zufrieden mit ihrem Single-Dasein und nur daran interessiert, das Leben zu genießen. Sie hatten viel Spaß gehabt, sehr oft Tennis gespielt, bevor das Wetter umgeschlagen war, und einige verregnete Nachmittage im Kino verbracht. Zusammen mit diesen angenehmen Erinnerungen kamen jedoch auch weniger angenehme: Blairs Wutausbruch im Pet Palace, ihre beleidigte Miene, als er sie an ihrem Geburtstag zu *Angelina's* ausgeführt hatte, und ihr späteres Eingeständnis, sie habe eigentlich gehofft, er würde sie mit einem Wochenendtrip nach San Diego überraschen. Als sie ihm erzählt hatte, wie sehr sie das mexikanische Essen ihres Lieblingsrestaurants in San Diego vermisste, hatte sie ihm einen Hinweis gegeben – den er dummerweise nicht ganz begriffen hatte.

Jetzt dachte Zach an andere Andeutungen, die sie beim Schmücken des Baumes hatte fallen lassen. Was genau wollte sie denn eigentlich von Tiffany's? Er brach in Schweiß aus. Während er die letzten drei Monate geglaubt hatte, gemächlich mit ihr den Fluss des Lebens hinunterzutreiben und eine Menge Spaß dabei zu haben, hatte Blair sie in einem Speedboot in Richtung Wasserfälle rasen sehen. Aber wollte er sich mit einer Frau, die er sich im Grunde gar nicht leisten konnte, in Wasserfälle stürzen? Wollte er sich überhaupt jemals in Wasserfälle stürzen? Neeeeee.

Zach kniff noch fester die Augen zusammen, doch es nützte nichts. Neben ihm murmelte Blair etwas im Schlaf und kicherte ein wenig. Was war so lustig?

Ambrose wusste, dass er etwas unternehmen musste, um sein Benehmen im Pet Palace wiedergutzumachen. Aber was?

Natürlich! Er würde ein Geschenk für Zach besorgen. Der frühe Morgen war kalt und der Boden noch gefroren, doch Ambrose war ein Jäger und konnte Kälte ertragen, wenn er auf eine saftige Beute aus war. Und er musste heute Morgen etwas finden. Es wäre nicht gut, wenn er zu lange damit warten würde, Zach ein Geschenk zu machen, um seine Reue zu beweisen.

Eine schier endlos lange Zeit hockte Ambrose unter einem Strauch neben der Hintertür und wartete, bevor seine Geduld belohnt wurde. Eine dicke Drossel landete auf einem Zweig und begann, gefrorene Beeren abzupicken. Lautlos kroch Ambrose Zentimeter um Zentimeter vorwärts, ohne den Blick von dem Vogel abzuwenden. *Hol die Beute! Schnapp sie dir! Du musst es schaffen.*

Und er schaffte es. Mit einem Riesensatz holte er den Vogel herunter, und im Nu war das Ding tot und fast vollständig verschwunden. Immerhin hatte Ambrose ganz schön Appetit bekommen während dieser langen Wartezeit. Aber die größte Delikatesse – die Füße – hob er für Zach, seine Familie, auf.

Vorsichtig nahm er die Füßchen zwischen die Zähne, trug sie so behutsam wie eine Mutter ihr Junges und zwang sich, durch die gefürchtete Katzenklappe – ihm sträubte sich noch immer das Fell, wenn er sie benutzte –, ins Esszimmer hineinzuhuschen. Auf leisen Pfoten durchquerte er den Raum und lief dann durch die Diele und die Treppe hinauf zu dem Schlafzimmer, in dem Zach und Puma-Baby am vergangenen Abend verschwunden waren.

Die Tür stand einen Spaltbreit offen, und leise wie ein Schatten schlüpfte Ambrose in das Zimmer. Ah, er hatte Glück! Zach war in dem Raum mit der großen weißen Trinkschale an der Wand und spritzte sich Wasser ins Gesicht. (*Brr!*) Ambrose konnte sein Geschenk also unbemerkt als Überraschung auf Zachs Kissen legen. Er hoffte nur, dass er die Leckerei nicht mit dem Puma teilen würde. Nein, Blair-Baby wäre ihrer nicht würdig.

Mit einem Satz war Ambrose auf dem Bett und legte sein Geschenk vorsichtig auf Zachs Kissen. Dann sprang er wieder auf den Boden und platzierte sich neben der Tür, wo er Zachs Freude über die große Überraschung würde miterleben können. Er konnte es kaum erwarten, das Gesicht seines Menschen zu sehen!

Kurz darauf erwachte der Puma, streckte sich und

drehte sich dann lächelnd zu Zachs Seite um. Dabei fiel Blair-Babys Blick auf das Kissen neben sich, und ihr Lächeln verblasste, als sie verwundert eins der Vogelfüßchen aufhob, die Ambrose so hübsch zurechtgelegt hatte.

Nein, die sind nicht für dich!

Plötzlich kreischte Puma-Baby auf und ließ das Füßchen fallen, als wäre es Hundemist. Sie stürzte sich aus dem Bett, verfing sich dabei aber in den Decken und verlor das Gleichgewicht. Wie ein riesiger gerupfter Vogel flog sie in ihrem federbesetzten schwarzen Stofffetzen durch das Zimmer und prallte hart gegen die Frisierkommode. Von dem Zusammenstoß zurückgeschleudert, stolperte sie auf die Zimmermitte zu, stieß sich dabei einen Fuß an und heulte auf vor Schmerz.

Jetzt kam Zach hereingestürzt und starrte sie verwundert an. »Was ist los, Blair?«

»Vogelfüße!«, kreischte sie und zeigte auf das Bett.

Zach sah noch verwirrter aus. »Was?«

»Vogelfüße, Vogelfüße, *Vo-gel-fü-ße!*«, schrie sie und begann, von Mordgedanken beherrscht, wie Ambrose vermutete, zur Tür zu laufen.

Ambrose wartete nicht, um zu sehen, wie es weiterging, sondern flitzte aus dem Zimmer und die Treppe hinunter.

Und – *o nein*! Da kam die Tierhasserin auch schon hinter ihm hergehumpelt; noch immer heulte sie vor Wut. Es war, wie wieder von dem riesigen schwarzen Hund gejagt zu werden. In seiner Angst tat Ambrose, was jede vernünftige Katze in Gefahr tun würde: Er kletterte den nächsten Baum hinauf.

Nein, nein, nein! Was hatte er sich nur dabei gedacht, auf einen *Weihnachts*baum zu steigen? Wollte er sich umbringen? Weihnachtsbäume waren Todesfallen. Es war ein Stromschlag von irgendetwas auf einem Weihnachtsbaum gewesen, was ihn sein erstes Leben gekostet hatte. *Oh, das war nicht gut! Gar nicht gut!* Das Ding schwankte und schaukelte so stark, dass die Kugeln daran bimmelten. Hier konnte er nicht bleiben.

Also wagte er das, was Menschen einen »Sprung ins kalte Wasser« nannten, und warf sich von dem gefährlichen Baum, bevor der umfallen konnte. Der Weihnachtsbaum stürzte in eine Richtung, und Ambrose flog in eine andere – wo er ausgerechnet auf dem Puma landete, der ihm aufkreischend einen Stoß versetzte, der Ambrose erneut durchs Zimmer fliegen ließ. Gleichzeitig kippte der Baum unter dem lauten Knirschen zerbrechender Kugeln um.

Ambrose schaffte es, auf den Füßen zu landen, und rannte auf die Couch zu, um darunter Schutz zu suchen. Während er sich darunterquetschte, schickte der Puma ihm einen Schwall von Worten hinterher, die alle gar nicht nett waren, wie Ambrose wusste. Und Zach war mittlerweile auch da und versuchte, sich über Blair-Babys Gekreische hinweg Gehör zu verschaffen.

»Entweder verschwindet dieser Kater oder ich!«, brüllte sie und zeigte auf die Stelle, wo Ambrose zitternd unter der Couch hockte.

»Beruhige dich erst mal, Baby, ja? Hat er dich wieder gekratzt?«

Baby stemmte die Hände in die Hüften und funkelte

Zach böse an. »Was soll das heißen, ›beruhige dich erst mal‹! Dein verdammter Kater hat mich angegriffen! Hätte ich nicht so schnell reagiert, wäre ich jetzt total zerkratzt!«

»Ich glaube, du bist nur sehr erschrocken, Blair. Wir sollten uns erst mal beruhigen und …«

»Ich will mich nicht beruhigen!«, brüllte sie. »Was ich will, ist eine Antwort!«

Ambrose hielt den Atem an.

»Blair, ich kann den kleinen Kerl nicht einfach vor die Tür setzen.«

»Ha!«, schrie sie und wies mit dem Finger wieder auf Ambrose. »Du ziehst mir also tatsächlich *diesen* Kater vor! Zachary Stone, du hast nicht mehr alle Tassen im Schrank. Und auch ich muss verrückt gewesen sein, mich mit dir einzulassen. Du bist nichts als ein egoistischer, unreifer …«

»Jetzt mach aber mal einen Punkt!«, unterbrach er sie. »Ich weiß, dass du wütend bist, doch das ist kein Grund, beleidigend zu werden.«

»Ich bleibe keine Sekunde länger hier bei dir und diesem … Vieh!« Sie öffnete die Tür zu dem Schrank, in dem Zach die Mäntel aufbewahrte, und riss ihren heraus. »Ihr zwei verdient einander«, fauchte sie, als sie den Wollmantel überzog und in die Stiefel schlüpfte.

»Wenn es das ist, was du willst, okay, von mir aus gern«, entgegnete Zach scharf. »Und deinen Christbaum bringe ich dir heute Nachmittag zurück.«

Ambrose blinzelte, als sie Zach anfuhr, er solle sich den Baum in einen Teil seines Körpers stecken, in den er unmöglich hineinpassen konnte, wie sogar Ambrose wusste.

»Behalte den Baum und den verdammten Kater! Ich hoffe, ihr werdet glücklich miteinander«, fauchte sie, bevor sie sich ihren Schlüsselbund von dem Tisch in der Diele schnappte, hinausstürmte und die Tür hinter sich zuknallte.

Zach starrte so finster auf die Eingangstür, als stünde Blair-Baby noch dort. Dann murmelte er ein sehr schlimmes Wort, marschierte ins Wohnzimmer und schnappte sich den Baum. Kleine blaue Kugeln sprangen in alle Richtungen, als er das Ding zur Haustür schleppte.

Ambrose war stark versucht, einer hinterherzujagen, als sie vorbeihüpfte. Angesichts Zachs schlechter Laune war es jedoch wahrscheinlich vernünftiger, unter der Couch zu bleiben.

Zach öffnete die Haustür und warf den Baum in die Kälte hinaus, bevor er die Tür schnell wieder zuschlug. »Ich wollte sowieso keinen verdammten Baum«, knurrte er.

Soso. Es sah so aus, als hätte Ambrose es geschafft, Zach vor dem Puma zu retten. Das war ein sogar noch besseres Geschenk als die Vogelfüße.

Ambrose sah zu, wie Zach hinter Puma-Baby aufräumte. Als Erstes beförderte Zach den verstreuten Christbaumschmuck in eine Plastiktüte. Dann folgte die Tüte dem Baum zur Tür hinaus. Als Nächstes warf Zach Ambrose' Geschenk in den Mülleimer in der Küche, in den Menschen Essen warfen, das noch ganz in Ordnung war. Hätte Ambrose die nötigen Muskeln dafür gehabt, dann hätte er die Stirn gerunzelt. *Wie undankbar!*

Schließlich waren Blairs Kleider dran, die in eine weitere Plastiktüte wanderten. Zach brachte sie zusammen mit dem ruinierten Baum und dem Christbaumschmuck in seinem glänzenden schwarzen Auto unter, wie Ambrose durch das Fenster neben der Haustür sehen konnte. Dann fuhr er weg. Ambrose hatte keine Ahnung, wohin Zach all diesen Kram brachte, doch die Katzenmörderin kehrte nicht zurück, und das war das Einzige, was Ambrose interessierte.

Abgesehen davon, dass Zach sehr unruhig wirkte. Als er heimkam, begann er, mit dem Hammer herumzupoltern, und knurrte schlimme Worte vor sich hin. Am Abend wechselte er ständig die Fernseh-Programme, immer gerade dann, wenn Ambrose sich für eins zu interessieren begann. Vermisste Zach etwa den Puma?

»Nee«, sagte er, als er auf dem Mobiltelefon mit seinem Freund Ray sprach. »Es ist gut so. Die Situation wurde ... ich weiß nicht, merkwürdig. Es war so oder so nur noch eine Frage der Zeit, bevor sie ging. Wahrscheinlich wäre es besser, wenn ich mich von Frauen fernhielte.«

Sein Freund lachte so laut, dass Ambrose es bis zur Rückenlehne der Couch hören konnte, auf der er saß und Zach beobachtete, der beim Telefonieren unruhig durch das Zimmer wanderte.

»Nein, ich meine es ernst«, sagte Zach. »Ich komme gut allein zurecht.«

Gut? So verhielt er sich aber nicht. Ambrose wusste,

was Zach hatte. Die Symptome waren ihm wohlbekannt. Er hatte sie oft genug an sich selbst erlebt, als er noch ein Streuner gewesen war. Ambrose kannte den enormen Drang, der einen Kater so unruhig machte, dass er nur noch auf einem Zaun hocken und heulen wollte, und der ihn dazu brachte, sich mit allem und jedem einen Kampf zu liefern, um eine weibliche Katze für sich zu gewinnen. Jetzt verspürte Zach ganz offensichtlich diesen Drang. Menschen wie Katzen brauchten den Kontakt zu einem anderen Lebewesen. Menschen sogar noch sehr viel mehr als Katzen. Die meisten von ihnen schienen nicht dafür geschaffen zu sein, gut allein zurechtzukommen. Zach konnte das Gegenteil behaupten, sooft er wollte, doch er bildete da keine Ausnahme. Er brauchte eine Frau in seinem Leben.

Natürlich nicht den Puma. Aber Merilee wäre perfekt für Zach (und ihn). Wenn er die beiden zusammenbringen könnte, wäre es weit mehr, als ihnen die Freundlichkeit und Güte zu vergelten, die sie ihm in früheren Leben erwiesen hatten. Es würde ihnen dreien auch ein wundervolles Leben garantieren. Ja, das war die Antwort – was allerdings bedeutete, dass Ambrose Zach irgendwie wieder ins Pet Palace zurückbringen musste.

Aber wie? Er kauerte sich hin, um nachzudenken.

Kapitel Sechs

Wie brachte man Menschen zusammen? Es war ja nicht so, als könnte Ambrose sich mit Zach zu einem Gespräch unter Männern zusammensetzen und ihm sagen: »Hör mal, Kumpel, du brauchst diese Frau. Sie wäre gut für dich.« Und er konnte auch nicht zum Pet Palace hinüberfahren, wo immer es auch war, und Merilee mit nach Hause nehmen.

Wann immer Zach bei der Arbeit war, nutzte Ambrose die Zeit, um sich ernsthaft mit dem Problem auseinanderzusetzen (zwischen dem einen oder anderen Nickerchen natürlich), und kam nach reiflicher Überlegung zu dem Schluss, dass Zach bei einem richtig üblen Verhalten seines Katers gleich wieder zu Merilee eilen würde, um sich Rat zu holen. Und dann brauchte man nur noch der Natur ihren Lauf zu lassen. Nach sorgfältiger Einschätzung der Situation beschloss Ambrose, dass das Zerkratzen eines Möbelstücks vermutlich eine der sichersten Methoden war. Außerdem musste er sowieso seine Krallen schärfen, und Zach hatte ihm nichts dafür gegeben. Na ja, außer dem Teppich oben, den Ambrose gern benutzte, aber es würde zu lange dauern, bis Zach diese Stelle entdeckte.

Ambrose entschied sich für einen alten Sessel, der neben dem Kamin stand, weil er sich an das Ledersofa nicht heranwagte. *So* dumm war er nicht.

Es war Morgen, und Zach saß auf der Couch und zog seine sogenannten »Laufschuhe« an, als Ambrose zur Tat schritt, sich auf die Hinterbeine stellte und mit den vorderen Krallen den Sessel zu bearbeiten begann. Aah, wie gut sich das anfühlte!

»Hey!«

Zachs scharfer Ton ließ Ambrose vor Schreck fast aus dem Fell herausfahren, und er sprang von dem Sessel weg und rannte zur anderen Seite des Raumes.

»Ja, lass das lieber sein, Mann!«, knurrte Zach. »Das war Großmutters Sessel, und du kannst froh sein, dass ich noch nicht dazu gekommen bin, ihn neu beziehen zu lassen.« Stirnrunzelnd hockte er sich vor den Sessel, um sich den Schaden anzusehen.

Ach, komm! So schlimm ist es nicht. Ich hatte doch gerade erst angefangen.

Zach richtete sich auf und zeigte mit dem Finger auf Ambrose, der hinter der Couch kauerte und um die Ecke linste. »Rühr meine Ledercouch an, und du bist ein toter Mann.«

Ja, ja, schon klar.

Zach hatte auf seinem Morgenlauf vieles zu bedenken, wie zum Beispiel die Frage, wo er nun weitermachen sollte, nachdem die Küche fertig war, wann der günstigste Moment wäre, das Haus auf den Markt zu bringen, und … was er eigentlich geraucht hatte, als er beschlossen hatte, eine heiße Frau gegen einen struppigen orangefarbenen Kater einzutauschen.

Blair gehen zu lassen ist richtig gewesen, erinnerte

Zach sich. Die Frau war heiß, o ja, aber an heißen Dingen verbrannte man sich die Finger. Oder mehr. Außerdem konnte er sich Blair eigentlich auch gar nicht leisten. Allein war er besser dran.

Aber der Kater? Zach schüttelte den Kopf, als er durch den Park zur Lavender Lane und seinem viktorianischen Haus zurücklief, das wie ein armer Verwandter zwischen all den anderen, für die Feiertage herausgeputzten Häusern stand. Warum hatte er den Kater aufgenommen? Oder, wichtiger noch, warum behielt er ihn? Er hatte es jedenfalls bestimmt nicht vorgehabt. Doch irgendwie – und trotz Toms morgendlichem Angriff auf Grandmas Sessel – gefiel es ihm, den kleinen Kerl um sich zu haben. Er war eine gute Gesellschaft.

Eine gute Gesellschaft. Das war das Entscheidende. Zach war froh über Toms Gesellschaft. Irgendetwas an dem Leben in dem großen, viktorianischen Kasten machte ihm nämlich die Kehrseiten des Alleinlebens bewusst. Es war nicht so, dass es ihm an Menschen in seinem Leben fehlte; er hatte seine Arbeitskollegen, seine Freunde und die Stiefies. Doch sie alle umwirbelten ihn wie Zweige und Blätter auf einem schnell dahinfließenden Fluss einen Stein, der tief auf dem Grund verankert war. Der alte Tom war anders. Er war bei ihm eingezogen und machte Hausbesetzerrechte geltend, aber das war okay für Zach. Blair hatte instinktiv gewusst, was er selbst gerade erst erkannte: Er hatte gar nicht vor, den Kater abzugeben.

Doch das bedeutete, dass er für Tom eine Beschäftigung finden musste, damit er ihm nicht die Möbel zerkratzte. Es sah also ganz so aus, als müsste er noch mal das Pet Palace aufsuchen. Zach lächelte unwillkürlich und verfiel in eine schnellere Gangart.

Später an diesem Morgen fuhr er durch Angel Falls zu dem großen Einkaufszentrum am Stadtrand, in dem sich auch das Pet Palace befand. Die Innenstadt schwirrte von Anwohnern, die zu ihrem Morgenkaffee und einem Stück Eierlikörtorte ins *Bon Croissant* strömten, zu Einkäufen unterwegs waren oder ihre Bank aufsuchten. Die mit breiten roten Schleifen und Zederngirlanden verzierten Laternenpfosten ließen erkennen, dass das Weihnachtsfest tatsächlich schon vor der Tür stand. Ein halb unter einer riesigen Tanne begrabener Minicooper fuhr an Zach vorbei. Komisch. Egal wie gestört oder zerrüttet die Familien waren, zu dieser Jahreszeit schienen die Leute immer fest entschlossen zu sein, alles in ihrer Macht Stehende zu tun, um die Feiertage zu genießen.

Verglichen mit der Innenstadt, sah die Einkaufsmeile wie ein Dinnergast aus, der nicht mitgekriegt hatte, dass alle anderen sich in Schale geworfen hatten. Die Seite an Seite liegenden Warenhäuser waren große graue Kästen, die sich nur durch ihre Firmenschilder unterschieden. Weihnachtsschmuck war hier draußen überflüssig, die Leute kamen schließlich nur der niedrigen Preise wegen her.

Zach parkte auf dem riesigen Gelände und ging zum Pet Palace hinüber, wo ihn Weihnachtsmusik beim Eintreten begrüßte und Hunde zu *Jingle Bells* bellten. Sein erster Blick ging zu den Kassen. Keine Spur von Merilee. Vielleicht arbeitete sie heute nicht.

Nicht dass er hergekommen war, um sie zu sehen. Er war hier, um einen Kratzbaum für Tom zu besorgen. Aber sie könnte ihm bei der Auswahl helfen. Wo war sie? Zach schlenderte durch den Laden und versuchte sich einzureden, dass er ohne ihren erfahrenen Rat mit Sicherheit nicht den richtigen Kratzbaum finden würde.

Schließlich entdeckte er sie in dem Gang mit dem Tierfutter, wo sie Dosen einräumte. Er begrüßte sie mit einem freundlichen Hallo, das sie jedoch offenbar so erschreckte, dass sie eine Futterdose fallen ließ. Sie rollte in seine Richtung, und Zach schnappte sie sich und gab sie Merilee zurück.

»Wie geht es Ihrem Kater?«, fragte sie und stellte die Blechdose ins Regal.

Merilee konzentrierte sich auf diese Dose, als würde sie gleich wieder herunterspringen, sobald sie ihr den Rücken zukehrte, und Zach merkte plötzlich, dass er sich in einer ziemlich unangenehmen Situation befand. Als er Merilee das letzte Mal gesehen hatte, war er mit Blair zusammen gewesen.

Wie sollte er sich verhalten? Er räusperte sich. »Ich glaube, er ist irgendwie verstört.«

Das erregte ihr Interesse. »O nein. Warum?«

Er zuckte mit den Schultern. »Es hat einige Veränderungen bei uns gegeben. Meine Freundin und ich haben uns getrennt.«

Merilee beschäftigte sich erneut sehr intensiv mit dem Einräumen der Dosen. »Ach?«

»Ja. Und irgendwie habe ich das Gefühl, dass Tom sich absichtlich so aufführt.« Verhielten Katzen sich so? Keine Ahnung. Aber es klang gut.

Sorgfältig stellte sie noch ein paar Dosen ins Regal, bevor sie sich zu Zach umdrehte. »Was tut er denn?«

»Er zerkratzt die Möbel.«

»Hm. Hat er einen Kratzbaum?«

»Nein. Ich dachte, Sie könnten mir vielleicht helfen, einen auszusuchen.«

»Dann habe ich genau das Richtige«, sagte sie mit einem entschiedenen Nicken und überließ es Zach, mit ihr Schritt zu halten, als sie den Gang hinuntereilte. »Das mit Ihrer Freundin tut mir leid.«

»Ach, ich glaube, wir waren sowieso nicht gerade das ideale Paar. Sie mochte meinen Kater nicht.«

»Die Einstellung eines Menschen zu Tieren sagt viel über ihn aus«, bemerkte Merilee dazu nur.

»Sie haben sicher jede Menge Haustiere«, sagte Zach. Sie schien jemand zu sein, der gut mit Tieren zurechtkam. Und mit Kindern. Nicht dass Zach das wissen musste.

Merilee zog die Mundwinkel nach unten und schüttelte den Kopf. »Wo ich wohne, sind Haustiere nicht erlaubt.«

Sie hatte einen schönen Mund. Vergiss den Mund!, ermahnte Zach sich. »Wo wohnen Sie denn?«, fragte er, weil es unhöflich wäre, sich nicht danach zu erkundigen.

»In den Angel Arms Apartments. Ich muss allerdings gestehen, dass ich mich nicht an die Hausordnung dort halte.«

Komisch, sie sah gar nicht aus wie jemand, der Regeln brach. Aber Blair hatte ja auch nicht wie eine Katzenhasserin ausgesehen. Nicht immer waren die Leute so, wie sie auf den ersten Blick erschienen.

»Ich habe eine Katze vor dem Einschläfern gerettet und bisher noch kein Zuhause für sie gefunden. Ich konnte sie doch nicht einfach ins Tierheim bringen«, fügte Merilee mit einem kleinen Schulterzucken hinzu.

»Das Gefühl kenne ich«, sagte Zach. Und apropos Gefühle – gerade eben beschlich ihn eins, das nicht ungefährlich war, und deswegen verdrängte er es schnell. Sie standen mittlerweile vor einer großen Auswahl an Kratzbäumen für Katzen. »Welchen von all diesen soll ich nehmen?«

Merilee überraschte ihn, indem sie nach einer langen, schmalen Schachtel griff. »Das ist der Beste. Nehmen Sie einfach den Deckel ab, und schon ist er startklar.«

Sie reichte ihm das Ding, und er starrte es an. »Das ist Pappkarton.«

Merilee nickte. »Mit darin eingeschlossener Katzenminze. Sie werden ihn hin und wieder erneuern müssen, aber glauben Sie mir, er ist es wert. Ihr Kater wird nie wieder ein Möbelstück anrühren.«

»Gekauft«, erklärte Zach. Und dann schien es nichts mehr zu sagen zu geben oder jedenfalls nichts über Katzen, und daher bedankte er sich bei Merilee und ging. Als er zur Tür hinausging, wurde er jedoch das Gefühl nicht los, dass er nicht alles hatte, was er brauchte.

Auf halbem Weg zu seinem Wagen sah er Blair aus

der anderen Richtung kommen. Sie trug ihren langen, pelzbesetzten Mantel und schwarze Stiefel mit Absätzen, die ihre Beine endlos lang erscheinen ließen. Es hatte eine Zeit gegeben, da hätte Zach sie angesehen und gedacht: sexy. Aber jetzt schauderte es ihn nur noch.

Sie hatte ihn auch entdeckt. Er erkannte es daran, wie gereizt sie reagierte, wie ihre Gangart sich veränderte und sie plötzlich wie ein genervtes Model durch den Schneematsch stapfte, der nach allen Seiten wegspritzte.

Mist.

Na ja, früher oder später wären sie sich sowieso begegnet. Er hatte nur gehofft, es möglichst lange hinausschieben zu können. Es war leichter, sich einem Feuer mittlerer Alarmstufe zu stellen als einer aufgebrachten Exfreundin. Zach blieb stehen und wappnete sich innerlich. Als sie näher kam, sagte er höflich: »Hallo, Blair.«

Sie erwiderte seinen Gruß mit finsterer Miene. »Hast du immer noch den Kater?«

»Ähm, ja.« Das war der Grund seines Hierseins. Was war der ihre? Er deutete mit dem Kopf in Richtung Pet Palace. »Hast du beschlossen, dir ein Haustier anzuschaffen?«, scherzte er, um die angespannte Atmosphäre zwischen ihnen ein wenig aufzulockern.

»Ich treffe mich mit meinem Vater. Geschäftlich«, fügte sie in scharfem Ton hinzu.

Zach fiel nichts ein, was er darauf erwidern könnte. Ihm fiel *überhaupt* nichts ein, worüber er mit ihr reden könnte. Vielleicht, weil er zu sehr damit beschäftigt war, seinem Glücksstern zu danken, dass sie nicht mehr zusammen waren.

Da Blair ihm offensichtlich auch nichts mehr zu sagen hatte, wandte sie sich ab und marschierte in den Laden wie ein General, der in die Schlacht zog.

Zach stieg in seinen Land Rover und beeilte sich, den Rückzug anzutreten.

Manchmal bedeutete es etwas Gutes, ins Chefbüro gerufen zu werden, wie eine Gehaltserhöhung etwa, aber als Merilee ins Allerheiligste zitiert wurde, wusste sie, dass sie in naher Zukunft keine Aufstockung des Gehalts zu erwarten hatte. Sie hatte die Kasse bedient, als die Reinkarnation Cruella De Vils, mit der sie sich am Samstag ein Wortgefecht geliefert hatte, das Pet Palace betreten hatte. Die Frau hatte ihr einen rachsüchtigen Blick zugeworfen, bevor sie die Treppe zum ersten Stock hinaufgeeilt war, wo sich Mr. Carlyles Büro befand.

Kate Hendrix, die an der Kasse neben Merilees saß, sagte: »Oh, oh. Die Tochter des Chefs sieht ganz schön wütend aus. Ich fürchte, da wird ein Kopf rollen, Merilee.«

Es war nicht schwer zu erraten, wessen Kopf. Merilee schluckte, doch es half nicht gegen die Panik, die in ihrer Kehle aufstieg.

Hätte Merilee noch Zweifel daran gehabt, dass *ihr* Kopf rollen würde, als sie das Chefbüro betrat – einen riesigen Raum, der sie trotzdem förmlich zu erdrücken schien –, so wären sie jetzt augenblicklich verflogen. Mr. Carlyle, ein sonst sehr netter kleiner Mann, saß stirnrunzelnd an seinem Schreibtisch. Merilee hatte immer gedacht, dass er mit seinem runden Bauch, dem ebenso runden Gesicht, der roten Nase, die an eine große Beere oder Kirsche erinnerte, und dem schneeweißen Haar ein bisschen wie der Weihnachtsmann aussah. Sein strenger Gesichtsausdruck heute erinnerte sie jedoch mehr an Scrooge, den geizigen Geldverleiher aus dem gleichnamigen Musical.

Neben ihm stand Scrooges Tochter, in einem pelzbesetzten Mantel, der offen stand, um den Blick auf ein schwarzes Strickkleid freizugeben, das wie eine zweite Haut an ihrem vollkommenen Körper saß. Auch ihr Haar war perfekt – perfekt gesträhnt, perfekt blondiert. Natürlich war sie auch perfekt geschminkt. Und unter all dieser Vollkommenheit lag ein Herz, das durch und durch verdorben war.

Es war nicht nett, Menschen zu hassen, aber Merilee konnte gar nicht anders.

»Mir ist zu Ohren gekommen«, begann Mr. Carlyle, »dass Sie unseren Kunden nicht den gebührenden Respekt entgegenbringen, Merilee.«

Es war nicht schwer zu erraten, von wem er das erfahren hatte. »Ich begegne allen Kunden, die ihre Tiere lieben, mit Respekt«, sagte sie. Was konnte sie dafür, dass diese … Kreatur eine Tierhasserin war? Wie konnte der nette Mr. Carlyle eine so grässliche Tochter haben?

»Aber mir nicht!«, blaffte die Frau sie an. »Sie war einfach unmöglich zu mir, Vater. Eine Frau wie sie ist keine gute Repräsentantin unseres Geschäfts.«

Und eine Frau wie du keine gute Repräsentantin unseres Geschlechts, dachte Merilee, hielt die Lippen aber fest zusammengepresst und sagte nichts.

»Ist es wahr, was ich gehört habe?«, fragte Mr. Carlyle.

Es wäre sinnlos vorzugeben, nicht zu wissen, wovon er sprach. Merilee wusste es so gut wie er und seine Tochter.

»Ich fürchte, das war ein Missverständnis«, antwortete Merilee diplomatisch, obwohl sie wünschte, sie hätte Krallen, um dem Kratzer, den die Frau sich von dem armen, verängstigten Kater eingefangen hatte, einen weiteren hinzuzufügen.

»›Missverständnis‹ nennen Sie das?«, fuhr Blair sie an.

Mr. Carlyles Stirnrunzeln vertiefte sich. »Sie wissen, dass der Kunde immer recht hat, Merilee. Manchmal begegnen wir Leuten, wenn sie nicht gerade ihren besten Tag haben, doch es ist nicht unsere Aufgabe, sie zu verurteilen.«

Merilees Wangen brannten. »Ja, Mr. Carlyle«, murmelte sie.

»Ich fürchte, Sie hätten verständnisvoller sein müssen«, tadelte er sie.

»Es wird nicht wieder vorkommen«, versprach sie und erstickte beinahe an den Worten.

»Nein, das wird es sicher nicht, denn *ich* fürchte, wir werden Sie gehen lassen müssen, Merilee. Wir können nicht dulden, dass unsere Angestellten unsere Kunden beleidigen.«

Oder Ihre Tochter. Das war falsch und unfair. »Mr. Carlyle …«, begann Merilee.

»Sie werden ein halbes Monatsgehalt als Abfindung

erhalten«, fiel er ihr hart ins Wort. »Ich werde Ihnen von Mrs. Olsen einen Scheck zustellen lassen. Bitte räumen Sie Ihren Spind aus.«

Neben ihm sah Scrooges Tochter mit selbstgerechter Miene zu, die deutlich zu besagen schien: Das wird Ihnen eine Lehre sein.

»Ja, Sir«, erwiderte Merilee. Mit hochrotem Kopf wandte sie sich ab und schaffte es irgendwie, die Tür zu erreichen – was nicht leicht war angesichts des grimmigen Bildes, das sie vor Augen hatte: Sie sah sich selbst an einer verschneiten Straßenecke stehen und um Geld betteln. Was um Gottes willen sollte sie jetzt tun?

»Was wirst du jetzt tun?«, fragte auch Kate, die gerade Mittagspause im Aufenthaltsraum für Angestellte machte, in dem die Spinde sich befanden.

Merilee wischte sich eine Träne aus dem Augenwinkel. »Keine Ahnung. Aber mir wird schon was einfallen.«

»Mensch, und ausgerechnet ein paar Tage vor Weihnachten! So eine Gemeinheit!«

Ja, es war gemein. Doch wenn eine Verkäuferin sich einen verbalen Schlagabtausch mit der Tochter des Chefs erlaubte, durfte sie nichts anderes erwarten als Gemeinheit. Du hast es dir selbst zuzuschreiben, dachte Merilee.

Trotzdem war es völlig falsch gewesen, diesem armen Kater zu verübeln, dass er sich bloß artgerecht verhalten hatte. *Das* war eine Frechheit!

Aber warum hatte sie sich eingemischt? Was ging sie das an?

Weil es *jeden* etwas anging, wenn ein Tier litt, und das Verhalten dieser Frau hatte nichts Gutes für die Zukunft dieses Katers verheißen.

Merilee seufzte. Sie war die *Superwoman* der Katzen. Es wäre nur schön, wenn sie auch ein paar Superkräfte für sich selbst entwickeln könnte.

»Ich wünschte, ich wüsste etwas für dich«, murmelte Kate zerknirscht.

»Ich komme schon zurecht«, beruhigte Merilee sie. »Ich habe als freiwillige Helferin im Tierheim gearbeitet und weiß, dass dort eine Teilzeitstelle frei ist. Ich bin sicher, dass sie mich nehmen werden.«

»Wahrscheinlich verdienst du bei jeder Teilzeitstelle ohnehin mehr als bei einem Vollzeitjob in diesem Laden.«

Es war auf jeden Fall besser, als zu verhungern, und da kein Märchenprinz zu ihrer Rettung eilte, würde Merilee bis zum neuen Jahr damit zurechtkommen müssen.

Kate kam zu ihr und legte eine Hand auf ihren Arm. »Als ich vorhin davon sprach, dass ein Kopf rollen würde, hätte ich nie gedacht, dass es deiner sein würde. Es ist wegen Samstag, nicht?« Sie wusste von dem verbalen Zusammenstoß ihrer Kollegin mit der vermeintlichen Kundin.

Zu unglücklich, um zu antworten, nickte Merilee nur.

Kate runzelte die Stirn. »Eines Tages wird dieses Biest ihr Fett noch abbekommen«, sagte sie grimmig. »Und wenn du etwas brauchst, rufst du mich an, ja?«

Was sie brauchte, war ein Job, und dabei konnte ihr Kate nicht helfen. Merilee bedankte sich bei ihr, dann nahm sie ihr kleines Bündel Sachen, verabschiedete sich bei den Kollegen und verließ das Pet Palace.

Schneeregen trommelte aus dem bleifarbenen Himmel auf sie herab, als sie über den Parkplatz ging, ein letztes kosmisches »Ätsch«, das der Himmel ihr mit auf den Weg gab.

Sie stieg in ihren Wagen und stellte die Musik so laut wie möglich, um einem Anfall von Selbstmitleid und Tränen zuvorzukommen. Ein unbekannter Chor sang: »Gott ist bei euch, fröhliche Menschen, lasst euch nicht erschrecken!«

Bestimmt nicht, schwor sie sich. Die Kündigung war nicht das Ende der Welt, sondern der Beginn eines neuen Kapitels. Das Leben hält mehr für dich bereit, als im Pet Palace zu arbeiten, sagte Merilee sich.

Und irgendwie und irgendwo würde sie es finden.

Tom war offensichtlich sehr zufrieden mit seinem magischen Kratzkarton. Es schien, als wäre der Kater jedes Mal, wenn Zach sich umdrehte, mit dem Ding zugange und entfachte einen Sturm mit seinen Krallen. Aber besser daran als an der Couch.

»Na, da scheinen wir deine Probleme ja gelöst zu haben, Kumpel«, sagte er und kraulte Tom hinter den Ohren. »Vielleicht brauche ich jetzt für eine Weile nicht mehr zum Pet Palace zu fahren.«

Und das wäre gut. Wirklich gut. Es gab andere Dinge, für die er sein Geld ausgeben musste, wie neue Böden und eine Duschkabine für das untere Badezimmer. Und er wollte auch nicht ständig Merilee begegnen.

Oder irgendeiner anderen Frau. Frauen verkomplizierten nur alles, und Zach konnte keine Komplikationen brauchen.

Apropos Komplikationen. »Hast du schon mit deinem Chef gesprochen, ob du Heiligabend freinehmen kannst?«, fragte seine Mutter.

Verdammt. Wäre er doch nur nicht ans Handy gegangen! »Mom, ich glaube wirklich nicht, dass sich das machen lässt.«

Mom hatte die Familienzusammengehörigkeit gekündigt, als sie und Al, ihr zweiter Ehemann, die Stiefies genommen hatten und an die Ostküste gezogen waren, um ein neues Leben zu beginnen, das Zach und David nicht einbezog. Zach hatte kein Problem damit gehabt. Er war damals dreizehn und »eine echte Nervensäge« gewesen, wie Al es so liebevoll bezeichnete, und so war er zu Dad abgeschoben worden, der immer mehr dem Alkohol verfiel, während Mom und Al abgeschwirrt waren, um das Leben zu genießen.

Anfangs hatte Mom noch die richtigen Töne gefunden, wenn sie behauptete, Zach zu vermissen und ihn für den Sommer einladen zu wollen. (Als könnte Al es kaum erwarten!) Aber ihre Gespräche waren nie gut, und bald versiegten auch die Telefonanrufe; vielleicht verdorrten sie unter der Hitze der Wut eines Jungen im Teenageralter. Oder weil es Mom einfach völlig schnuppe war, was aus ihm wurde. Aber das war so oder so egal. Als Zach sechzehn war, hatte der Kontakt sich auf einen

Scheck in einer Geburtstagskarte reduziert. Zach löste diese Schecks nie ein, weil sie ihm immer wie Bestechung vorkamen, und schließlich gab Mom es auch auf, welche zu schicken, und ging zu Geschenkgutscheinen über, als wäre das irgendwie persönlicher. Doch auch die hatte Zach weggeworfen.

Aber nun waren Mom und ihre Familie im Juni in die Stadt zurückgezogen, und plötzlich wollte sie wieder auf große, glückliche Familie machen. Zach hatte nichts gegen einen freundschaftlichen Kontakt zu seinen Stiefschwestern. Beide Mädchen hatten sich vor ein paar Jahren über Facebook mit ihm angefreundet und schickten ihm jetzt ständig SMS, kamen auf der Feuerwache vorbei, riefen ihn an … oder hetzten ihm die Produzenten von *The Bachelor* auf den Hals. Was Mom anging, war Zach jedoch weder bereit für sie noch für ihre Pläne für ein gemütliches Weihnachtsfest im Kreis der Familie.

Er konnte jetzt schon sehen, wie das verlaufen würde. David würde praktischerweise vergessen, aus Australien anzurufen, und Mom würde deswegen in Tränen aufgelöst sein. Al würde sich verpflichtet fühlen, sie zu trösten, und murmeln, dieser Sohn sei genauso wie sein Dad. Was kein Kompliment war. Wenn Mom dann endlich aufhörte zu jammern, dass ihr kleiner Junge so weit entfernt lebte, würde sie Zach sagen, wie froh sie war, dass sie alle wieder zusammen sein konnten. Natürlich würde eine der Stiefies ihren Laptop bereithalten, um ihn bei eHarmony, einer dieser Internet-Partnervermittlungsagenturen, anzumelden. Er würde sich sträuben, und sein Stiefvater, der Computerkönig, würde eine scherzhafte Bemerkung fallen lassen, er, Zach, sei schwul. Wenn nicht, warum sollte ein Mann dann nicht mit einer wundervollen Frau wie Zachs Mutter eine Familie gründen wollen? Was für ein reizendes Kompliment für Mom! Und ein gutes Mittel für Al, sich *sein* Weihnachten zu sichern. Um dem Abend den krönenden Abschluss zu geben, würde Dad später Zach auf dem Handy anrufen, betrunken und gefühlsduselig – seine bevorzugte Art, die Feiertage zu begehen.

O ja, Moms Party würde so lustig sein wie Zahnschmerzen, noch dazu heuchlerisch, da Zach und Al sich nie verstanden hatten. Es wäre auch kein gutes Gefühl, mit einer Familie zu feiern, die nicht seine Familie hätte sein sollen. Und sie wäre es auch nicht gewesen, wenn Mom Dad nicht sitzen gelassen hätte.

Als kleiner Junge hatte Zach es nicht verstanden, doch als er älter geworden war, war es ihm nicht schwergefallen, eins und eins zusammenzuzählen. Irgendwie war Dad nicht gut genug für Mom gewesen, und deshalb hatte sie ihn verlassen und die Familie zerstört. Dann verbesserte sie sich mit Al und bekam ein größeres Haus und die Töchter, die sie sich wahrscheinlich immer schon gewünscht hatte.

Das Ganze hatte schwerwiegende Auswirkungen gehabt. Heute lebte Zachs Bruder David in Australien, und der arme Dad versuchte, sich mit seiner dritten Frau in einem anderen Bundesstaat ein neues Leben aufzubauen. Als Zach das letzte Mal mit ihm gesprochen hatte, war jedoch auch diese Beziehung offenbar schon nicht mehr sehr stabil gewesen. Was nicht überraschend war. Zu viel Nähe öffnete der Katastrophe Tür und Tor. Zumindest bei den Männern der Familie Stone.

»Ich hatte so gehofft, wir könnten Heiligabend zusammen essen und danach zur Weihnachtsmesse gehen«, sagte Mom bedrückt.

Gut, dass er Dienst haben würde!

»Du könntest doch jemanden mitbringen«, fügte sie hinzu, um ihm die bittere Pille zu versüßen. »Hast du Natalie nicht erzählt, du hättest eine Freundin?«

Wahrscheinlich hatte er es irgendwann erwähnt, um Nat davon abzuhalten, ihm Freundinnen aus Facebook vorzuschlagen (alle Singles und viel zu jung natürlich). »Mm.«

»Wir würden uns jedenfalls freuen, wenn sie mitkäme.«

»Im Moment bin ich mit niemandem zusammen.«

Ein leidgeprüfter Seufzer klang aus dem Telefon. »Es ist jammerschade, dass du kein nettes Mädchen für eine feste Bindung finden kannst.«

Machte sie Witze? »Ach ja? Und wie hat das bei dir und Dad geklappt?«, versetzte er.

Das betroffene Schweigen am anderen Ende der Leitung ließ ihn wünschen, die Worte zurücknehmen zu können. Falls irgendjemand einen solchen Seitenhieb verdiente, war sie es, doch Zach kam sich trotzdem wie ein Schuft deswegen vor. »Tut mir leid«, murmelte er.

»Nein, mir tut's leid«, sagte sie leise. »Ich habe viel wiedergutzumachen.«

Das war die Untertreibung des Jahrhunderts.

»Die Mädchen vergöttern dich«, wechselte sie zu

einem unverfänglicheren Thema. »Sie werden so enttäuscht sein, wenn du nicht kommst.«

»Ich kann es nicht ändern«, erwiderte Zach. Er war nicht dumm. Er hatte mit seinem Kollegen Julio getauscht, um an beiden großen Familienkatastrophentagen nicht verfügbar zu sein. »Es gibt jede Menge Brände an den Feiertagen. Die Leute stellen brennende Kerzen auf, wo sie es lieber lassen sollten, und lösen Fettbrände in der Küche aus. Du willst doch bestimmt nicht, dass ganz Angel Falls in Rauch aufgeht, weil dein Sohn seine Pflicht vernachlässigt.«

»Ich dachte nur, der Sohn einer anderen Frau könnte dieses Jahr mal seine Pflicht erfüllen, damit ich mit meinem Weihnachten verbringen kann.«

»Tut mir leid«, war alles, was Zach dazu einfiel. Oder zumindest doch das einzig Höfliche.

»Könntest du wenigstens tagsüber vorbeikommen, bevor du deinen Dienst beginnst? Ich habe etwas für dich.«

Wahrscheinlich einen Geschenkgutschein. »Ich werde es versuchen.«

»Wunderbar«, jubelte sie, als hätte er ihr gerade eine feste Zusage gegeben.

Zach seufzte, als er das Gespräch beendete, und warf das Handy auf die Couch. »Sei froh, dass du eine Katze bist«, sagte er zu Tom, der auf der Rückenlehne der Couch hockte. »Du hast es gut.«

Der Kater blinzelte und bewegte den Schwanz.

Zach beschloss, es sich leicht zu machen, und ließ sich zum Abendessen etwas vom Chinesen bringen.

»Götterspeise«, sagte er zu Tom, als er eine Dose für ihn öffnete. »Es ist deine Lieblingssorte, Kumpel.«

Aber anders als gewöhnlich stürzte Tom sich nicht auf seinen Fressnapf, um das Futter in sich hineinzuschlingen, sondern drehte sich nur um und stolzierte davon.

»He, seit wann bist du nicht hungrig?«, rief Zach ihm nach.

Tom ging weiter.

»Bitte, wie du willst«, murmelte Zach und setzte sich mit seinem chinesischen Hühnchen an den Tisch.

Er verschwendete keinen Gedanken mehr an Toms Appetitlosigkeit, bis er am nächsten Morgen vor Dienstbeginn, als er dem Kleinen noch etwas zu fressen geben wollte, die unberührte Schale sah. Das Dosenfutter war zu einem stinkenden, verkrusteten, unappetlichen Brei verklumpt. Was war los mit Tom? Er hatte sein Futter immer sofort verschlungen, wenn Zach es vor ihn hingestellt hatte. Seufzend schüttete Zach das alte Futter weg, spülte den Fressnapf und füllte ihn mit frischem Nassfutter. Er stellte Tom auch noch ein Schälchen Trockenfutter hin. Irgendetwas davon müsste den Kater verlocken, während er selbst arbeiten war.

Er war gerade fertig, als Tom in die Küche kam. »Frühstück, Junge«, sagte Zach.

Tom ging zu den Näpfen, schnupperte daran und verzog sich wieder.

»Das ist kein verdammtes Restaurant hier«, rief Zach ihm nach. »Entweder frisst du, oder du verhungerst.«

Natürlich reagierte Tom nicht auf die Drohung. Komisch, dachte Zach, als er dem Kater stirnrunzelnd nachsah. Wie viele Tage konnte eine Katze ohne Futter auskommen? Würde der alte Tom okay sein, während er selbst auf der Feuerwache war?

Ambrose saß auf dem Fensterbrett und schaute Zach nach, als er losfuhr. Hoffentlich machte er sich gleich auf den Weg zum Pet Palace, um Merilee um Rat zu fragen! Vielleicht würde er sie sogar mit heimbringen. Dann konnte er, Ambrose, den Hungerstreik beenden.

Aber was, wenn Zach zur Arbeit fuhr? In dem Fall würde Ambrose lange Zeit allein sein. Und dieses Haus schien kein Problem mit Ratten oder Mäusen zu haben wie andere, in denen er gelebt hatte. Das bedeutete, dass er von den Vögeln würde leben müssen, die gelegentlich im Garten landeten, um gefrorene Beeren zu klauen. Und er würde wieder diese fürchterliche Katzentür benutzen müssen. Hu! Der bloße Gedanke daran brachte Ambrose' Schwanz zum Zucken.

Hunger. Ambrose erinnerte sich noch an das elende Ziehen in seinem Magen, das ihn in seinem dritten Leben als streunender Kater praktisch jeden Tag gequält hatte. Er war alles andere als erfreut über die Aussicht, es wieder zu verspüren, doch Desinteresse an seinem Essen zu heucheln war das Einzige, was ihm einfiel, wie er Zach noch einmal zu Merilee treiben konnte.

Er sprang vom Fensterbrett hinunter und ging in die Küche, wo der Duft von »Thunfisch Surprise« ihn schwer verlockte. Er kauerte sich vor den Napf und schnupperte. *Ah, nur ein Mal daran lecken. Was könnte das schon schaden?*

Nein, nein. Wenn er auch nur probierte, würde er den ganzen Napf verschlingen. *Willenskraft ist hier gefragt, Ambrose. Du hast vorher schon mit wenig überlebt und kannst es wieder.*

Zumindest hoffte er, es zu können. Vielleicht war er auch schon zu lange an regelmäßige Mahlzeiten gewöhnt.

Widerstrebend beäugte er die Katzentür. Welche Opfer man nicht bringen musste, um seinem Menschen beizustehen!

Kapitel Sieben

Zach kehrte von der Wache heim und stellte fest, dass Toms Futterschälchen noch immer unberührt waren. Okay, was hatte das schon wieder zu bedeuten? Er warf das unberührte Dosenfutter weg und versuchte es erneut, doch statt zu fressen, roch Tom nur an der frischen Portion und begann, sich an Zachs Beinen zu reiben.

»Was hast du denn, mein Junge?«, fragte er und hob den Kater auf. Hatte Tom schon an Gewicht verloren, oder bildete er sich das nur ein? »Thunfisch ist doch deine Lieblingssorte.« Der Kleine lag ganz ruhig in seinen Armen. Das war bestimmt kein gutes Zeichen. »Okay, irgendetwas stimmt nicht mit dir, Junge. Wir sollten dich zum Tierarzt bringen.«

Bei dem Wort »Tierarzt« sprang Tom aus Zachs Armen und rannte aus der Küche, als wäre ihm der Teufel auf den Fersen. Okay, »Tierarzt« war offensichtlich nicht das richtige Stichwort gewesen.

»Ob es dir passt oder nicht«, rief Zach ihm nach, »wir fahren jetzt dahin. Wahrscheinlich sollte ich dich sowieso mal untersuchen lassen.«

Einem Kater mitzuteilen, dass er zum Tierarzt ging, und ihn dorthin zu bekommen, waren zwei ganz verschiedene Dinge, wie Zach feststellen konnte, nachdem er einen Termin vereinbart hatte. Zuerst musste er den

Kater finden. Tom war weder unter der Couch noch unter dem Bett oder hinter irgendeinem Sessel. Er wurde heimtückisch, der Kleine.

Und Zach immer ärgerlicher. »Ich weiß, dass du irgendwo hier drinnen bist.« Falls er nicht hinausgelaufen war.

Aber Tom hasste nach wie vor die Katzenklappe und benutzte sie so wenig wie nur möglich. Außerdem hatte es ein wenig geschneit, und der Kater mochte keinen Schnee. Also suchte Zach weiter.

Schließlich fand er ihn in der hintersten Ecke des Schlafzimmerschranks, wo Tom sich hinter einer Bowlingkugel versteckt hatte.

Zach schob seine Schuhe und einen Stapel ausrangierter Unterwäsche beiseite und kroch in den Schrank hinein. »Okay, jetzt spiel hier nicht den Feigling, Kumpel! Wir müssen sehen, was mit dir los ist.«

Tom drückte sich noch weiter in die Ecke und knurrte. Wer hätte gedacht, dass Katzen knurren konnten?

»Ich bin größer als du«, erklärte Zach. »Das bedeutet, dass ich diesen Kampf gewinnen werde, also kannst du genauso gut auch gleich aufgeben.« Er beugte sich vor und streckte die Hand aus, worauf Tom fauchend mit der Pfote ausholte und ihm seitlich an der Hand einen ordentlichen Kratzer beibrachte. Zach zog den Arm erschrocken zurück, und Tom sprang aus dem Schrank. »Mann, das finde ich gar nicht cool, Junge!«

Am T-Shirt wischte er sich das Blut ab und rannte die Treppe hinunter und der Katze nach. Diesmal war der alte Tom nicht so schlau gewesen, und Zach fand ihn unter der Couch und zog ihn heraus, nicht ohne sich einen weiteren Kratzer zuzuziehen.

»Du machst mich langsam richtig wütend, Freundchen«, schimpfte er und steckte Tom in den Katzenkäfig. »Dir zuliebe kann ich nur hoffen, dass wirklich etwas nicht mit dir in Ordnung ist.«

Nachdem er jedoch auf der ganzen Fahrt zu Dr. Burnside Toms erbärmliches Maunzen gehört hatte, verflog Zachs Ärger, und als er die Katzenbox aus dem Wagen nahm, tat der Kater ihm schon wieder leid. »Der Doktor wird dich gesund machen«, versprach er ihm.

Doch dann betraten sie die Tierklinik, und Zach sah die Deutsche Dogge, die dort mit ihrem Frauchen wartete. Ach, du liebe Güte!

Tom fauchte.

»Er kann nicht an dich heran, das schwöre ich dir«, sagte Zach.

Die Dogge bellte, und Tom drückte sich in die hintere Ecke der Katzenbox, krümmte den Rücken, sträubte das Fell und plusterte sich auf. Zach hielt sich zwischen den beiden Tieren, als er zur Anmeldung ging, die auf der anderen Seite des Wartezimmers lag, sodass er an der Stuhlreihe vorbeimusste, wo der Hund zu Füßen seines Frauchens saß, einer älteren Dame, die halb so groß war wie das Tier.

»Hi«, sagte er zu der Rezeptionistin. »Wir haben einen Termin bei Dr. Burnside.«

Der Tierarzt schien ein beliebter Mann zu sein, der langen Reihe von Weihnachtskarten nach zu urteilen, die über dem Empfangstisch hingen. Wenn Menschen ihn so mochten, musste er auch gut zu Tieren sein.

Die Rezeptionistin war eine gut aussehende Blondine mit einer großartigen Figur. Normalerweise hätte Zach ihr mehr Aufmerksamkeit gewidmet, doch heute war er zu besorgt um Tom, um ihr auch nur einen zweiten Blick zu gönnen. »Name?«, fragte sie.

»Zach Stone.«

»Nein, ich meine den Ihres kleinen Freundes.«

»Ach so, ja. Tom.«

Die Rezeptionistin schenkte Tom ein Lächeln und sagte Hallo zu ihm. »Der Doktor wird dich im Nu wieder gesund machen«, versprach sie dem Kater, und fast hätte Zach hinzugefügt: Siehst du? Das habe ich dir ja auch gesagt.

Als Toms Patientenkarte ausgefüllt war, suchten sie sich einen Platz, der so weit wie möglich entfernt war von der Dogge, die an der Leine zerrte, um zu einem Besuch vorbeizukommen. Zach setzte sich hin und versuchte, die Tiergerüche im Raum zu ignorieren. Die Wände waren krankenhausgrün gestrichen, was angeblich eine beruhigende Farbe war. Vielleicht funktionierte das aber nur bei Menschen. Der Hund bellte jedenfalls wieder los und scharrte mit den Pfoten auf dem PVC-Boden. Tom fauchte erneut warnend.

»Nein, Bübchen«, sagte seine Besitzerin streng, worauf der Hund sich mit hängender Zunge auf den Hinterbeinen niederließ.

Die Assistentin des Tierarztes kam aus dem Sprechzimmer und rief Bübchen herein.

»Siehst du? Jetzt ist er weg«, flüsterte Zach Tom zu.

Der Kater knurrte nur.

Ja, das wird ein Spaß für uns beide, dachte Zach seufzend.

Nach weiteren zehn Minuten kamen Bübchen und seine Besitzerin zurück, und Tom war an der Reihe. Er maunzte klagend, als Zach ihn in den Untersuchungsraum trug.

»Ich weiß«, sagte Zach. »Ich gehe auch nicht gern zum Arzt.« In gewisser Weise sah der Raum gar nicht so anders als der eines Humanmediziners aus. Na ja, bis auf den kleinen Unterschied eben, dass Tierschaubilder an den Wänden hingen und der Untersuchungstisch aus Edelstahl bestand.

Dr. Burnside kam kurz nach ihnen herein. Er war ungefähr im gleichen Alter wie Zachs Vater, hatte leicht angegrautes Haar und einen kompakten, muskulösen Körper, aber weiche Hände, was ein eigenartiger Gegensatz war, der Zach ein bisschen unbehaglich stimmte. »So, und was für ein Problem hat unser Junge?«, fragte Dr. Burnside, nahm einen inzwischen völlig schlaffen Tom aus der Katzenbox und setzte ihn auf den Tisch.

»Er frisst nicht«, sagte Zach.

»Oh, das ist nicht gut, nicht wahr?«, wandte sich der Veterinär an Tom und streichelte ihn. »Na, so was! Du gleichst aufs Haar einem anderen Kater, den ich einmal als Patient hatte.« Der Doktor öffnete Toms Mund und sah sich seine Zähne an. »Und wie lange frisst er schon nicht?«

»Zwei Tage«, antwortete Zach, der nervös zusah.

»War er lethargisch?«

Zach dachte an die Jagd durchs Haus und die frischen Kratzer an seiner Hand. »Nein.«

Der Doktor griff nach einem Rektalthermometer und hob Toms Schwanz an.

»Oh, oh, das wird ihm nicht gefallen«, prophezeite Zach.

Natürlich nicht. Tom jaulte entrüstet auf und warf seinem Menschen einen vorwurfsvollen Blick über die Schulter zu.

»Tut mir leid, mein Junge«, sagte Zach. »Es ist nur zu deinem Besten.« Du liebe Güte, jetzt klang er schon wie seine Mutter! Wie oft hatte er das als Kind von ihr zu hören bekommen?

»Nimmt unser Junge Medikamente?«, wollte der Tierarzt wissen.

»Nicht dass ich wüsste.«

Der Doktor zog eine seiner ergrauenden Augenbrauen hoch. »Das müssten Sie aber wissen. Sie sind doch sein Besitzer, oder?«

»Ja, aber erst seit Kurzem. Ich habe ihn aufgenommen, nachdem seine Besitzerin verstorben war.«

Das Thermometer wurde herausgezogen und geprüft. »Kein Fieber. Die Besitzerin ist verstorben, sagen Sie?« Jetzt befühlte und betastete der Arzt Tom, was der Kater sich erstaunlich gut gefallen ließ. »Wie war der Name der Besitzerin?«

»Das weiß ich nicht genau«, antwortete Zach. »Ich habe mit ihrer Tochter gesprochen.«

Der Doktor überprüfte die Marke an Toms Halsband.

»Ambrose. Sieh mal einer an! Als ich das zerrissene Ohr sah, wunderte ich mich schon. Dann ist Adelaide also tot. Sie war eine nette alte Dame. Wie schön von Ihnen, dass Sie ihren Kater aufgenommen haben!«

Als hätte er eine Wahl gehabt!

Dr. Burnside setzte die Untersuchung fort. Am Ende sagte er: »Ich kann weder gebrochene Knochen noch andere Verletzungen feststellen. Auch sein Herz ist in Ordnung.«

»Was könnte er dann haben?«

»Wir werden ein paar Bluttests vornehmen«, sagte der Veterinär, »doch ich vermute, dass er nur unruhig und ängstlich ist. Umgebungswechsel können Katzen verunsichern. Er hat sein Frauchen gerade verloren und lebt in einem neuen Heim. Da ist das schon verständlich.«

»Ja, aber er hatte sich gut eingewöhnt, und sein Appetit war bis vor ein paar Tagen mehr als nur okay«, wandte Zach ein.

»Hat es irgendwelche Veränderungen bei Ihnen zu Hause gegeben?«

Die Trennung von Blair zählte vermutlich nicht, da sie und Tom sich nicht gerade gut verstanden hatten. Etwas anderes fiel Zach nicht ein, und so schüttelte er den Kopf.

»Veränderungen in der täglichen Routine? Reisen?«

Zach dachte an den fehlgeschlagenen Ausflug, um den Weihnachtsmann zu sehen. »Wir sind zum Pet Palace gefahren. Das gefiel ihm nicht.« Genauso wenig wie Zach. »Aber das war am Samstag.«

»Nun«, meinte Dr. Burnside, »ich nehme an, dass er einfach nur ein bisschen durcheinander ist. Wir sollten das nicht zu lange unbeachtet lassen, doch ich würde gern noch einen Tag länger warten, bevor ich ihm ein Beruhigungsmittel verschreibe. Es ist hochwirksam, aber es kann auch schädliche Auswirkungen auf Persönlichkeit und Gemütsverfassung Ihres Katers haben.«

Wenn man Zach fragte, würde nach ihrem Gerangel im Kleiderschrank *alles* eine Verbesserung für Toms Gemütsverfassung sein.

»Du wirst dich zusammennehmen, alter Junge, nicht?« Der Tierarzt setzte Tom in die Box zurück. »Wenn in den nächsten vierundzwanzig Stunden keine Besserung eintritt, bringen Sie ihn wieder her.«

Und der ganze Spaß geht noch mal von vorne los, dachte Zach und wünschte, der Tierarzt hätte *ihm* ein Beruhigungsmittel verschrieben. »Weißt du eigentlich, wie du mich stresst?«, fragte er Tom beim Hinausgehen.

Aus der Box kam keine Antwort.

Zach runzelte die Stirn. Er brauchte einen Katzenflüsterer.

Und er wusste auch schon, wo er einen finden würde.

Sie machten einen Umweg über das Pet Palace. »Keine Angst, ich werde dich nicht mit hineinnehmen«, beruhigte Zach den Kater.

Er ließ das Fenster einen Spaltbreit auf, damit Tom frische Luft bekam, und machte sich auf den Weg über den matschigen Parkplatz.

Nicht viele Kunden waren heute im Geschäft, was allerdings nicht überraschend war, da der Wetterbericht noch mehr Schnee vorausgesagt hatte und der Himmel voller aufgeblähter grauer Wolken war, die nur darauf warteten, sich zu entleeren. Zach warf einen Blick auf den Kassenbereich. Keine Spur von Merilee. Er ging zur Futtermittelabteilung, aber auch dort war sie nicht. Selbst als er eine Runde durch den ganzen Laden drehte, konnte er sie nirgendwo entdecken. Es war ein Wochentag, da hätte sie doch eigentlich da sein müssen, oder?

Schließlich schnappte er sich ein paar Dosen Katzenfutter und ging zur Kasse, wo eine mollige junge Frau mit kurzem schwarzem Haar und einem Nasenpiercing saß und mit der Frau an der Kasse hinter ihr tratschte.

»Es war so unfair, sie zu feuern, nur weil sie diesem Biest die Stirn geboten hat. Die arme Merilee! Sie war in Tränen aufgelöst, als sie ging.«

Also deshalb war sie nirgendwo zu sehen! Und es war nicht schwer zu erraten, wer mit »Biest« gemeint war. Zach knirschte mit den Zähnen.

»Zum Glück hat sie wenigstens eine Teilzeitstelle im Tierheim bekommen. Aber Gott weiß, wie sie davon ihre Miete und alles andere bezahlen soll.«

Die ältere Frau an der Kasse entdeckte Zach und versuchte, ihre Kollegin zu warnen, indem sie in seine Richtung nickte.

»Da zeigt sich bloß mal wieder, dass man sich nicht einmischen sollte«, schloss die Kassiererin. Die andere Frau räusperte sich und nickte wieder. Die Kleine mit dem Nasenpiercing folgte ihrem Blick und entdeckte Zach. Ihr Gesicht wurde rot wie ein Feuerwehrauto, und sie räusperte sich verlegen. Offenbar hatte sie Zach am

Samstag in Blairs Begleitung gesehen. »Oh, hallo. Willkommen im Pet Palace. Kann ich Ihnen helfen?«

»Danke, das haben Sie schon«, sagte er und zahlte seine Einkäufe.

Und dann stürmte er aus dem Geschäft und zog auf dem Weg zu seinem Wagen sein Handy heraus. Er ließ Blair keine Zeit zu antworten, sondern blaffte sie gleich an: »Du hast dieses Mädchen feuern lassen! Und dazu auch noch vor Weihnachten. Super, Blair. Mach weiter so!«

»Wie bitte?«, fragte sie. Sie klang eingeschnappt.

»Es gibt keine Entschuldigung für dein Verhalten«, fauchte Zach und beendete das Gespräch.

Großer Gott. Er hatte wirklich ein Händchen dafür, sich die richtigen Frauen auszusuchen! Da glaubte er, mit einem lebenslustigen, heißblütigen, *netten* Mädchen auszugehen, und hatte sich in Wirklichkeit mit einem echten Scheusal abgegeben. Das war's. Basta. Er hatte genug von Frauen.

Bis auf Merilee. Er musste einen Weg finden, ihr zu helfen. Ihm war nur noch nicht ganz klar, wie er das bewerkstelligen könnte.

Tom wurde auf dem Rücksitz unruhig, deshalb brachte Zach ihn schnell nach Hause und ließ ihn aus der Box heraus. »Versuch, etwas zu essen, und pinkle nicht ins Haus«, ermahnte er den Kater, bevor er sich wieder in den Land Rover setzte und weiterfuhr.

Auf halbem Weg zum Tierheim begann es zu schneien, große, dicke Flocken, die so aussahen, als würden sie liegen bleiben. Das würde zweifellos in Verkehrsunfällen und jeder Menge Ärger enden. Es schneite im Nordwesten nicht oft, aber wenn, flippten die Leute aus. Zach begegnete sehr wenigen Autos auf dem Weg zum Tierheim, und als er dort ankam, sah er nur zwei Wagen auf dem Parkplatz stehen, die wahrscheinlich den Angestellten gehörten. War einer von ihnen Merilees?

Zach steuerte den Eingang an, als sie herauskam, in diesem hässlichen weiten Mantel und den Gummigaloschen, die sie getragen hatte, als sie sich das erste Mal begegnet waren. Sie sah klein und verloren aus, und er wurde von dem überwältigenden Drang gepackt, sie in die Arme zu nehmen und zu trösten.

»Merilee«, rief er.

Sie drehte sich um, und ihre Augen weiteten sich vor Erstaunen, als sie ihn sah. »Hi«, sagte sie mit unsicherer Stimme. »Ich fürchte, wir schließen gerade. Des Schnees wegen«, fügte sie hinzu.

Hinter ihr trat ein Mann mittleren Alters aus der Tür und schloss sie ab. »Beeil dich besser, Merilee! Der Schnee scheint's diesmal ernst zu meinen.«

Sie nickte, zog den Mantel noch fester um sich zusammen und erhob den Blick zu Zach.

Plötzlich fehlten ihm die Worte. »Ich war gerade im Pet Palace und habe Sie gesucht.«

Sie errötete und schaute zu Boden. »Ich arbeite da nicht mehr.«

»Ich weiß, und das tut mir leid. Es ist wegen des Zwischenfalls am Samstag, nicht?«

Sie zuckte mit den Schultern. »Es war nicht Ihre Schuld. Ich hätte … verständnisvoller sein sollen.« Ihre

Antwort klang wie einstudiert. »Es war Machtmissbrauch, und das wissen Sie so gut wie ich.« Sie brauchte nichts weiter dazu zu sagen, und so standen sie beide einen Moment im Schneetreiben und blickten sich nur schweigend an.

»Bezahlen die Ihnen hier genug?« Was für eine dumme Frage! Natürlich nicht. Leute arbeiteten in einem Tierheim, um ein gutes Werk zu tun, und nicht, um Geld zu verdienen. Jetzt hatte er sie in Verlegenheit gebracht. »Entschuldigen Sie«, bat Zach. »Das geht mich nichts an.« Aber machte die Tatsache, dass ihre Entlassung teilweise seine Schuld war, es nicht doch irgendwie zu seiner Sache?

»Ich kann meine Miete bezahlen. Trotzdem danke, dass Sie fragen.«

Aber was war mit Essen? Und anderen Ausgaben? »Hören Sie, könnte ich Sie nicht dafür bezahlen, dass Sie mir mit meinem Kater helfen?«

Sie schüttelte den Kopf. »Das ist nicht nötig, wirklich nicht. Es war nicht Ihre Schuld.«

»Doch, das war es. Außerdem verdiene ich mehr bei der Feuerwehr, als ich ausgeben kann.« Das war natürlich eine Übertreibung, aber eine verzeihliche, wenn er Merilee damit überreden konnte. Doch sie zögerte noch immer.

»Ich biete Ihnen einen Nebenjob an«, beharrte er. »Tom will nicht fressen. Ich war deswegen gerade mit ihm beim Tierarzt.«

Ein besorgter Blick erschien in ihren Augen. »O nein!«

»Ich glaube, er braucht einen Katzenflüsterer, und Sie sind das, was dem am ehesten entspricht. Sie würden uns wirklich helfen. Es wäre eine Regelung, von der wir beide profitieren würden.«

Sie lächelte, doch dann senkte sie unsicher den Blick auf den Schnee, der den Asphalt schon bedeckte. »Ich habe meinen Wagen hier.«

Er war der einzige, der außer seinem noch auf dem Parkplatz stand, und eine ziemliche Rostlaube – ein uralter Chevy mit Reifen, die so gut wie kein Profil mehr hatten. »Ich mache Ihnen einen Vorschlag«, sagte Zach. »Ich fahre hinter Ihnen her, und dann steigen Sie zu mir in den Geländewagen. Falls es Ihnen nichts ausmacht, zu einem Hausbesuch zu uns herauszukommen«, fügte er hinzu. »Ich zahle Ihnen das Gleiche, was der Tierarzt mir dafür berechnen würde.«

»Das ist wirklich nicht nötig«, wiederholte sie.

»Ich will es aber.« Es war das Mindeste, was er tun konnte. Und vielleicht würde es Tom helfen.

Sie kam plötzlich zu einem Entschluss und nickte. »Also gut. Ich werde nur kurz nach meiner Katze sehen, und dann können wir zu Ihnen fahren und nach Ihrer schauen.«

Damit eilte sie zu ihrem Wagen, und Zach setzte sich ans Steuer seines Land Rovers. Großartig, dachte er. Für Tom, berichtigte er sich schnell.

Kapitel Acht

Wie üblich erwartete Queenie Merilee schon an der Wohnungstür. Nicht weil das Kätzchen es nicht erwarten konnte, sie zu sehen, sondern weil es Queenie brennend interessierte, was hinter der Tür lag. Merilee hatte ihren heimlichen Hausgast schon viele Male darüber aufgeklärt, dass dies die Art von Neugier war, die Katzen umbrachte, aber Queenie nahm keine Notiz davon.

»O nein, das lässt du fein bleiben«, sagte Merilee und stellte einen Fuß zwischen Queenie und die gefährliche Freiheit, die sie lockte. »Wir haben Hunde in der Nachbarschaft, und letzte Woche hat jemand einen Kojoten gesehen. Die würden dich zum Frühstück fressen, meine Kleine.«

Queenie fuhr herum und lief auf die Küche zu, die stets ihr zweites Ziel war, wenn die große Flucht misslang.

Merilee eilte ihr nach und gab ihr etwas Dosenfutter. Dabei überlegte sie fieberhaft, ob sie Zach auf einen Eierlikör hereinbitten sollte, wenn er sie nach Hause brachte. Sie hatte allerdings nur Eierlikör light. Hm. Was könnte sie ihm sonst anbieten? Weihnachtsplätzchen hatte sie keine, aber Käse und Roggenchips. Käse, Roggenchips und Eierlikör light. Zach würde einen Blick darauf werfen und sich totlachen. Das Apartment sah festlich genug aus. Sie hatte rote Lametta-Girlanden über die Fenster gehängt und einen Christbaum aufgestellt und geschmückt, natürlich so, dass sich alle Ornamente außerhalb der Reichweite kleiner weißer Pfoten befanden.

Aber eigentlich wusste sie ja nicht einmal, warum sie überhaupt darüber nachdachte, Zach auf einen Likör hereinzubitten. Ein gut aussehender Feuerwehrmann wie Zach würde gewiss nicht interessiert daran sein, mit ihr herumzuhängen. Wahrscheinlich könnte sie ihn nicht einmal mit einer Weihnachtsgans und einer tollen Torte in die Wohnung locken. Er wollte sie als Katzenflüsterer, mehr nicht.

Doch nicht mal seinem Kater würde sie etwas flüstern, ohne sich nach diesem langen Tag die Zähne geputzt zu haben.

Das Mädchen, das sie beim Zähneputzen aus dem Badezimmerspiegel ansah, hatte gerötete Wangen und leuchtende Augen. Aber sie waren so unscheinbar wie der Rest ihres Gesichts. Warum hatte sie heute nicht wenigstens Wimperntusche aufgelegt? Oder warum tuschte sie sich überhaupt nie die Wimpern, um genau zu sein?

Merilee spülte sich den Mund aus und kramte dann in der Schublade des Badezimmerschränkchens nach Mascara. Sie hatte diese schon … wie viele Monate? Jahre? Ach, herrje. Sie war natürlich völlig ausgetrocknet. Trotzdem stocherte Merilee mit dem Bürstchen in dem Behälter herum und benutzte das wenige, das sie zutage fördern konnte. Es war nicht viel und keine große Verbesserung, deshalb trug sie noch einen pinkfarbenen

Lipgloss auf, zu dessen Kauf Liz sie bei ihrem letzten Besuch im Einkaufszentrum überredet hatte. Okay, das sah schon besser aus.

Aber wem versuchte sie etwas vorzumachen? Sie würde nie in den Spiegel schauen und ein schönes Mädchen sehen. Alte Highschool-Wunden hatten Narben hinterlassen, die Merilee blind für ihre eigenen Vorzüge gemacht hatten. Selbst heute noch, und obwohl ihre Familie ihr versicherte, dass sie wirklich hübsch war, bemühte sie sich immer noch vergeblich um ein positives Selbstbild.

Merilee legte das Schminkzeug in die Schublade zurück und holte noch eine Schachtel Katzenleckerli aus dem Küchenschrank, bevor sie wieder zu Zach hinauseilte. Okay, dann war sie halt nicht das schönste Mädchen im Viertel, und den Katzenflüsterer zu spielen war vielleicht nicht damit vergleichbar, wie Heidi Klum über den Laufsteg zu schweben, aber im Moment war es das, was Zach brauchte. Und dass sie ihm etwas geben konnte, was er brauchte … war immerhin schon mal ein Anfang.

»Tut mir leid, dass Sie so lange warten mussten«, sagte sie, als sie in seinen Geländewagen stieg.

Im Gegensatz zu ihrem war dieser Wagen in tadellosem Zustand und roch immer noch wie funkelnagelneu. Sie hatte einmal einen Lufterfrischer gekauft, der genau den gleichen Geruch verbreitet hatte, doch der Kontrast zwischen dem Duft und dem Aussehen ihres Wagens hatte gereicht, um zu bestätigen, was Merilee schon gewusst hatte: Nach Neuwagen riechende Luftverbesserer machten ein Auto nicht zu einem neuen. Das nächste Mal hatte sie einen nach Vanille duftenden Lufterfrischer gekauft.

»Kein Problem«, sagte er. »Danke, dass Sie alles stehen und liegen lassen, um mir zu helfen.«

Als hätte sie etwas stehen oder liegen zu lassen! Klugerweise behielt sie diese Information jedoch für sich. »Ich freue mich, wenn ich helfen kann. Ich liebe Katzen.« Eine Frau, die allein lebte und Katzen liebte – klang das nicht sehr nach irgendeinem Klischee? Na ja, und wenn schon. Es war nichts Falsches daran, Katzen gern zu haben. Und es war auch nicht verwerflich, allein zu leben. Es bewies Unabhängigkeit. Also.

Zach schüttelte den Kopf. »Ich kann mir nicht vorstellen, was für ein Problem er hat.«

»Das werden wir schon herausfinden«, versicherte ihm Merilee. Zusammen, fügte sie stumm hinzu. Auch daran war nichts auszusetzen. Allein schon in unmittelbarer Reichweite dieses attraktiven Mannes zu sitzen durchrieselte sie mit einem angenehmen Kribbeln.

Sie bogen in die Lavender Lane ein, und Merilee wurde von einem jähen schmerzlichen Verlangen erfasst, als sie den Anblick all der gemütlichen Häuser in sich aufnahm, von denen die meisten schon weihnachtlich beleuchtet waren. Die Wohnhäuser erinnerten sie so sehr an ihr Elternhaus in der Nachbarstadt – gemütlich und einladend, Häuser, in denen Menschen lieben, lachen und Kinder aufziehen konnten. Oh, was für ein hübsches Haus im Tudorstil dort vorn! Sie konnte sich mühelos vorstellen, darin zu leben. Und was für ein schönes blaues, viktorianisches dort direkt vor ihnen lag …

Merilee war überrascht, als Zach in die Einfahrt einbog. »Das ist Ihr Haus?« Ein umwerfend gut aussehender Mann mit einem blau getünchten viktorianischen Haus? Perfekt.

»Für eine Weile«, sagte er. »Ich renoviere es gerade. So habe ich eine Aufgabe, wenn ich nicht auf der Wache bin. Ich werde es im nächsten Frühjahr zum Verkauf anbieten.«

»Es ist wunderschön«, stellte sie wehmütig fest. »Ich weiß nicht, wie Sie es ertragen können, sich davon zu trennen.«

»Nun ja, es ist nicht gerade ein Haus für einen alleinstehenden Mann. Für eine Familie dagegen wäre es genau das Richtige.«

Ja, das wäre es.

Drinnen war das Haus nicht weniger bezaubernd als von außen. Merilee bewunderte die Treppe und das Geländer mit den spindelförmigen Pfosten, die Hartholzböden und das Milchglasfenster über der Tür und wurde sofort von dem heftigen Wunsch nach einem solchen Zuhause ergriffen. »Es ist ein tolles Haus.« Und wie hübsch es erst für die Feiertage geschmückt aussehen würde!

»Das wird es langsam. Ich bin gerade mit der Küche fertig. Kommen Sie, ich zeige sie Ihnen! Vielleicht hat Tom inzwischen ja auch etwas gefressen«, fügte Zach hinzu, als er durch die Diele zur Küche voranging.

Auch dieser Raum war fantastisch – cremefarbene

Holzschränke mit Glasfront, Arbeitsflächen aus Granit, ein Hartholzboden und eine Deckenlampe aus irgendeinem altmodischen Glas. »Zauberhaft«, sagte Merilee.

»O Mann, es ist noch alles da«, murmelte Zach hinter ihr.

Als sie sich umdrehte, sah sie, dass er stirnrunzelnd zwei Näpfe mit unberührtem Futter anstarrte.

»Er wird noch verhungern, wenn er so weitermacht.«

Ein großer, starker Mann, der sich um seinen kleinen Kater sorgte – Merilee spürte, wie ihr das Herz aufging. »Wir werden dafür sorgen, dass das nicht passiert«, sagte sie, fest entschlossen, alles wieder in Ordnung zu bringen.

Zach schüttete das Dosenfutter in den Abfalleimer. »Wo steckst du, Tom? Verdammt, nun komm schon raus!«

Er wollte gerade aus der Küche eilen, als Merilee seinen Arm ergriff. »Lassen Sie uns was anderes versuchen«, schlug sie vor und schüttelte die mitgebrachte Schachtel Katzenleckerli.

»Wahrscheinlich versteckt er sich oben und wird das gar nicht hören«, meinte Zach.

»Vielleicht«, sagte Merilee und raschelte wieder mit der Schachtel.

Einen Augenblick später erschien der Kater in der Küchentür. Ohne Zögern ging er zu Merilee hinüber und strich schnurrend an ihren Beinen entlang.

»Dann war er wohl doch nicht so weit weg«, bemerkte Zach sichtlich überrascht.

Merilee bückte sich und streichelte den Kater, der

zum Dank den Kopf an ihrer Hand rieb. »Was denkst du dir dabei, den armen Zach so zu beunruhigen, du böser Junge?« Sie schüttelte ein Leckerli aus der Schachtel und bot es Tom an – der auch augenblicklich danach schnappte und es hinunterschlang. Dann stupste er mit der Nase ihre Hand an. »Nein, nein«, sagte sie und richtete sich auf. »Es gibt keine Leckerli mehr, bis du dein Futter gefressen hast.« Sie wandte sich an Zach. »Nehmen Sie einen sauberen Napf und versuchen Sie es noch einmal! Aber geben Sie ihm diesmal nur die halbe Dose.«

»Okay. Doch ich bezweifle, dass er fressen wird. Bisher habe ich schon zwei volle Dosen weggeworfen.«

»Wir werden sehen«, meinte Merilee. Was auch immer der Kater gehabt hatte, jetzt ging es ihm wieder gut, und er schnurrte, als sie ihn streichelte. Sie würde auch schnurren, wenn sie in diesem hübschen Haus mit diesem netten Mann leben würde.

Er stellte ein frisches Schälchen mit der Hälfte des Futters auf den Boden, und Tom stürzte darauf zu, als wäre es seine letzte Mahlzeit. Er kauerte sich davor und begann, das Futter in sich hineinzuschlingen.

Zach schüttelte den Kopf und schnaubte ärgerlich. »Was ist dein Problem, Mann?«

»Katzen können sehr empfindlich auf Veränderungen in ihrem Umfeld reagieren«, sagte Merilee. »Gab es irgendwelche Veränderungen in letzter Zeit?«

»Nichts anderes als der Bruch mit Blair, aber da sie den alten Tom nicht mochte, glaube ich nicht, dass ihn das mitgenommen hat. Und mich auch nicht«, fügte er hinzu.

Merilee verkniff sich ein Lächeln. Sie mochte ihren Job verloren haben, doch die Pet-Palace-Prinzessin war ihren Mann los. Und jetzt war Merilee statt ihrer hier bei ihm. Es gab also doch noch Gerechtigkeit in der Welt. »Na ja, nun scheint es ihm ja wieder gut zu gehen«, sagte sie und behielt ihre unpassenden Gedanken für sich.

»Dank Ihnen«, erwiderte Zach. »Wissen Sie, Sie haben wirklich ein Händchen für Tiere. Haben Sie nie daran gedacht, Tierärztin zu werden?«

Nur seit ihrem zehnten Lebensjahr. »Ich arbeite darauf hin. Ich musste das Studium eine Zeit lang unterbrechen, bis ich mehr Geld zurücklegen kann.« Ließ sie das wie eine Versagerin erscheinen? Viele Leute sprachen davon, demnächst wieder zur Schule zu gehen, ein Buch zu schreiben, Arzt zu werden oder was auch immer, und setzten ihr Vorhaben dann nicht in die Tat um. Aber sie würde ganz sicher ihre Träume wahr machen.

Zach lehnte sich an den Küchenschrank. »Sie könnten doch bestimmt ein Studiendarlehen beantragen.«

»Ich habe schon mal ein kleines bekommen. Ich versuchte, es nach und nach zurückzuzahlen, doch das Geld verbrauchte sich schneller, als ich mithalten konnte«, fügte sie mit einem resignierten Schulterzucken hinzu. Jetzt klang sie wirklich wie eine Versagerin und konnte spüren, wie das Blut ihr in die Wangen schoss.

»Haben Sie keine Familie, die Sie unterstützen könnte?«, hakte er nach, um dann sogleich hinzuzufügen: »Sorry, das geht mich ja gar nichts an.«

Und trotzdem hatte er gefragt. Männer wollten solche Details gar nicht wissen, wenn sie an einer Frau nicht interessiert waren, oder? »Ich fände es nicht richtig, meine Familie darum zu bitten. Sie sind großartig, aber sie haben alle ihre eigenen Rechnungen zu bezahlen. Außerdem haben meine Eltern mir schon das College finanziert. Ich fand, das war genug.«

Er nickte langsam, während er die Information verarbeitete. »Das ist sehr nobel von Ihnen.«

»Wohl kaum. Sein Leben zu riskieren, um Feuer zu löschen, ist nobel.«

»Wir haben hier nicht so viele Brände«, sagte er und winkte ab. »He, ich schulde Ihnen Geld. Lassen Sie mich kurz mein Portemonnaie holen.«

»Das ist wirklich nicht nötig!«

»Ich bezahle«, beharrte er, »und damit basta. Und dann feiern wir Toms Genesung. Lassen Sie mich nur schnell Pizza bestellen, bevor *Little Lola's* vor dem Schnee kapituliert und schließt«, fügte er hinzu und verließ die Küche, ehe Merilee protestieren konnte. Als würde sie Einwände dagegen erheben, noch ein wenig mehr Zeit mit ihm zu verbringen!

Der Kater hatte inzwischen sein Futter aufgefressen und leckte sich eine Pfote.

»Ich weiß nicht, was dein Problem war«, flüsterte Merilee ihm zu, »doch ich danke dir.«

Er hielt in seiner Katzenwäsche inne und betrachtete sie einen Moment, fast so, als hätte er verstanden. Dann kam er zu ihr hinüber.

Sie verstand natürlich auch und hob ihn auf. »Komisch, dass wir immer das Gefühl haben, ihr wüsstet, was wir sagen, nicht?«

Kurz darauf kehrte Zach mit seiner Geldbörse zurück, steckte Merilee einen Schein zu und ignorierte ihre Proteste, dass das viel zu viel Geld sei. Er drehte sich einfach um und rief bei *Little Lola's* an. Es war ein kurzer Anruf. »Wegen des Schnees haben sie bereits geschlossen«, verkündete er stirnrunzelnd. »Die Leute hier sind solche Angsthasen!«

»Kein Problem«, sagte Merilee und verbarg ihre Enttäuschung hinter ihrem sorglosesten Ton. »Wenn Sie mich einfach nur nach Hause fahren …«

»O nein. Nicht, bevor Sie etwas zu essen bekommen haben«, unterbrach er sie und öffnete den Kühlschrank, um einen prüfenden Blick hineinzuwerfen.

Merilee, die ihm über die Schulter blickte, entdeckte zwei Flaschen Bier, Eier, einen Karton mit chinesischem Essen, mehrere Gläser mit Fertigsaucen, Käse und etwas Mortadella in einem Schubfach – nicht gerade viel.

»Hmm«, murmelte er.

»Nun ja, da sind Eier und Käse«, sagte Merilee. »Ich könnte Omeletts zubereiten.«

»Das kann ich auch«, erwiderte er und nahm den Karton mit den Eiern heraus. »Sie setzen sich hin und entspannen sich, und ich koche.«

Das klang gut. Merilee streichelte den Kater, saß einfach da und schaute Zach bei der Arbeit zu. Er schien sich wohlzufühlen am Herd – doch vor allem schien er sich in seiner eigenen Haut sehr wohlzufühlen. Bei einem Körper wie dem seinen war das aber auch kein Wunder.

»Bitte sehr. Jetzt können wir so tun, als wäre es Pizza«, meinte er und stellte einen Teller vor sie hin.

Es war nichts Ausgefallenes, das Omelett – nur Eier, Käse und eine Zwiebel, die er gefunden, klein gehackt und sautiert hatte. Doch Merilee fand es einfach himmlisch, an Zachs gemütlichem Küchentisch zu sitzen, das Omelett zu genießen und heißen Kakao dazu zu trinken, viel schöner, als in einem guten Restaurant zu speisen.

»Sie sind ziemlich gut in der Küche«, bemerkte sie.

Zach tat das Kompliment mit einem Schulterzucken ab. »Wir wechseln uns auf der Wache mit dem Kochen ab. Ich kann alles Mögliche zubereiten.«

»Sie werden einmal für eine Frau einen großartigen Ehemann abgeben«, scherzte sie. Aber warum hatte sie das gesagt? Wieder spürte sie, wie Hitze in ihre Wangen kroch.

Auch er schien ein bisschen rot zu werden. »Ich bin kein Mann für feste Bindungen.«

Jetzt stand ihr Gesicht in Flammen. »Ich wollte damit nicht sagen …«, begann sie.

»Ich weiß«, entgegnete er schnell. »Ich meinte auch nicht – das heißt … was *ich* sagen wollte, ist, dass es ein Glücksspiel ist«, schloss er lahm.

Sie nickte. »Da haben Sie recht.«

Ein unbehagliches Schweigen legte sich wie große schwarze Schatten über die gemütliche Küche, während sie die Omeletts aßen. Am Ende gelang Merilee eine halbwegs normal klingende Bemerkung: »Das war köstlich. Danke.«

»Gern geschehen«, antwortete er und räumte die Teller weg.

Sie beobachtete ihn, als er die Spülmaschine füllte. Die Muskeln an seinen Armen, die breiten Schultern und die langen Beine, die so aussahen, als könnte er damit mit einem einzigen Satz auf ein Gebäude springen – alles an ihm strahlte Kraft und Selbstvertrauen aus. Doch bei der bloßen Erwähnung von Heirat hatte er reagiert wie ein Elefant in einem Zimmer voller Mäuse. Merilee hatte einmal gelesen, dass Elefanten Mäuse aus einem sehr realen Grund fürchten: Sollte eine Maus in seinen Rüssel hineinkrabbeln und hinauflaufen, würde der Elefant nicht mehr atmen können. Hmm.

»Wissen Sie, ich würde zu gern den Rest des Hauses sehen«, sagte sie. Also, das war doch mal mutig, oder? Ihre Schwestern wären stolz auf sie.

»Klar«, meinte er, und sie konnte seiner Stimme anhören, wie erleichtert er über die Ablenkung von dem gefährlichen Thema »Ehe« war.

Zach begann die Führung im Obergeschoss. Der Kater begleitete sie die Treppe hinauf, als wäre er genauso interessiert an den Verbesserungen, die Zach vorgenommen hatte.

Das Haus hatte Charme – interessante Schrägen, Kämmerchen und Balkone, Stuckdecken und Kranzprofile. »Ich habe das große Schlafzimmer schon im August fertiggestellt«, berichtete Zach, als er sie in ein Zimmer führte, das offenbar das seine war. Merilee betrachtete das extragroße Bett mit der zerwühlten braun bezogenen Daunendecke und verspürte wieder ein Brennen in den Wangen.

»Es ist, ähm … nicht ganz aufgeräumt«, sagte er und kickte mit der Fußspitze blaue Boxershorts unter das Bett.

Als er die Daunendecke über die zerknitterten Laken warf, schoss Merilee ein Bild von zwei nackten Körpern durch den Kopf, die die Laken mit Begeisterung in diesen Zustand brachten. Der weibliche Körper sah dem ihren verdächtig ähnlich. »Es ist sehr groß. Ihr Bett.« O Gott …

»Es erfüllt seinen Zweck«, erwiderte er grinsend und trat wieder auf den Korridor hinaus.

Sie hielten vor einem zweiten Schlafzimmer, das offenbar auch als Büro diente, und sahen sich dann das Gästezimmer an. Dieses schien frisch gestrichen zu sein, blau wie Drosseleier, sehr hübsch. Eingerichtet war es mit einem antiken Frisiertisch mit ovalem Spiegel und einem Bett mit Bronzegestell, das mit einer Patchworkdecke in verschiedenen Blautönen bedeckt war.

»Die Möbel gehörten meiner Großmutter«, erklärte Zach.

Merilee trat an das Bett, um sich die Decke genauer anzusehen. Sie hatte ein Muster aus Sternen und war handgefertigt. »Hat Ihre Großmutter sie genäht?«

»Ja. Jeder von uns beiden Jungs hat eine von ihr geschenkt bekommen.«

»Sie liebt dieses Haus bestimmt.«

»Sie hätte es geliebt«, berichtigte er. »Sie ist vor drei Jahren verstorben.«

»Oh, das tut mir leid.« Merilee hasste es immer wieder zu erfahren, dass Menschen liebe Angehörige verloren hatten.

»Sie fehlt mir«, sagte Zach schlicht. »Sie war ein wichtiger Bestandteil meines Lebens, als ich noch ein Kind war. Wir besuchten sie und meinen Großvater jeden Sommer. Ich habe sie nie einfach nur dasitzen sehen. Sie war immer beschäftigt, und sie machte ständig irgendwas für irgendjemanden.«

»Das klingt, als wäre sie ein wunderbarer Mensch gewesen«, bemerkte Merilee. Und auch, als hätte Zach als Junge die perfekte Familie gehabt. Würde er da nicht selbst Kinder haben wollen?

»Sie war großartig«, sagte er. »Das Leben in seiner ganzen Fülle auszukosten war ihr Motto.«

»Ein guter Rat«, stimmte Merilee zu. Einer, den sie sich zu Herzen nehmen sollte.

»Grandma hielt sich auch daran. Sie war gerade auf einer Kreuzfahrt durch Alaska, als sie starb. Ihr Herz versagte beim Anblick des Mendenhall-Gletschers. Keine schlechte Art zu sterben«, schloss Zach, als sie wieder hinuntergingen. »So, hier ist das Esszimmer. Das Wohnzimmer ist dort drüben.«

Merilee ging an ihm vorbei. »Das Wohnzimmer ist ja großartig! Es würde richtig überwältigend aussehen, wenn Sie eine Wand in Altrosa streichen würden.«

Er nickte nachdenklich.

»Und ich kann einen Christbaum in dem Erkerfenster sehen.«

Aus irgendeinem Grund schien der Vorschlag ihn

nervös zu machen. Er rollte die Schultern, als hätte er plötzlich einen steifen Nacken.

Vielleicht konnte er sich nicht vorstellen, was sie meinte. »Keinen unechten Baum«, fuhr Merilee fort, »sondern eine dicke, fette Tanne, die Sie selbst draußen schlagen und dann mit Unmengen von altmodischen Ornamenten schmücken. Sie wissen schon, wie der Weihnachtsbaum der Griswolds aus dem Film *Schöne Bescherung – Hilfe, es weihnachtet sehr.*«

Er lächelte. »Ein großartiger Film.«

»Ich liebe ihn auch«, sagte Merilee. »Besonders die Szene, in der das Eichhörnchen aus dem Baum springt.«

Zach prustete. »O ja, und der Geschenkkarton mit der Katze drin. Sorry, Tom. Nimm es nicht persönlich!«, fügte er hinzu und hob den Kater auf, damit er aufhörte, um seine Beine zu streichen.

Dieser Mann führte stolz die Patchworkdecke seiner Großmutter vor, nahm streunende Katzen auf und versuchte, Frauen zu helfen, die ungerechterweise ihren Job verloren hatten. Ein Mann mit einem so großen Herzen – wie konnte der Angst haben, sein Leben mit jemandem zu teilen? Da sie ihn jedoch kaum kannte, wäre es natürlich unhöflich gewesen, ihn zu fragen. Sie hätte es aber wirklich gern gewusst.

»Ich liebe das Erkerfenster«, bemerkte sie stattdessen. »Meine Großmutter in Oregon hatte ein altes Haus mit einem solchen Fensterplatz. Als wir noch klein waren, stattete sie ihn mit allen möglichen Spielen für uns aus: Monopoly, Mensch ärgere dich nicht, Cluedo.«

»O Mann, ich erinnere mich, Cluedo mit meinem

Bruder und dem Nachbarsjungen gespielt zu haben«, sagte Zach kopfschüttelnd und lächelte. »Ich habe immer gewonnen.«

»Ich auch.«

»Ach ja? Niemand schlägt mich«, scherzte er.

»Dann haben Sie Ihren Meister noch nicht gefunden. Bis jetzt«, gab sie zurück. Flirtest du etwa, Merilee White? Wer hätte gedacht, dass du das in dir hast!

»Na, das werden wir sehen müssen. Ich wette, dass meine Mutter das Spiel noch irgendwo aufbewahrt.«

»Geben Sie mir Bescheid, wenn Sie es finden! Falls Sie den Mut dazu haben.«

Das brachte ihn zum Lachen.

Flirten machte Spaß. Und es gab einem Selbstvertrauen. Merilee grinste, sehr zufrieden mit sich selbst.

Bis sie merkte, dass sie nichts mehr zu sagen wusste.

Nein, nein, eigentlich hatte sie sogar sehr viel zu sagen: Warum haben Sie Angst, sich zu binden? Wollen Sie Gesellschaft in diesem großen Bett? Lassen Sie uns einen Griswold-Weihnachtsbaum holen und sehen, wie er in dem Erkerfenster aussieht.

Doch nichts von alldem wäre passend gewesen. Auch das Thema »Tom« hatte sich vorerst erschöpft, da die Essstörung des Katers behoben zu sein schien.

Es wurde vermutlich Zeit, nach Hause zu gehen. War auch Aschenputtel von einer solchen Welle der Enttäuschung erfasst worden, als die Uhr Mitternacht geschlagen hatte?

»Tja, ich schätze, meine Aufgabe hier ist erledigt«, sagte Merilee und bemühte sich um einen leichten Ton.

Vielleicht würde Zach ja vorschlagen, dass sie noch ein wenig länger blieb. Möglicherweise würde er sogar sagen, er habe den Film *Schöne Bescherung*, über den sie gerade gesprochen hatten, und sie einladen, ihn sich mit ihm zusammen anzusehen?

Aber er schlug nichts dergleichen vor, sondern nickte nur und setzte den Kater auf den Boden. »Okay. Dann fahre ich Sie nach Hause.«

Wäre er auch so schnell bereit gewesen, eine ihrer Schwestern heimzubringen? Natürlich nicht, und vielleicht würde er ja auch sie bitten zu bleiben, wenn sie sich nur ein bisschen mehr bemühte, so zu sein wie Liz und Gloria. Warum war sie nicht zum Einkaufszentrum gefahren und hatte sich ein paar schicke neue Sachen und Make-up gekauft?

Und wieso glaube ich, dass das was ändern würde?, fragte sie sich im Stillen seufzend.

Draußen schneite es nach wie vor. Der Schnee bildete einen immer dicker werdenden weißen Teppich auf dem Boden. Die fallenden Flocken ließen die festlichen Lichter an den umliegenden Häusern weich und verschwommen aussehen wie ein Thomas-Kinkade-Gemälde. Merilee blieb einen Moment stehen, um den Anblick in sich aufzunehmen. »Was für eine wundervolle Jahreszeit!«, murmelte sie. »Manchmal wünschte ich, es wäre jeden Tag Weihnachten.«

»Einmal im Jahr ist mehr als genug«, brummte Zach und ging mit knirschenden Schritten an ihr vorbei.

Wie traurig, so etwas zu sagen! »Ich glaube, ich bin noch nie jemandem begegnet, der Weihnachten nicht mochte«, sinnierte sie, als sie heimfuhren. O nein! Hatte sie das wirklich gerade laut ausgesprochen? Nur weiter so, du Schaf!

»Es ist bloß so, dass mir die Familienfeiern ein bisschen zu viel werden, verstehen Sie?«

Nein, das verstand sie nicht. Sie liebte es, die Feiertage mit ihrer Familie zu verbringen. Ihre Brüder nahmen stets die weite Reise auf sich, um mit den anderen zu feiern, und mit ihnen allen war das Haus vom Erdgeschoss bis zum Dachboden belegt. Für Heiligabend bereitete ihre Mutter stets einen riesigen Truthahn mit allem Drum und Dran zu, zu dem sie Bowle tranken. Später verputzten sie reichlich Weihnachtsplätzchen (schlecht für die Diät, aber Merilee hatte sowieso vor, im nächsten Jahr zu prassen), und nach dem Abendessen spielte ihre Schwester Gloria Klavier, und alle sangen Weihnachtslieder. Dann besuchten sie gemeinsam die feierliche Mitternachtsmesse und sangen noch mehr Weihnachtslieder. Am Weihnachtsmorgen aßen sie Cranberry-Pfannkuchen und öffneten die Geschenke. Irgendwer legte immer irgendein Spiel unter den Baum, mit dem sie dann den Nachmittag verbrachten, während sie sich mit Truthahn-Sandwiches und Saucenresten vollstopften. Was gab es an Weihnachten nicht zu mögen?

»Ich denke, das kommt auf die Familie an«, sagte sie.

Er warf ihr einen überraschten Blick zu. »Jetzt erzählen Sie mir nicht, dass die Ihre perfekt ist!«

»Perfekt natürlich nicht«, räumte sie ein. »Aber nahe dran. Und wir haben sehr viel Spaß zusammen.«

Zach gab nur ein Grunzen zur Antwort, das beredter war als Worte. Seine Großmutter mochte großartig gewesen sein, doch seine anderen Angehörigen kamen offensichtlich nicht an sie heran.

Die restliche Fahrt wäre wohl schweigend verlaufen, wenn Merilee sich nicht fürs Nachhausebringen bedankt hätte.

»Das war doch selbstverständlich, nachdem Sie Tom dazu gebracht haben zu fressen.«

Merilee hatte den Verdacht, dass der Kater von sich aus den Hungerstreik beendet hatte, aber sie wollte Zach nicht die Illusion rauben, dass sie das Wunder bewirkt hatte. »Ich habe gern geholfen.«

Sie hatten mittlerweile den Parkplatz der Angel Arms Apartments erreicht, und Zach stellte den Motor seines Wagens ab. »Ich begleite Sie noch zu Ihrer Wohnungstür.«

»Ach was, das brauchen Sie nicht«, protestierte sie, denn inzwischen hatte er bestimmt genug von ihr.

Aber er war schon ausgestiegen und kam zu ihr herüber, um ihr die Beifahrertür zu öffnen. Merilee blieb also gar nichts anderes mehr übrig, als ihn höflich sein zu lassen. Und sich erneut zu fragen, ob sie ihn zu einem Eierlikör einladen sollte.

Sie debattierte noch mit sich, als sie die Tür zu ihrem Apartment erreichten. »Es war schön, Ihr Haus zu sehen«, murmelte sie, während sie nach ihrem Schlüssel kramte.

»Danke für den Vorschlag, die eine Wand im Wohnzimmer altrosa zu streichen«, sagte er.

Möchten Sie einen Moment hereinkommen und sich aufwärmen? Nein, das klang blöd. So kalt konnte ihm nicht geworden sein von seinem Auto bis zu ihrer Tür. *Wie wär's mit einem Gläschen Eierlikör?* Er mochte ihn vermutlich stärker als die Light-Version, die sie zu Hause hatte. Oder wahrscheinlich trank er sowieso am liebsten Bier. *Ich habe auch einen Quilt auf meinem Bett. Möchten Sie ihn sehen?* Ha, ha. Merilee war so abgelenkt von ihren Überlegungen, was sie sagen konnte, dass sie nicht aufpasste, als sie die Tür öffnete. Ein weißer Blitz schoss zwischen ihren Beinen hindurch und flitzte über den Gang auf die offene Haustür und die Freiheit zu. »O nein! Queenie!«

»Ich hole sie«, erbot sich Zach und rannte der Katze hinterher.

Und Merilee natürlich ihm.

Wie befürchtet, war Queenie im Nu verschwunden.

»Sie ist eine Hauskatze. Sie darf nicht hier draußen sein. Und falls Mrs. Winnamucker sie sieht oder Queenie etwas zustößt …« Es war zu grauenvoll, um auch nur daran zu denken.

»Keine Angst, wir werden sie schon finden«, meinte Zach und bückte sich, um unter die Rhododendronbüsche zu lugen.

Trotz ihrer Sorge um Queenie konnte Merilee nicht umhin zu bemerken, was für einen knackigen Po er hatte. Machte sie das zu einer schlechten Katzenmama?

»Da ist sie.« Einen Augenblick später hockte er auf Händen und Knien im Schnee und griff unter die Büsche. »Na, komm schon, meine Kleine! Ich weiß, dass du einen Pelz trägst, aber du willst doch sicher trotzdem nicht hier draußen sein.«

Offensichtlich schon, denn Queenie zog sich noch weiter von ihm zurück. »Haben Sie noch welche von den Katzenleckerli?«

Merilee hatte die Schachtel bei Zach gelassen. Doch Moment … »Ich habe etwas, das genauso gut wirken wird.« Sie lief in ihr Apartment, um eine Dose »Lachs Suprême« zu holen, und eilte wieder zu Zach zurück, der noch immer vor den Rhododendren kauerte. »Das müsste sie herlocken«, sagte sie und ließ laut knackend den Deckel aufspringen.

Tatsächlich spähte gleich darauf ein weißes Köpfchen unter dem Busch hervor, und Queenie bewegte sich schnuppernd ein paar Schritte vorwärts.

Zach schnappte sie und hob sie auf. »Ich hab dich, Kleines.«

»Was geht da draußen vor?«, erklang eine hohe, ängstliche Stimme.

»Das ist die Hausverwalterin«, zischte Merilee. »Ich darf keine Katze halten. Jetzt hab ich's endgültig verbockt.«

Wie zu erwarten, erschien kurz darauf Mrs. Winnamucker in ihrem roten Mantel über dem Bademantel, in Gummistiefeln und mit einem roten Hut auf den Locken. »Miss White?« Zuerst machte sie große Augen, aber dann wurden sie schmal, und ihre Mundwinkel verzogen sich nach unten. Sie holte tief Luft, was ihre beachtliche Oberweite noch mehr zur Geltung brachte und Merilee an einen Drachen denken ließ, der sich anschickte, mit seinem feurigen Atem ein ganzes Haus vom Platz zu fegen. »Diese Katze …«

Oh, oh! Das würde übel werden.

»… gehört mir«, sagte Zach wie aus der Pistole geschossen. »Sie ist weggelaufen. Ich war hier draußen, um nach ihr zu suchen.«

Mrs. Winnamuckers Augen verengten sich argwöhnisch.

»Und ich habe ihm dabei geholfen«, fügte Merilee hinzu, verzweifelt bemüht, nicht schuldbewusst zu wirken, als sie Zach die Dose Katzenfutter hinhielt.

Mrs. Winnamucker machte noch immer ein misstrauisches Gesicht, da sie jedoch nicht mehr als ihren Verdacht hatte, musste sie sich mit einem simplen »Aha« zufriedengeben, allerdings in einem Ton, der unmissverständlich zu verstehen gab, dass sie wusste, was hier vorging.

»Nun, dann vielen Dank für Ihre Hilfe«, sagte Zach zu Merilee. »Und jetzt sollten Sie lieber wieder ins Warme gehen.«

»Ich helfe gern. Jederzeit«, erwiderte Merilee. Mit einem nervösen Lächeln für Mrs. Winnamucker eilte sie in ihr Apartment zurück und ließ Zach mit Queenie draußen stehen.

Merilees Herz klopfte zum Zerspringen, als sie die Wohnungstür hinter sich schloss. Sie kam sich vor wie eine Kriminelle, die gerade noch mal davongekommen war. Und sie hatte ein schlechtes Gewissen wegen Zach, den sie mit dem Tierchen auf dem Arm zurückgelassen hatte. Dabei war er so hilfsbereit gewesen!

Was nun? Sie wünschte, sie hätte seine Handynummer. Von seinen Einkäufen im Pet Palace erinnerte sie sich jedoch an seinen Nachnamen. Sie könnte ihn also im Telefonbuch heraussuchen. Merilee beschloss, ihn anzurufen, eine Nachricht zu hinterlassen und sich für den Schlamassel zu entschuldigen, in den sie ihn hineingezogen hatte. Im Telefonbuch fand sie jedoch keinen Zach Stone. Wahrscheinlich hatte er seine Nummer nicht eintragen lassen, um nicht ständig von Frauen belästigt zu werden, die an ihm interessiert waren.

Merilee hockte auf dem Rand ihrer Couch, kaute an einem Fingernagel und überlegte angestrengt, was sie sonst noch unternehmen konnte. Nicht viel. Ihr blieb gar keine andere Möglichkeit, als abzuwarten.

Eine halbe Stunde verging, dann noch weitere fünfzehn Minuten, bevor sie ein leises Klopfen an der Apartmenttür hörte. Als Merilee öffnete, stand dort Zach mit Queenie in den Armen. Er schlüpfte in die Wohnung und zog leise die Tür hinter sich zu. »Tut mir leid, dass es so lange gedauert hat«, flüsterte er. »Ich wollte warten, bis ich sicher sein konnte, dass die Gefängniswärterin nicht mehr aus ihrem Fenster guckt oder gar da draußen auf Streife ist.«

»Sie nimmt das Haustierverbot sehr ernst«, sagte Merilee kopfschüttelnd. »Und wahrscheinlich darf ich es ihr nicht einmal verübeln, denn immerhin ist es ihr Job. Aber es ist eine blöde Regel.«

»Und Regeln sind dazu da, gebrochen zu werden«, scherzte Zach und überreichte ihr Queenie. »Es steckt sehr viel mehr in dir, als auf den ersten Blick zu erkennen ist«, fügte er hinzu und wechselte unwillkürlich zum vertrauteren Du.

Merilee errötete bei seinem Kompliment. »Danke, dass du mir geholfen hast, Queenie einzufangen.«

Kein Problem. »Es sieht so aus, als hätten wir viel gemeinsam.«

Hatten sie das?

»Katzen mit Problemen.« Er streichelte Queenie den Kopf, und das Kätzchen drückte sich schnurrend in seine große Hand.

Ach, das …

Für einen Moment standen sie da und sahen sich an. Etwas blitzte in seinen Augen auf, etwas sehr Männliches und Ursprüngliches, das Merilees Herz zum Rasen brachte und eine Welle wohliger Empfindungen in ihr weckte. Sie hatte plötzlich das Gefühl, dass es viel zu warm in ihrer Wohnung war.

Zach räusperte sich. »Ich gehe jetzt besser. Bis demnächst also.«

Bevor sie protestieren und ihn zu einem Eierlikör einladen konnte, schlüpfte er schon wieder aus der Apartmenttür.

Merilee stand da, starrte die geschlossene Tür an und kaute an der Unterlippe. Vielleicht würde sein Kater mit der Zeit noch mehr Probleme entwickeln. Dann würde Zach wieder einen Katzenflüsterer brauchen.

Oder vielleicht sollte sie ihre Einstellung ändern und sich ein paar schicke neue Klamotten, Make-up und ein Cluedo-Spiel zulegen.

Kapitel Neun

»Ob ich morgen mit dir shoppen gehe? Na klar. Ich werde eine ausgedehnte Mittagspause machen, und wir treffen uns in der Stadt«, sagte Gloria, als Merilee sie anrief. »Es wurde auch langsam Zeit, dass du auf mich hörst.«

»Ich habe die ganze Woche frei und komme natürlich auch mit«, sagte ihre jüngere Schwester Liz. »Und so kurz vor Weihnachten finden wir sicher ein paar Schnäppchen. Das wird ein Spaß! Ich kann es kaum erwarten.«

Merilee war nicht sicher, wie viel Spaß es machen würde, sich in einer Ankleidekabine im Spiegel zu betrachten. Aber es machte definitiv *keinen* Spaß, im Schatten zu leben. Es war höchste Zeit, sich ein Beispiel an Zachs Großmutter zu nehmen und das Leben in vollen Zügen zu genießen.

Vergiss nur nicht, dass du es dir nicht leisten kannst, es mit dem Genießen zu übertreiben, ermahnte sie sich. Nicht bei ihrer derzeitigen Arbeitslage. Aber ein paar neue Klamotten würden eine Investition in die Zukunft sein. Sie konnte nicht ewig von dem bisschen leben, was sie im Tierheim verdiente. Sie brauchte ein neues Outfit für die Jobsuche. Und … für andere Gelegenheiten.

Merilee beschloss, ganze fünfzig Dollar von ihren Ersparnissen zu nehmen und zu sehen, was sie dafür bekommen konnte. Nicht viel wahrscheinlich, doch man konnte ja nie wissen. Vielleicht stieß sie auf ein paar fantastische Feiertagsrabatte. Immerhin war es die Zeit dafür.

Ihre Schwestern warteten schon an einem Tisch im Gastronomiebereich des Einkaufszentrums und gönnten sich eine heiße Schokolade, als Merilee erschien. Gloria war groß und schlank, hatte langes, kastanienbraunes Haar und geradezu vollkommene Gesichtszüge. Sie trug eine taillierte weiße Bluse und dazu einen schwarzen Rock, der ihre langen Beine zur Geltung brachte. Den krönenden Abschluss bildeten eine rote Lederjacke und Silberschmuck, die bewiesen, dass sie den Spitznamen *Die Gloriose* verdiente. Alles, was sie anhatte, forderte Beachtung, ganz im Gegensatz zu Merilees Kleidung, die eher zu besagen schien: Schau lieber nicht hin!

Liz war ein ebensolcher Hingucker wie Gloria. Sie war klein, zierlich und blond – ein Augenschmaus in einer kleinen Packung. Sie trug Jeans und einen pinkfarbenen Pulli, ihre Winterjacke hing über dem Stuhl gleich neben ihr. Goldene Armreifen klimperten an ihrem Handgelenk, und der fette Diamant an ihrem Verlobungsring zwinkerte Merilee zur Begrüßung zu.

Wie so oft in Gegenwart ihrer auffallend attraktiven Schwestern schwebte der »Geist der hässlichen Vergangenheit« über Merilee und flüsterte ihr zu, dass sie nie so hübsch sein würde wie Gloria und Liz. *Warum versuchst du es überhaupt?*, verhöhnte er sie.

Gute Frage. Weil sie besser werden wollte, als sie gewesen war. Mit fünfzig Dollar im Portemonnaie. O Mann.

Bei Merilees Erscheinen sprang Liz auf, um sie zu umarmen. »Super! Sie ist hier. Die Spiele können beginnen. Hast du noch mehr abgenommen? Du siehst großartig aus.«

»Ich muss dich korrigieren«, sagte Gloria, die darauf wartete, dass sie an der Reihe war, ihre Schwester umarmen zu dürfen. »Sie *wird* großartig aussehen, wenn wir mit ihr fertig sind.«

Liz grinste und entließ Merilee aus ihren Armen. »Wir haben schon ganz genau aufgeschrieben, was du brauchst.«

»Was so gut wie alles ist«, fügte Gloria hinzu.

Merilee war nicht ganz wohl bei der Sache. In Gedanken sah sie, wie ihren fünfzig Dollar Flügel wuchsen und sie innerhalb der ersten fünf Minuten ihres Einkaufsbummels davonflogen. »Ich darf nicht übertreiben, nachdem mein Gehaltsscheck auf nahezu null geschrumpft ist.«

Gloria zahlte die heiße Schokolade und stand auf. Sie hakte Merilee unter und schlenderte mit ihr auf Macy's zu. »Keine Bange. Das ist schon geregelt.«

Merilee blieb stehen. »Wie meinst du das?«

Liz, die sie auf der anderen Seite untergehakt hatte, zog sie weiter und an einem Wald aus künstlichen Bäumen und riesigen Zuckerstangen vorbei. »Dass wir uns um deine Verwandlung kümmern werden. Fröhliche Weihnachten von deinen Schwestern!«

»Nein, Leute, das könnt ihr nicht machen«, protestierte Merilee.

»Natürlich können wir«, widersprach Gloria. »Ich

habe geradezu unanständig viel Geld verdient in diesem Jahr. Für irgendetwas muss ich es ausgeben.«

»Ich genauso«, sagte Liz. »Wenn auch natürlich nicht so viel wie unsere Gloriose. Niemand verdient so viel wie sie.«

»Dann verklag mich doch fürs Karrieremachen«, gab Gloria schulterzuckend zurück.

»He, Leute, ich habe euch nicht angerufen, um euch auszunehmen«, beharrte Merilee. »Ich habe Geld.«

Gloria zog eine Augenbraue hoch. »Wie viel?«

Merilee schob das Kinn vor. »Fünfzig Dollar.«

Liz brach in ein Gelächter aus, das zwei Frauen und einen Verkäufer veranlasste, sich nach ihnen umzudrehen. »Mein Gott, wie lange ist es her, seit du zuletzt shoppen warst?«

Merilee spürte, wie ihre Wangen brannten. »Nicht sehr lange.«

»Nun, mit fünfzig Dollar kannst du dir gerade mal einen BH und ein paar Slips kaufen, und das ist auch schon alles«, informierte Gloria sie.

»Slips sind gut«, erklärte Liz mit funkelnden Augen. »Ich denke da an einen String mit Leopardenmuster. *Rrrrrrr*«, fügte sie kichernd hinzu und drückte Merilees Arm.

Sie waren in der Kosmetikabteilung angelangt. »Ich würde sagen, wir fangen hier an«, meinte Gloria. »Denn wenn ich mir die nächsten zwei Stunden dein hübsches Gesicht so vernachlässigt und nackt ansehen muss, werde ich mich noch an einem Schal erhängen.«

»Ja«, stimmte Liz zu. »Verwandlungen machen Spaß.

Ich glaube, ich lege mir auch ein neues Image zu«, sagte sie und stieß Merilee an.

Liz brauchte natürlich überhaupt kein neues Image, da sie stets perfekt war, doch sie genoss es, mit verschiedenen Lippenstiftfarben zu experimentieren und Kommentare abzugeben, als die Make-up-Expertin mit Merilees Verwandlung begann.

Verwandlung? Das war noch untertrieben. Merilee war vollkommen verblüfft über das Gesicht, das ihr schließlich aus dem Spiegel entgegenblickte. Wer war diese Frau mit den faszinierenden grünen Augen und den sinnlichen, korallenfarbenen Lippen? Sie, Merilee, konnte doch unmöglich so gut aussehen, oder?

»Du siehst unglaublich aus«, versicherte ihr Gloria prompt. Zu der Verkäuferin sagte sie: »Wir nehmen von jedem einzelnen Produkt, das Sie verwendet haben, eins.« Damit zückte sie ihre Kreditkarte.

»Du hast ein Vermögen ausgegeben«, protestierte Merilee leise, als sie die Abteilung verließen.

»Na und? Denkst du, du bist es nicht wert?«, gab Gloria zurück.

Tatsächlich war es genau das, was Merilee dachte.

»Ich investiere gern in eine lohnenswerte Sache«, sagte Gloria. »Und du bist eine der lohnenswertesten, die ich kenne«, fügte sie lächelnd hinzu. »Und betrachte es doch einfach als Wiedergutmachung für die Zeit, als ich dich überredete, Schlamm zu essen.«

»Ich erinnere mich, davon gehört zu haben.« Liz verzog das Gesicht. »Ich mag es mir nicht einmal vorstellen.«

»Sie behauptete, es wäre Karamell«, murmelte Merilee. »Du warst so eine Tyrannin, Gloria! Was hast du mir nicht alles aufgezwungen!«

»Ich bin immer noch tyrannisch veranlagt«, erwiderte Gloria ohne Reue. »Und jetzt, da ich es ertragen kann, dich anzusehen, gehen wir weiter, um dir eine neue Garderobe aufzuzwingen.«

Gesagt, getan. Merilee beobachtete voller Erstaunen, wie ihre Schwestern an Kleiderständern vorbeimarschierten und mit unfehlbarem Blick Tops, Jacken und Hosen aussuchten. »Du musst diesen Pullover haben. Er passt hervorragend zu deinem roten Haar«, sagte Liz, während sie sich vor eine etwa dreißigjährige Frau drängte und einen türkisfarbenen Pullover vom Kleiderständer nahm.

Die Frau bedachte Liz mit einem bösen Blick, und Merilee spürte, wie das Blut ihr in die Wangen schoss. »Ich glaube, sie wollte den Pullover«, flüsterte sie.

»Die Feiertage stehen bevor«, sagte Gloria. »Das Rennen gewinnt der Schnellere.«

Es waren jedenfalls eine Menge Leute unterwegs, die es alle schrecklich eilig hatten. Die Straßen waren voller Schneematsch, da jedoch in ein paar Tagen Weihnachten war, hielt das niemanden zurück. Macy's war gerammelt voll mit Kunden, die meisten von ihnen Frauen aller Größen und Altersstufen, die unter unechten, aber festlich geschmückten Tannengirlanden und riesigen, weinroten Weihnachtsornamenten in den Regalen stöberten. Die Körperwärme der vielen Menschen hielt den Laden warm, und der kollektive Parfumgeruch gab

Merilee das Gefühl, in eine riesige Duftkerze eingeschlossen zu sein.

Sie betrachtete die Stapel von Kleidungsstücken in den Armen ihrer Schwestern und sagte: »Ich glaube, wir haben genug.«

»Für den Anfang wird's genügen«, meinte Gloria. »Komm, lass uns dich in eine Kabine bringen!«

»O nein«, murmelte Merilee.

»Warte nur ab«, sagte Liz. »Du wirst nicht glauben, wie gut du aussiehst.«

Und so war es auch. »Mannomann«, murmelte sie, als sie sich in Jeans und dem türkisfarbenen Pullover sah, den Liz für sie gefunden hatte. »Ich sehe …«

»… unglaublich aus«, beendete Liz den Satz strahlend. »Bin ich gut oder nicht?«

»Ich weiß nicht«, scherzte Gloria. »Lass uns doch mal diesen armen Kerl fragen, den du dazu gebracht hast, dir einen Antrag zu machen.«

»Nur zu! Er wird dir antworten, dass er der glücklichste Mann der Welt ist«, versicherte Liz selbstbewusst und polierte ihren Verlobungsring an ihrem Pullover.

»Und ich bin die glücklichste Frau der Welt«, sagte Merilee, die noch immer fassungslos ihr Spiegelbild betrachtete. »Ich hätte nie gedacht, dass ich so … hübsch aussehen könnte.« Das Wort fühlte sich ungewohnt an, zumindest wenn sie es auf sich selbst bezog.

Gloria drückte sie an sich. »Wir schon«, sagte sie und reichte ihr ein hautenges schwarzes Top mit tiefem Ausschnitt.

»Ich denke nicht …«, begann Merilee.

»Genau. Diesmal denkst du nicht. Wir übernehmen es für dich.«

»Vertrau uns!«, meinte Liz. »Wenn du diesem Feuerwehrmann, von dem du uns erzählt hast, Feuer unterm Hintern machen willst, wirst du es damit schaffen.«

»Vielleicht«, sagte Merilee, als sie den Pullover auszog. Jedenfalls hoffte sie, dass sie sich das Interesse in seinen Augen, als sie an der Tür ihres Apartments gestanden hatten, nicht nur eingebildet hatte. Oder war es nichts als Wunschdenken gewesen?

»Das ist keine Art zu reden«, rügte Liz. »Du musst schon ein bisschen Vertrauen in dich setzen.«

Das versuchte sie ja. Aber es war eben nicht leicht.

»Ich glaube, er ist ohnehin schon an dir interessiert«, bemerkte Gloria und half Merilee, das schwarze Top über den Kopf zu streifen. »Katzenflüsterer! Was für ein fadenscheiniger Vorwand, um eine Frau zu treffen!«

»Der Kater hat wirklich nicht gefressen«, sagte Merilee. Obwohl Tom kein Problem damit gehabt hatte, als sie gekommen war.

»Glaub mir, dieser Mann ist kurz davor, dir sein Interesse kundzutun«, erwiderte Gloria. »Er braucht nur noch einen kleinen Anstoß.« Sie verschränkte die Arme und betrachtete das Top und die Jeans abschätzend. »Und dieses Outfit müsste eigentlich genügen.«

»Das denke ich auch«, stimmte Liz ihr zu. »Noch ein paar heiße Schuhe dazu, und du wirst ihm keinen Schubs mehr geben müssen. Er wird darauf anspringen, verlass dich drauf!«

Merilee blinzelte, um sicherzugehen, dass sie keine

Halluzinationen hatte. Nein. Es war die Wirklichkeit. Aus dem Spiegel blickte ihr eine attraktive Frau entgegen, diesmal mit einem gewagten Dekolleté.

»Mutter Natur hat dir einen wirklich großartigen Busen mitgegeben«, bemerkte Liz und legte einen Arm um Merilees Schulter. »Und deine neuerdings so schlanke Taille bringt ihn hervorragend zur Geltung.«

Gloria drängte sich auf die andere Seite und lächelte Merilee im Spiegel an. »Und, bist du nun bildschön oder nicht?«

Merilee lächelte. Sie, bildschön? Wer weiß?

Eine Stunde später besaß sie mehr neue Kleider, als sie in ihrem ganzen Leben je auf einen Schlag gehabt hatte. Mit feucht glänzenden Augen sah sie von einer Schwester zur anderen. »Ich weiß gar nicht, was ich sagen soll. Wie kann ich euch je danken?«

»Indem du dir diesen Mann angelst«, antwortete Gloria.

»Und sei kein Angsthase«, fügte Liz hinzu. »Geh da raus und sorg dafür, dass was passiert!«

»In allen Bereichen deines Lebens«, ergänzte Gloria und umarmte sie. »Ich meinte es ernst, als ich vorhin sagte, ich hätte eine Menge verdient. Ich weiß, dass du wieder studieren willst. Wenn du Geld dafür brauchst, gehört es dir.«

»Ich denke, ihr habt genug getan«, erwiderte Merilee, der es noch immer ein schlechtes Gewissen bereitete, wie viel ihre Schwestern für sie ausgegeben hatten.

»Würdest du in Glorias Schuhen stecken, wärst du auch für sie da«, erklärte Liz. »Wir sind eine Familie, und Familien halten zusammen. Außerdem müssten wir für den Rest unseres Lebens keinen Tierarzt mehr für unsere Haustiere bezahlen, wenn du dein Studium hinter dir hättest.«

»Falls ihr euch je Haustiere anschafft«, gab Merilee zurück.

»Wenn du es nicht als Geschenk annehmen willst, betrachte es als zinsloses Darlehen«, sagte Gloria, um das Gespräch wieder in die richtigen Bahnen zu lenken. »Und das ist völlig ernst gemeint. Gib deine Träume nicht auf! Nimm dir Großes vor, Mer!«

Nimm dir Großes vor! Wie betäubt fuhr Merilee vom Einkaufszentrum nach Hause. Was hielt sie eigentlich zurück? Nur sie selbst. Und was hatte sie zu verlieren, wenn sie ein paar Chancen wahrnahm? Ein wenig Stolz vielleicht. Aber wie viel mehr Stolz und Selbstvertrauen würde sie gewinnen, wenn sie wirklich anfinge, das Leben – und die Liebe – offensiver anzupacken?

Bevor sie am nächsten Tag zur Arbeit fuhr, würde sie die Antragsformulare für das Veterinärmedizin-Studium an der Washington State University herunterladen. Diesmal würde sie es beenden, ganz gleich, was es erforderte.

Auf dem Heimweg hielt sie bei einem Spielwarengeschäft und kaufte ein Cluedo-Spiel. Dann fuhr sie nach Hause und zog die neue Jeans und das hautenge schwarze Top an.

»Wie sehe ich aus?«, fragte sie Queenie, die auf dem Bett lag und sie beobachtete.

Die Katze blinzelte.

»Ich weiß, du traust deinen Augen nicht«, sagte Merilee. »Aber ich bin's wirklich. Mein neues Ich.«

Sie verließ das Schlafzimmer, und Queenie sprang vom Bett und folgte ihr, um zuzusehen, wie sie das Cluedo-Spiel für Zach einpackte. Merilee gab sich ganz besondere Mühe mit der Schleife: eine große, flauschige aus rotem Kringelband. »So«, sagte sie schließlich und bewunderte ihr Werk. »Das sieht wirklich ausgesprochen festlich aus.« Und verführerisch. Genau wie ich, beschloss sie lächelnd.

Sie hob die Katze auf und gab ihr einen Kuss auf den Kopf. »Wünsch mir Glück!«

Queenie schnurrte, als wollte sie sagen: Hol ihn dir, Mädchen!

Die Straßen waren glatt und matschig, aber es waren nicht die schlechten Verkehrsbedingungen, die Merilees Herz zum Rasen brachten, als sie die Stadt durchquerte. Würde Zach sie für aufdringlich halten? Würde er sie hereinbitten? Wenn ja, was sollte sie dann sagen? Vielleicht: Öffne dein Geschenk und lass uns spielen! Das wäre auf jeden Fall aufdringlich. Oder: Ich dachte an dich, als ich das Spiel sah. Das hörte sich idiotisch an. Ach, ihr würde bestimmt noch etwas einfallen! Hoffentlich! Sie holte tief Luft, als sie in die Lavender Lane einbog, und befahl ihrem Herzen, sich zu beruhigen.

Ein elektrischer Weihnachtsmann winkte ihr zu, als sie vorbeifuhr. Merilee deutete es als ermutigendes Zeichen.

Aber ihr Herz begann erneut zu rasen, als sie hinter Zachs Land Rover anhielt und aus dem Wagen stieg.

Dieser Besuch war bestimmt eine dumme Idee. Zach würde sie für aufdringlich halten und ihr sagen, dass er andere Pläne hatte. Wahrscheinlich würde er sie nicht einmal hereinlassen. Vielleicht sollte sie lieber wieder heimfahren und das Spiel in den Laden zurückbringen.

Oder vielleicht sollte sie nicht so feige sein. Heimzufahren wäre eine totale Verschwendung ihrer neuen Kleider. Also umklammerte sie das Päckchen und ging aufs Haus zu.

Sie hatte die Tür schon fast erreicht, als sie das Geräusch von Reifen auf rutschigem Asphalt hörte. Sie blickte sich um und sah einen großen Pick-up, der von einem Mann die Einfahrt hinaufgefahren wurde.

Zach und dieser Fremde hatten offensichtlich Pläne, und hier stand sie und attackierte ihn wie ein männerhungriges Bussardweibchen. Das war eine echt dumme Idee gewesen. Sie würde einfach das Geschenk auf die Veranda legen, wieder gehen und auf dem Weg zu ihrem Wagen dem Neuankömmling Hallo sagen. Ja, das war ein guter Plan.

Merilee legte das Päckchen auf die Fußmatte vor der Tür und wandte sich zum Gehen.

Der Mann kam jetzt die Einfahrt hinauf. Er trug einen Chihuahua in den Armen, der in einem weihnachtlich roten Hundepullover steckte, »Hi«, sagte er zu ihr.

»Hi«, antwortete sie. »Ich habe nur …« Einen Köder ausgelegt. »… ein Päckchen hingelegt«, fügte sie laut hinzu.

»Zach ist zu Hause. Sie brauchen nicht davonzulaufen.« Der hochgewachsene Mann musterte sie anerkennend und ließ den Blick über die engen Jeans und die hochhackigen schwarzen Stiefel gleiten, auf denen Liz bestanden hatte. Der minzgrüne Parka, den Gloria für sie ausgesucht hatte, brachte ihre neuerdings sehr schlanke Taille hervorragend zur Geltung.

Merilee war verlegen und erfreut zugleich. Aber ihr war auch ein bisschen unbehaglich zumute. »Es sieht so aus, als hätten Sie und er vielleicht etwas vor.«

»Nichts Besonderes. Kommen Sie!« Er ging weiter, als erwartete er, dass sie umkehrte und ihm ins Haus folgte. Sie würde erst richtig dumm aussehen, wenn sie jetzt tatsächlich zu ihrem Wagen zurückging, also holte sie tief Luft und drehte sich um.

Zach öffnete ihnen die Tür. »Hallo, Merilee«, begrüßte er sie. Seine Stimme klang neutral, aber seine Augen waren groß geworden, und er betrachtete sie von Kopf bis Fuß und blinzelte. »Ist das ein neuer Mantel?«

Es ist alles neu, einschließlich meiner Unterwäsche, dachte sie, griff nach dem Kragen des grünen Parkas und zog ihn um den Hals zusammen. »Ich war einkaufen.« Wären ihre Schwestern nicht beeindruckt von dieser prickelnden Unterhaltung? Herrgott!

»Du siehst gut aus. Komm rein! Ich nehme an, Ray bist du schon begegnet.«

»Gerade eben«, sagte Merilee. »Noch mal: hi, Ray.«

»Hi«, erwiderte Ray und hob den kleinen Hund in seinen Armen ein wenig höher. »Und das ist Tacky.«

Wie typisch für sie, unangekündigt mit einem Brettspiel und neuer Unterwäsche aufzutauchen!

»Das ist die Kurzform für Taquito. Er ist mein Junge«,

erklärte Ray und tätschelte Tacky mit seiner großen Hand das Köpfchen.

Dann setzte er den Hund auf den Boden, und der Chihuahua lief durch die Diele. Auf halbem Weg zur Küche begegnete er dem Kater. Tom krümmte den Rücken, plusterte sich auf und fauchte. Tacky kläffte und trat einen Schritt zurück. Der Kater stieß ein weiteres warnendes Fauchen aus, und mehr brauchte es nicht, um den Chihuahua in die Flucht zu schlagen und zu seinem Besitzer zurückzutreiben.

»Dieser Kater ist ein Rüpel«, sagte Ray und hob den Hund wieder auf, als Tom triumphierend ins Wohnzimmer marschierte.

Zach lachte nur. »Wie du siehst, Merilee, geht es Tom schon sehr viel besser.«

»Ja, er scheint sich gut erholt zu haben«, antwortete sie, und da ihr nichts anderes zu sagen einfiel, drückte sie Zach das Päckchen in die Hand. »Ich bin nur vorbeigekommen, um das hier abzugeben.«

»Ja?« Zach wirkte überrascht.

Tatsächlich wirkte er sogar weitaus mehr als überrascht: wie ein Reh vor plötzlich auftauchenden Scheinwerfern. Verdammt. Sie hatte es von Anfang an gewusst. Sie war aufdringlich. Merilee konnte spüren, wie ihre Wangen sich erhitzten. »Und jetzt sollte ich besser wieder fahren.«

»Nein, komm doch herein!«, widersprach Zach und deutete in Richtung Wohnzimmer.

Sie schüttelte den Kopf und wandte sich zur Tür. »Du hast Besuch, Zach, und sicher etwas vor.«

»Nicht wirklich«, erklärte Ray. »Wir wollten bloß ein paar Runden Halo spielen.« Er zeigte auf das Päckchen in Zachs Hand. »Ich sagte dir doch, du brauchst einen Baum. Jetzt hast du keinen, unter den du dein Geschenk legen kannst.«

»Dann öffne ich es eben gleich«, meinte Zach und riss das Band, die Schleife und das Geschenkpapier ab.

Merilees Wangen wurden noch heißer, als das Cluedo-Spiel darunter zum Vorschein kam.

»Das hab ich nicht mehr gespielt, seit ich neun war«, entfuhr es Ray begeistert. »Vergessen wir das Computerspiel und spielen Cluedo! Warum legen Sie nicht Ihren Mantel ab und bleiben eine Weile?«, fragte er Merilee.

Sie schlüpfte aus dem Parka, und Zach fiel die Kinnlade herunter, zusammen mit dem Spiel. »Ähm … hübsches Outfit«, gelang es ihm zu sagen, als er sich bückte, um die Schachtel aufzuheben.

»Sehr hübsch«, pflichtete Ray ihm bei, wobei sein Blick zu ihrer Brust glitt. »Und Sie leben auch hier in der Gegend, Merilee?«, fragte er, als er sie ins Wohnzimmer führte und es Zach überließ, ihnen zu folgen.

Sie lächelte. Gloria hatte ja so recht gehabt mit diesem Outfit!

Bevor sie sich's versah, zog Ray sie auf die Ledercouch. Zach hockte sich ihnen gegenüber im Schneidersitz auf den Boden und baute das Brettspiel auf dem Couchtisch auf. Die Männer hatten inzwischen jeder ein Bier vor sich stehen und Merilee die letzte Cola aus dem Kühlschrank. Was Tacky und den Kater betraf, so hatten sie einen nervösen Waffenstillstand geschlossen. Tacky lag zitternd auf dem Schoß seines Besitzers; Tom hatte sich wie ein unnahbarer Wächter auf der Rückenlehne eines Sessels postiert.

»He, Mann, zünde ein Feuer an!«, schlug Ray vor und grinste Merilee an. »Dann machen wir es uns so richtig gemütlich.«

Zach runzelte die Stirn und warf seinem Freund einen seltsamen Blick zu, kam aber der Bitte nach und holte Anmachholz aus einem alten Eimer. Ein paar Minuten später knisterte ein anheimelndes Feuer im Kamin. Aus Zachs iPod-Lautsprecher klang die Musik von Mannheim Steamroller.

Merilee fühlte sich nicht länger aufdringlich. Ihr Herzschlag beruhigte sich wieder. Es sei denn, sie riskierte einen verstohlenen Blick auf Zach. Der bloße Anblick seiner markanten Züge genügte, um ihr Herz erneut Purzelbäume schlagen zu lassen.

Vierzig Minuten später kündigte Ray an: »Okay, ich bin bereit, meinen letzten Versuch zu wagen. Miss Scarlet hat's getan. Im Billardzimmer mit dem Kerzenleuchter.«

Hat's getan … Ein Bild von ihr und Zach, wie sie in einem Anfall wilder Leidenschaft auf dem Billardtisch übereinander herfielen, schoss Merilee durch den Kopf.

Zach machte ein finsteres Gesicht. »Du Ratte! In der nächsten Runde hätte ich's auch erraten.« Er zog die richtigen Karten aus dem kleinen Umschlag und breitete sie auf dem Spielbrett aus. »Wusstest du, wer es getan hatte?«, fragte er Merilee.

Du und ich auf dem Billardtisch … Sie verdrängte das Bild und zwang sich, nicht zu erröten. Hör auf, an den Billardtisch zu denken, Mädchen!, ermahnte sie sich. »Natürlich«, log sie. Dabei hatte sie eigentlich keine Ahnung, weil es ihr unmöglich gewesen war, sich auf das Spiel zu konzentrieren.

»Okay, wir spielen noch einmal«, entschied Zach und sammelte die Karten ein.

»Ich werde trotzdem gewinnen«, prahlte Ray und warf einen abwägenden Blick in Merilees Richtung. »Was steckt eigentlich hinter dem Geschenk? Hat Zach es sich zu Weihnachten gewünscht?«

Nein, ich war bloß aufdringlich …

Zach ersparte Merilee die Antwort. »Wir sprachen einmal über die Spiele, mit denen wir uns als Kinder gern beschäftigt haben. Und ich behauptete, der bessere Spieler zu sein.«

»Ha! Und deshalb kamst du vorbei, um ihm Saures zu geben«, wandte Ray sich an Merilee. »Wo seid ihr zwei euch eigentlich begegnet? Und wann wolltest du sie mir vorstellen?«, fragte er Zach.

»Merilee ist die Frau, die mir mit Tom geholfen hat.«

Ray zeigte mit dem Finger auf sie. »Dann bist du also der Katzenflüsterer. Beeindruckend.«

Zach hatte über sie gesprochen? Das freute sie.

»Ich habe ihm erzählt, wie du Tom dazu gebracht hast, wieder zu fressen«, fügte Zach hinzu.

Das war alles? Nun ja, immerhin schon mal ein Anfang, dachte sie und ertappte Zach dabei, wie sein Blick wiederholt über ihre Kurven glitt. Ein sehr guter Anfang, berichtigte sie sich.

Sie spielten noch eine Partie, und diesmal gewann

Zach. Merilee konnte sich immer noch nicht konzentrieren. »Miss Scarlet« war wieder zugange, diesmal in der Küche mit einem Strick. Miss Scarlet war ein rühriges Mädchen. Merilee hingegen war nie rührig gewesen. Wie deprimierend. Es war definitiv Zeit, etwas daran zu ändern.

Nur war sie nicht sicher, dass sie große Fortschritte auf diesem Gebiet machte. Zach schien ihr neuer Look zu gefallen, doch Ray war derjenige, der mit ihr flirtete. Bis jetzt hatte er ihr Komplimente zu ihrem Outfit gemacht, ein Treffen vorgeschlagen, um Risiko zu spielen, und sie schließlich sogar gefragt, ob sie hin und wieder vorbeikommen und ihm helfen könnte, Tacky zu dressieren.

»Ihn dressieren? Was willst du ihm denn beibringen?«, fragte Zach.

Ray zuckte mit den Schultern. »Keine Ahnung. Mir wird schon was einfallen«, fügte er hinzu und grinste Merilee an.

»Glaub mir«, sagte Zach zu Merilee. »Du willst nicht mal in die Nähe dieses Deppen kommen.«

Wie wahr. Nicht, dass Ray ein Depp war; er schien ein netter Kerl zu sein. Aber der Mann, dem Merilee näherkommen wollte, war Zach. Wenn doch nur er ihr vorgeschlagen hätte, den Kater zu dressieren!

Nach dem zweiten Spiel beschloss sie heimzufahren. In Rays Gegenwart würde sie ohnehin nicht weiterkommen. Und wahrscheinlich würde sich auch nichts zwischen Zach und ihr abspielen, wenn sie nur zu zweit wären. Merilee hoffte nur, dass keine ihrer Schwestern fragen würde, ob die neuen Kleider ihren Zweck erfüllten, wenn sie sich zu Weihnachten bei ihren Eltern sahen. Ihre Garderobe war offensichtlich nicht das Problem gewesen.

Ray wich ihnen nicht von der Seite, während Zach ihr in den Parka half. Als er Merilee anbot, sie zu ihrem Wagen zu begleiten, sagte Zach: »Das erledige ich schon.«

Vielleicht wollte er einen Moment mit ihr allein sein? Ein ermutigender Gedanke.

Er zog einen Mantel über, um mit ihr hinauszugehen, doch kaum waren sie nur noch zu zweit, fiel ihr nichts Vernünftiges mehr zu sagen ein. »Ich hoffe, ich habe deine Pläne für den Abend nicht durchkreuzt«, versuchte sie, ein Gespräch zu beginnen. Wow, was für eine spritzige Unterhaltung, Merilee!

»Nee«, versicherte Zach. »Halo kann ich immer spielen. Es war ein schöner Abend.«

Inzwischen waren sie bei ihrem Wagen angelangt, und sie ließ sich Zeit, um den Autoschlüssel aus der Tasche zu fischen. Dann blickte sie zu Zach auf und brachte ein, wie sie hoffte, ermutigendes Lächeln zustande. Dies wäre der ideale Augenblick für einen Kuss.

Doch statt sie zu küssen, sagte er nur: »Danke für das Spiel. Und dafür, dass du mich hast gewinnen lassen.«

»Woher weißt du das?«

Er lachte. »Und nochmals vielen Dank dafür, dass du mir mit Tom geholfen hast. Ich schulde dir was.«

Sie wollte nicht, dass er glaubte, ihr etwas schuldig zu sein. Sie wollte *ihn* – und dass auch er sie wollte. Ihre Schwester Liz hätte es ihm geradeheraus gesagt, aber Merilee nickte nur. Ihre Augen konnten ihre Gefühle jedoch nicht verbergen, das wusste sie. Würde Zach ihr wirklich tief in die Augen blicken, würde er die Sehnsucht in ihrem Herzen sehen können.

Sein Blick streifte aber nur flüchtig ihr Gesicht. »Sieht so aus, als würde es morgen wieder schneien. Glaubst du, dass du es noch gut nach Hause schaffst?« Er schob die Hände in die Hosentaschen.

Wenn du mich küsst, bestimmt, dachte sie und nickte hoffnungsvoll.

Auch er nickte und trat einen Schritt zurück.

Ein fast überwältigendes Bedürfnis, ihn am Mantelkragen zu packen und zu sich heranzuziehen, erfasste sie, doch Zachs Körpersprache sagte ihr, dass das ein Fehler wäre. Trotzdem konnte sie nicht einfach aufgeben und nach Hause fahren. Noch nicht.

»Weißt du, ich glaube, wir brauchen ein Revanchespiel, um zu sehen, wer besser ist«, bemerkte sie. »Wenn du das Spiel zu mir mitbringen möchtest, könnte ich die Pizza bestellen, die wir nie bekommen haben.«

Zachs Lächeln gefror. »Äh, ich, ähm …«

Oje. Jetzt hatte sie ihm Angst gemacht! »Oder auch nicht«, sagte sie schnell, und vor Verlegenheit stieg ihr die Röte ins Gesicht.

»Ich bin nicht auf der Suche nach einer ernsthaften Beziehung, Merilee. Falls ich dich auf diese Idee gebracht habe, tut es mir leid.«

»Und warum nicht?«, entfuhr es ihr. O Gott. Was dachte sie sich bloß dabei? Ihr Gesicht musste inzwischen rot wie eine Tomate sein. Ihre Haut fühlte sich jedenfalls heiß genug an, um ihren ganzen Kopf in Flammen aufgehen zu lassen. Sie hätte wie ein braver kleiner Angsthase in ihren Wagen steigen und von hier verschwinden sollen. »Ich meinte …« Was meinte sie? Warum willst du mich nicht? Ja, das war es, was sie gern gewusst hätte. Und was sie ihn nicht einfach fragen konnte. Denn vielleicht würde er es ihr freiheraus sagen, und ihr neues Selbstbewusstsein, an dem sie arbeitete, war noch zu schwach, um einem solchen Angriff standzuhalten.

»Weil ich mit Beziehungen nicht gut klarkomme«, erwiderte er schlicht.

»Vielleicht hast du nie eine Beziehung zu der richtigen Frau gehabt«, gab sie mit wild klopfendem Herzen zu bedenken. Warum nur konnte sie es nicht gut sein lassen und nach Hause fahren?

Er schüttelte den Kopf. »Glaub mir, Merilee! Du würdest einen Mann wie mich nicht wollen. Meine Familie ist total verkorkst. Meine Mom ging, als ich noch ein kleiner Junge war, mein Dad ist Alkoholiker, und ich – nun, wie ich schon sagte, ich will keine Beziehung.« Die Tränen, die ihr in die Augen stiegen, waren offenbar zu viel für ihn, denn er räusperte sich und fügte hinzu: »Versteh mich nicht falsch! Falls du jemals etwas brauchst …«

Was sie brauchte, war er nicht bereit zu geben. »Nein, nein, schon gut«, log sie und dachte: Wenn ich wie deine Exfreundin aussähe, würdest du dann auch diese Ausflüchte machen?

Es gab wirklich nichts weiter zu sagen, also stieg sie in ihren Wagen. Höchste Zeit, zu Queenie heimzukehren!

Kapitel Zehn

Zu Hause, riss Merilee sich die sexy Kleider vom Leib und zog eine Jogginghose an.

»Es hat keinen Sinn, sie hier zu tragen«, ließ sie Queenie wissen, die auf dem Bett hockte und ihr Gesellschaft leistete. Was für eine Geldverschwendung! Und dann auch noch auf Kosten ihrer Schwestern.

Das Telefon klingelte, und an der Nummer auf dem Display erkannte Merilee, dass es Liz war. Oje. Vielleicht sollte sie es einfach klingeln lassen … und niemals wieder drangehen. Sich hier in ihrem Apartment verstecken … und nie mehr vor die Tür gehen.

Aber bei ihren Schwestern würde das nicht funktionieren. Sie würden einfach vorbeikommen und an die Wohnungstür hämmern, bis Merilee ihnen öffnete. Deshalb nahm sie den Anruf an.

»Oh«, sagte Liz überrascht. »Ich hatte eigentlich nicht damit gerechnet, dich schon zu Hause anzutreffen. Ich wollte nur eine Nachricht hinterlassen, dich bitten, mich zurückzurufen und mir zu erzählen, ob du deinen Feuerwehrmann schon gesehen hast.«

»Hab ich.«

»Und? Wie ist es gelaufen?«

»Gar nicht«, antwortete Merilee bedrückt.

»Er hat dich in diesen neuen Sachen gesehen und dich wieder gehen lassen?«

Merilee seufzte. »Er ist verkorkst.«

»Das muss er sein – und vielleicht auch so ziemlich der dümmste Mann auf dem Planeten«, sagte Liz empört. »Pah, dann pfeif auf ihn! Er ist nicht der einzige Schuh im Laden. Geh shoppen.«

»Einkaufstherapie?«, fragte Merilee verwirrt.

»Nein, Schluss mit Therapie. Jetzt geht's zum Männershopping. Klapp mal deinen Laptop auf!«

»Was?«

»Klapp einfach nur deinen Laptop auf!«, wies Liz sie an.

Merilee setzte sich mit ihrem Notebook auf die Couch und stellte das Telefon auf Lautsprecher. »Okay.«

»Und jetzt geh zu ›MeineAndereHälfte.com.‹«

Merilee zog die Finger von der Tastatur zurück. »Auf die Seite einer Singlebörse? Auf keinen Fall.« Das war etwas für Verzweifelte.

»Jeder verabredet sich heutzutage online«, beharrte Liz. »Es ist der beste Weg, die Loser auszusortieren und den Richtigen zu finden.«

Merilee hatte den Richtigen schon gefunden. Nur wollte er leider nicht gefunden werden.

»Mer? Bist du noch da?«

Sie wollte nicht da sein. Sie wollte nicht online gehen und sich nach einem Mann umsehen. Sie wollte den Mann aus der Lavender Lane. »Ich glaube nicht«, beschloss sie.

»Komm schon, du bist es dir schuldig, es wenigstens zu versuchen«, beharrte Liz. »Oder willst du dein Leben lang allein sein?«

Gott bewahre! Sie wollte, was ihre Eltern miteinander hatten. Und sie wollte eigene Kinder zu den Familienfeiern mitnehmen können. »Natürlich nicht.«

»Dann probier es wenigstens mal! Was hast du zu verlieren?«

Nichts. Wer nichts hatte, hatte auch nichts zu verlieren.

»Also geh schon auf die Seite«, drängte Liz. »Wenn du dich weigerst, rufe ich Gloria an, und wir kommen vorbei und nehmen die neuen Sachen wieder mit.«

Sie scherzte natürlich nur, aber Gloria wäre so etwas sogar zuzutrauen. Immerhin hatte sie es seinerzeit geschafft, sie dazu zu bringen, Schlamm zu essen. »Okay, okay. Ich werde mich dort mal umsehen.«

»Jetzt gleich, während ich am Telefon bin«, sagte Liz. »Wenn nicht, komme ich rüber.«

»Schon gut«, murmelte Merilee und ging auf die Webseite, wo sie von Bildern von Paaren begrüßt wurde, die alle so aussahen, als wären sie von Modelagenturen engagiert worden. Unsicherheit erfasste Merilee wieder und lähmte ihr die Finger. »Oh, ich bin mir wirklich nicht sicher …«

»Komm schon«, befahl Liz. »Was kann es schon schaden, den Fragebogen auszufüllen?«

Sie hatte recht. Was hatte Merilee schon zu verlieren?

Ein Bild von Zach in Feuerwehrmann-Hose und nacktem Oberkörper erschien vor ihrem inneren Auge. Nachdem sie sich daran erinnert hatte, dass sie nichts verlieren konnte, was sie nicht hatte, begann sie, ihre persönlichen Daten einzugeben: *Frau sucht Mann*, E-Mail-Adresse, Passwort. Als ihre Kreditkartendaten verlangt wurden, sträubte sie sich wieder. »Ich weiß nicht, ob ich dafür bezahlen will.«

»Du hattest Geld für Kleider, das du nicht gebraucht hast. Also kannst du es genauso gut auch hierfür ausgeben«, erwiderte Liz. »Sie bieten eine kostenlose zweiwöchige Probezeit, doch da wirst du nicht alle Männer zu sehen bekommen, zu denen du passt, also bezahl lieber gleich.«

»Woher weißt du das alles?«, fragte Merilee. Liz hatte ihren Verlobten bei der Arbeit kennengelernt.

»Gloria ist dort angemeldet«, sagte Liz. »Sie ist es leid, mit Losern auszugehen.«

Also gut. Wenn eine Single-Börse für ihre glamouröse ältere Schwester gut genug war, sollte sie auch Merilee genügen. Entschlossen klickte sie sich durch den Rest der ersten Schritte. Dann gelangte sie zu einem sehr detaillierten Fragebogen. »Ach, du liebe Güte!«

»Du musst auf der Seite mit den Fragen sein«, bemerkte Liz. »Gloria sagt, sie seien die reinste Quälerei.«

Das würden sie ganz sicher sein, in vielerlei Hinsicht.

»Beantworte sie trotzdem, hörst du? Und wenn du nicht mehr weiterweißt, dann ruf mich an!« Damit legte Liz auf und überließ es ihrer Schwester, ihre tiefsten Geheimnisse einem Computerbildschirm anzuvertrauen.

O Mann. Merilee holte tief Luft und verbannte das Fantasiebild von Zach aus ihrem Kopf. Er ist nicht dein

Mr. Right, erinnerte sie sich. Vergeude also nicht mehr deine Zeit mit ihm!

Zumindest gab es mehrere Antwortmöglichkeiten auf die Fragen. Merilee machte sich an die Arbeit und versuchte, ihre Interessen, Bedürfnisse und Unsicherheiten in den kurzen standardisierten Antworten *A*, *B*, *C* und *D* wiederzufinden.

Ihre Vorstellung von einem großartigen Date ist:

A. Dinner für zwei in einem schönen Restaurant
B. Zu einer Sportveranstaltung gehen
C. Zum Tanzen in einen Club gehen
D. Etwas draußen im Freien unternehmen

Mit Zach Cluedo spielen. Merilee runzelte die Stirn und kreuzte D an.

Wie lange ist es her, seit Sie eine feste Beziehung hatten?

A. Weniger als einen Monat
B. Einen Monat
C. Sechs Monate
D. Länger als sechs Monate

Zählte Queenie? Merilee seufzte und klickte Antwort D an.

Wenn Sie Gäste haben, ziehen Sie vor

A. Eine große Party mit einfachen Erfrischungen zu veranstalten
B. Eine kleine Dinnerparty zu geben
C. Spiele zu spielen
D. Einen Filmabend zu organisieren

Zach zum Cluedo-Spielen einzuladen. Hey, Moment, ermahnte Merilee sich und entschied sich für Antwort B.

Die Fragen schienen kein Ende zu nehmen. Glaubte sie an Liebe auf den ersten Blick? Wie viele Bücher hatte sie im letzten Jahr gelesen? Wurde sie laut oder schmollte sie, wenn sie verärgert war? Wie wichtig war es ihr, ein Haustier zu haben?

Sehr wichtig. Wenigstens diese Frage war leicht zu beantworten.

Schließlich kam Merilee zu der letzten Seite, die ein freies Kästchen zeigte.

Fügen Sie etwas Persönliches hinzu!

Etwas Persönliches? Sie hatte gerade vier Seiten mit »Persönlichem« ausgefüllt. Ratlos starrte sie die Seite an und knabberte an ihrer Unterlippe. Schließlich tippte sie ein:

Ich mag Katzen.

»Wow, echt sexy, Merilee«, murmelte sie. »Schreib wenigstens noch was anderes dazu.«

Ich bin fest entschlossen, Vegetarierin zu werden, tippte sie lächelnd. Positive Affirmationen waren immer gut.

Schließlich war sie damit fertig, und es war so weit, ein Foto einzustellen. Ein Foto? Sie hatte keins, was sie auch nur ansehen, geschweige denn einem Fremden zeigen wollte.

O nein, du wirst dich nicht von einer Kleinigkeit wie einem Foto davon abhalten lassen, dein Leben fortzusetzen, sagte sie sich und griff nach dem Handy, machte ein Foto von sich und lud es hoch. Es war nicht perfekt, aber das war sie ja schließlich auch nicht.

Endlich war alles erledigt.

Herzlichen Glückwunsch!, erschien nun auf dem Bildschirm. Sie sind auf dem besten Wege, Ihrer anderen Hälfte zu begegnen.

Das hatte sie auch gedacht, als sie Zach im Supermarkt kennengelernt hatte. »Wir werden sehen«, murmelte sie spöttisch.

Während sie wartete, lud sie sämtliche Formulare für die Veterinärmedizinische Fakultät herunter. Zumindest wusste sie, dass beim Ausfüllen *dieser* Formulare etwas Positives herauskommen würde.

»He, wenn du sie nicht willst, nehme ich sie«, sagte Ray zu Zach, als sie das nächste Level ihres Halo-Computerspiels erreichten. »Ich würde die kleine Sahneschnitte bestimmt nicht von der Bettkante stoßen. Gib mir ihre Telefonnummer!«

»Die hab ich nicht, und selbst wenn, bekämst du sie nicht von mir. Merilee ist keine Frau für sexuelle Abenteuer. Sie ist …« Mein sexuelles Abenteuer.

Nur war Merilee nicht die Art von Frau, die darauf aus sein würde, einfach nur ein bisschen Spaß zu haben. Sie war der Typ Frau, an die ein Mann sein Herz verlieren würde. Aber das hatte Zach schon hinter sich, und er wollte es nicht noch einmal durchmachen. Die Songschreiber hatten recht. Liebe tat weh. Man brauchte sich doch nur das Chaos anzusehen, in das sie das Leben der Menschen stürzte. Seine Familie war eins der besten Beispiele dafür.

»Sie ist was?«, hakte Ray nach.

»Sie ist zu gut für dich, du taube Nuss«, sagte Zach und begann, auf dem Computerbildschirm Rays Männer abzuschießen.

»Weißt du was? Ich glaube, du bist dabei, dich in die Kleine zu verlieben.«

»Bin ich nicht«, protestierte Zach. »Ich brauchte nur Hilfe mit Tom.«

»Und ein neues Cluedo-Spiel?«, spöttelte Ray.

Ray elimierte einen weiteren von Rays Spielern.

»Wenn du sie nicht willst, solltest du aufhören, sie an der Nase herumzuführen, und jemand anderem eine Chance bei ihr lassen. Sie wäre sowieso besser dran mit jemandem wie mir, weil du, wenn du so weitermachst, wie der alte Turner enden wirst.«

»Den Teufel werde ich«, knurrte Zach.

Hank Turner war ein grauhaariger Bauarbeiter im Ruhestand gewesen, der allein in einem heruntergekommenen Farmhaus am Stadtrand gehaust hatte. Er hatte eine Vorliebe für stark motorisierte *Muscle Cars* und Camel-Zigaretten gehabt, und praktisch alle Jungs im Umkreis von fünfundzwanzig Meilen, Zach mit eingeschlossen, hatten ihr erstes Auto bei ihm gekauft. Hank war auch als Frauenhasser bekannt gewesen. »Frauen bringen nichts als Ärger«, pflegte er zu sagen. »Allein ist ein Mann viel besser dran.«

Nur war Hank allein nicht besser dran. Er war schlecht ernährt und ungepflegt. Irgendwann rauchte er einmal zu oft im Bett und fand den Tod dabei. Bis jemand das Feuer meldete, war das Haus schon nicht mehr zu retten, und Hank war längst am Rauch erstickt, bevor die Flammen ihn verschlangen. Es gab keine ordentliche Beerdigung für Hank, da er keine Angehörigen hatte, um ein Begräbnis für ihn auszurichten. Zach hatte später gehört, dass Hanks Pokerfreunde sich im *Gefallenen Engel* auf ein Bier zum Andenken an den Verstorbenen getroffen hatten, aber das war auch schon alles gewesen.

Okay, dann hatte Zach halt keine Frau, aber er hatte Familie und Freunde. Zu seiner Beerdigung würden Menschen kommen. Er brauchte nicht zu heiraten. Was kümmerte es ihn also, falls Merilee mit Ray zusammenkam? Ray war ein netter Kerl – und sogar bereit, eine weitere Ehe in Betracht zu ziehen, was bestimmt das war, was Merilee sich wünschte.

»Du denkst also, du würdest nicht wie Turner enden? Sieh dich doch mal an, Mann!«, meinte Ray. »Da ist ein nettes Mädchen, das sich für dich interessiert, und was tust du? Nichts. Sie wird es leid werden, darauf zu warten, dass du zur Besinnung kommst. Und wenn es so weit ist, wird der alte Onkel Ray ihr nur zu gern zeigen, wie es ist, mit einem richtigen Mann zusammen zu sein.«

»Ach ja?«

»O ja.«

Das beendete die Diskussion. Und das Spiel. »Ich fahre heim«, beschloss Ray, und Zach bat ihn nicht zu bleiben.

Ambrose saß da und beobachtete seinen Menschen, der auf der großen Ledercouch lag und stirnrunzelnd ins Feuer starrte. Ambrose kannte diese Stimmung. Es war eine, die die Menschen »schlechte Laune« nannten.

Solange sie sich nicht auf die Abendessenszeit oder aufs Gestreicheltwerden auswirkte, war die Stimmung eines Menschen für eine Katze nicht von großem Interesse. Menschen waren so launisch, wie sollte man da den Überblick behalten? In diesem Fall vermutete Ambrose jedoch, dass Zachs schlechte Laune mit Merilee zusammenhing. Und wenn es so war, beunruhigte ihn das.

Obwohl es ihm widerstrebte, die Wärme des Kamins zu verlassen, ging Ambrose zur Couch hinüber und sprang auf Zachs Schoß, um herauszufinden, was mit ihm los war. Okay, natürlich auch des Streichelns wegen. Das war das Mindeste, was Zach tun konnte, um Ambrose' Interesse an ihm zu würdigen.

Sowie er es sich auf Zachs Schoß bequem gemacht hatte, stieß er ein fragendes Miauen aus.

Keine Antwort.

Er versuchte es noch einmal und stieß mit dem Kopf Zachs Hand an. Diesmal verstand Zach und streichelte Ambrose, aber er sagte nichts. Was allerdings nicht weiter überraschend war. Männer konnten sich nicht gut mitteilen, nicht wie Frauen, die einem Kater mehr erzählten, als er überhaupt je hören wollte. (Adelaide hatte besonders stark dazu geneigt und Ambrose ihre sämtlichen Wehwehchen und Schmerzen anvertraut. Und sogar noch mehr hatte er über ihre Enttäuschung über ihre Kinder erfahren, genug, um ihm zu bestätigen, was er schon gewusst hatte: Katzen waren eine den Menschen überlegene Spezies.) Ambrose musste nicht alles hören, was Zach dachte; er wollte nur wissen, was mit Merilee war.

»Miau?« *Was in Gottes Namen hast du, Mann?*

Zach stieß einen Seufzer aus.

»Miau?« *Warum hast du deinen Freund wie einen Rivalen behandelt und ihn angefaucht, wenn du dich mit Merilee nicht paaren willst?* »Miau, miau?« *Würdest du dich bitte beeilen und das wieder in Ordnung bringen, Kumpel? Ein paar von uns versuchen hier nämlich, ein gutes Werk zu tun, und du machst es uns nicht leicht.* »Miau.« *Und was zum Teufel sind »taube Nüsse«?*

Es dauerte nicht lange, bis Merilee zwei Nachrichten von den netten Leuten bei MeineAndereHälfte.com vorfand. Beide besagten das Gleiche:

Jemand will mit Ihnen chatten. Er könnte Ihre andere Hälfte sein. Interessiert? Dann geben Sie ihm ein Ja.

Die Profile der zwei Männer waren nicht uninteressant. »Okay, du hast nichts zu verlieren«, murmelte Merilee und loggte sich auf der Seite ein, um Kandidat Nummer eins, einem gewissen Gary O., ein Ja zu geben.

Gary O. lebte in einer Stadt ganz in der Nähe und arbeitete im Baugewerbe. Seine liebsten Freizeitbeschäftigungen waren Wandern, Filme, das Zusammensein mit Freunden.

Hey, Merilee, ich mag auch Katzen, schrieb Gary O.

Siehst du?, sagte sie sich. Es gibt noch andere Männer da draußen, die Katzen mögen.

Meine Mutter hat drei.

Oookay. Was bedeutete das? Dass er noch bei seiner Mom lebte?

Wie schön, antwortete sie diplomatisch. Jemand, der als Bauarbeiter arbeitete, lebte bestimmt nicht mehr bei seiner Mutter.

In Augenblick gibt's nicht viel zu tun, fuhr Gary O. fort, und ich habe jede Menge Zeit. Wollen wir uns im Hähnchenhimmel treffen? Halbe-halbe?

Halbe-halbe? Moment mal, bedeutete das nicht, dass jeder für sich bezahlte? Merilee runzelte die Stirn. Er war also geizig.

Sie sandte Gary O. eine Nachricht, in der sie sich für seine Einladung bedankte und behauptete, sie sei leider zu beschäftigt. Dann checkte sie den nächsten Kandidaten, Chuck. Chuck war ein Sportlehrer, der gern aktiv war. Gut. Aktiv konnte sie sein.

Mag Football, stand in seinem Profil. Sie mochte Meisterschaftspartys. Ich habe einen Cockapoo, eine Mischung aus Cocker Spaniel und Pudel, und eine Katze, schrieb er.

Ein Tierfreund. Perfekt.

Ungebeten tauchte plötzlich ein Bild von Zach mit seinem orangefarbenen Kater auf dem Arm vor ihrem inneren Auge auf. Sie verdrängte es schnell und schrieb Chuck:

Du klingst wie ein Supertyp ...

Supertyp? Verglichen mit einem Mann, der in brennende Gebäude stürmte, um Menschen zu retten?

Merilee löschte das Wort »Supertyp« und ersetzte es durch »netter Mann«.

Nett. Sie gab sich also schon mit nett zufrieden.

Na und? Es ist nichts Falsches daran, wenn jemand nett ist, tadelte sie sich.

Chuck antwortete in weniger als einer Minute:

Ich habe morgen Abend Zeit. Sollen wir uns um halb sieben zum Essen treffen?

Er schrieb nichts von getrennter Kasse. Das war ein gutes Zeichen. Also antwortete Merilee:

Gern.

Wie wär's mit Angelina's? Magst du mexikanisches Essen?

Das wäre großartig.

Und vielleicht würde Chuck sich ja auch als großartig erweisen.

Am folgenden Abend erschien Merilee im *Angelina's* in den neuen Jeans und dem schwarzen Pullover, den sie Chuck beschrieben hatte. Der Pulli war auch neu und hatte einen V-Ausschnitt, der sie ein wenig befangen machte. Du musst deine Vorzüge zur Geltung bringen, erinnerte sie sich. Und jetzt sah sie sexy und selbstbewusst aus – auch wenn es nur vorgetäuscht war.

Sie ließ den Blick über die Gruppe von Leuten gleiten, die darauf warteten, zu einem Tisch geführt zu werden: ein älteres Paar, zwei Frauen um die dreißig, zwei Männer, die attraktiv und gut gekleidet waren. Chuck? Einer der Männer lächelte den anderen zärtlich an. Okay, nicht Chuck. Aber dann kam … o nein! Dieser Mann mittleren Alters mit dem schwabbelnden Bierbauch unter einem Seahawks-Footballhemd konnte nicht Chuck sein. Der Chuck auf dem Foto war schlank und jünger gewesen.

Aber er grinste sie an und streckte ihr eine Hand von

der Größe eines Schinkens entgegen. »Sie müssen Merilee sein.«

Nein, ich muss verrückt sein. Sie schenkte ihm ein schwaches Lächeln.

»Ihr Foto wird Ihnen nicht gerecht«, sagte er und drückte ihre Finger so fest in seiner großen, haarigen Pranke, dass er ihr das Blut abschnürte.

»Sie sehen auch nicht aus wie auf dem Foto«, entgegnete sie und versuchte, nicht vor Schmerz zu winseln.

Er ließ ihre Hand los, bevor sie absterben und abfallen konnte. »Es war das neueste, das ich hatte.«

Oh-oh.

»Chuck, für zwei Personen«, rief die Bedienung.

»Das sind wir.« Chuck rieb sich die Hände. »Ich bin hungrig wie ein Bär.«

Merilee nicht. Ihr war der Appetit gründlich vergangen.

»So«, meinte Chuck, als die Bedienung kam, »ich wette, Sie mögen diese raffinierten Girlie-Drinks.« Und bevor Merilee Ja oder Nein sagen konnte, bestellte er ihr eine Margarita. »Und ich nehme ein Corona«, fügte er hinzu. Die Kellnerin ging, und er verlor keine Zeit, um das Gespräch in Gang zu bringen. »Sie mögen also Katzen, nicht?«, fragte er und fuhr fort, bevor Merilee etwas erwidern konnte. »Habe ich Ihnen geschrieben, dass ich eine Katze habe? Sie gehörte meiner Ex. Mann, ich hasse dieses Vieh.«

Moment mal, wie war sie mit jemandem zusammengebracht worden, der keine Katzen mochte?

Von da an ging es nur noch bergab. Merilee hörte

alles Mögliche über Chucks Ex, über die »verzogenen Bälger«, die er unterrichten musste, über seine einstigen Chancen, Profifootballer zu werden, wenn er sich im letzten Highschool-Jahr nicht das Knie verletzt hätte, und den Grund, aus dem er ein falsches Alter angegeben hatte. (»Die Frauen, die so alt sind wie ich, sind alle übergewichtig.«) Während er redete und redete, lächelte Merilee höflich und fragte sich, welch furchtbare Sünde sie begangen haben könnte, um einen Abend mit Chuck zu verdienen.

»So, und wie wär's jetzt mit einem Dessert?«, wollte er wissen, nachdem die Bedienung ihre leeren Teller abgeräumt hatte. (Chuck hatte seinen geleert und dann auch noch Merilees letzte Enchiladas verputzt.)

»Wissen Sie, es war sehr nett mit Ihnen«, log sie, »aber ich sollte jetzt besser gehen.« Sie rutschte über die Bank zur Seite, um sich zu erheben.

»Och, bleiben Sie doch noch!«, bat Chuck, dessen Stimme nach dem vierten Bier schon etwas undeutlich geworden war. Er griff über den Tisch nach ihrem Arm und schaffte es, ihre unberührte Margarita umzustoßen, sodass sie sich über Merilees Schoß ergoss und ihre neuen Sachen durchnässte.

»Jetzt muss ich wirklich gehen«, sagte sie mit zusammengebissenen Zähnen.

»O Mann, das tut mir leid!«, rief Chuck und griff nach einer Serviette. Als er sich vorbeugte, um ihr beim Abtupfen zu helfen, warf er auch noch ihr Wasserglas um und durchnässte sie noch mehr. »Mist, verdammter!«

Genau, dachte sie. Wenn dieser Chuck der perfekte Partner für sie war, blieb sie wirklich lieber allein.

Sie war kaum nach Hause gekommen und hatte die feuchten Sachen ausgezogen, als jemand an ihre Tür klopfte. Wer in aller Welt konnte das um kurz nach acht Uhr abends sein?

Als Merilee die Wohnungstür öffnete, stand sie Mrs. Winnamucker gegenüber, die ihren roten Lieblingsmantel trug und eine Ausgabe von *Der Katzenfreund* in den behandschuhten Händen hielt. »Ihre Zeitschrift ist versehentlich in meinen Briefkasten geraten, meine Liebe«, begann sie. »Ich weiß, dass es schon spät ist, aber ich dachte, Sie würden sie vielleicht gern heute noch …«

Ihre Augen weiteten sich, und Merilee wusste sofort, dass die Frau etwas entdeckt hatte, das sie besser nicht gesehen hätte. Merilee schob die kleine pelzige Gestalt beiseite, die an ihr vorbeihuschen wollte, trat ins Treppenhaus und zog die Tür hinter sich zu. »Danke, Mrs. Winnamucker. Es war sehr nett von Ihnen vorbeizukommen«, sagte sie und streckte die Hand nach der Zeitschrift aus.

Mrs. Winnamucker zog sie schnell zurück. »Sie haben eine Katze in Ihrer Wohnung. Ich wusste es doch!«

Es hatte keinen Sinn, es abzustreiten. Mrs. Winnamucker würde sich bestimmt nicht überzeugen lassen, dass sie Halluzinationen hatte. Unter ihren strafenden Blicken fühlte Merilee sich wie ein unartiges kleines Mädchen, das kurz davor war, in die »stille Ecke« geschickt zu werden.

»Es ist nur vorübergehend«, sagte Merilee. »Bis ich ein Zuhause für sie finde.«

»Tut mir leid, doch die Katze muss sofort hier raus.«

»Aber dieses arme kleine Tier …«

»… muss irgendwo leben, wo Haustiere erlaubt sind«, fiel Mrs. Winnamucker ihr streng ins Wort. »Also wirklich, Miss White! So etwas Riskantes abzuziehen! Das ist ein Grund, Ihnen den Mietvertrag zu kündigen, wissen Sie.«

Merilee ließ den Kopf hängen. »Ja.«

»Ich will, dass dieses Tier augenblicklich aus dem Apartment verschwindet, bevor es noch mehr Schaden anrichten kann.«

»Sie hat überhaupt keinen Schaden angerichtet. Sie ist eine brave Katze. Ich wechsele regelmäßig ihre Katzenstreu, und es riecht nirgendwo nach Katze in der Wohnung.«

»Regelmäßig?« Mrs. Winnamucker kniff die Augen zusammen. »Wie lange haben Sie das Viech denn schon?«

»Nicht lange«, log Merilee.

»Nun, Sie können es keine Minute länger behalten. Die Katze muss verschwinden, und zwar auf der Stelle.«

»Aber das Tierheim ist geschlossen, und ich habe keinen Schlüssel. Ich kann heute Abend nichts mehr in der Sache unternehmen«, protestierte Merilee.

»Natürlich können Sie das. Sie können das Tier laufen lassen«, entgegnete Mrs. Winnamucker und wies mit einer weit ausholenden Handbewegung in die freie Natur hinaus.

Es hatte wieder zu schneien begonnen, war kalt und hässlich draußen. Und: »Ihr könnte etwas passieren«, wandte Merilee ein.

»Dann bringen Sie sie woandershin!«, fauchte Mrs. Winnamucker, die mit ihrer Geduld offenbar am Ende war. »Sie kennen die Vorschriften. Haustiere sind hier nicht erlaubt, und ich kann wirklich keine Ausnahmen machen.«

Merilee blinzelte bestürzt. »Es ist eine herzlose Vorschrift.«

»Die ich nicht gemacht habe«, gab Mrs. Winnamucker schroff zurück. »Das war Mr. Mook. Und wenn Sie ein Problem damit haben, sollten Sie mit *ihm* reden.«

»Ja, ich glaube, das werde ich«, beschloss Merilee.

»In der Zwischenzeit erwarte ich jedoch von Ihnen, dass Sie die Katze aus dem Gebäude entfernen«, erklärte Mrs. Winnamucker streng. »Ich werde warten.«

Das war nicht in Ordnung. Es war schrecklich! »Ich kann nicht glauben, dass Sie so herzlos sind.«

»Ich bin nicht herzlos, Miss White. Nur verantwortungsbewusst, was Sie nicht waren.«

»Bitte. Es ist bald Weihnachten.«

Mrs. Winnamucker verschränkte die Arme vor ihrer beachtlichen Oberweite. »Das ist mir durchaus bewusst, und glauben Sie mir, ich bin nicht erfreut darüber, so handeln zu müssen. Aber Sie haben es ausschließlich sich selbst zuzuschreiben. Und jetzt möchte ich nicht länger in der Kälte herumstehen und mit Ihnen streiten. Werden Sie dieses Tier nun hier herausschaffen oder nicht?«

»Na schön«, antwortete Merilee zähneknirschend und ging wieder in ihre Wohnung, um Queenie zu holen. Da die Kleine noch immer neben der Tür saß, war das nicht weiter schwer. »Du wolltest ausgehen?«, sagte sie, als sie die Katze aufhob und in die Box setzte. »Es sieht so aus, als bekämst du deinen Willen.« Wäre Queenie nicht so auf die Tür fixiert und im Wohnzimmer geblieben wie eine vernünftige Katze, steckten sie jetzt nicht in einem solchen Schlamassel.

Queenie gab ein jämmerliches Miauen von sich.

Die arme Kleine! Wo soll ich bloß mit ihr hin?, fragte sich Merilee.

»Ich begleite Sie zu Ihrem Wagen«, erbot sich Mrs. Winnamucker, als Merilee wieder in den Hausflur kam.

»Das ist nett von Ihnen, aber ich schaffe es schon«, sagte Merilee und bemühte sich verzweifelt darum, die Katze, ihre Handtasche und ihre Wut in den Griff zu bekommen.

»Es macht mir nichts aus«, antwortete Mrs. Winnamucker. »Und an Ihrer Stelle würde ich gar nicht erst versuchen, die Katze wieder in die Wohnung zu schmuggeln«, riet sie, nachdem Queenie auf dem Rücksitz untergebracht war. »Nicht, wenn Sie hierbleiben wollen.«

Merilee erwiderte nichts darauf, sondern stieg in ihren Wagen und fuhr ein bisschen schneller als nötig los, sodass jede Menge Schneematsch aufspritzte und Mrs. Winnamucker großzügig besprengte. Merilee lächelte grimmig. Auch Ihnen ein frohes Weihnachtsfest!

Und nun?

Kapitel Elf

Zach saß in seinem Wohnzimmer und starrte auf den Fernsehschirm, ohne etwas wahrzunehmen. Er fragte sich, ob er tatsächlich zu einem zweiten Hank Turner wurde, als die Türklingel ihn aus seinen Gedanken riss. Wer zum Teufel konnte das um diese Zeit sein?

Er hob Tom von seinem Schoß und ging zur Haustür, um zu öffnen. Der Kater verzog sich in die Küche.

Auf der Veranda stand Merilee. Ihr Gesichtsausdruck ließ befürchten, dass das Ende der Welt nahe war. Ihre Augen waren gerötet, ihr Make-up verschmiert, und sie schniefte und blickte ihn aus tränenumflorten Augen an. Und sie hielt eine Katzenbox in der Hand. Ein weißes Gesichtchen drückte sich ans Gitter, und das Tier gab ein jämmerliches Maunzen von sich.

»Hast du einen Moment Zeit?«, fragte Merilee mit unsicherer Stimme.

»Ja, komm herein, bevor du erfrierst.« Er öffnete die Tür noch weiter, und Merilee betrat die Diele. »Was ist passiert?« Was auch immer es sein mochte, er war bereits fest entschlossen, die Sache zu regeln.

Merilee biss sich auf die Lippe, und frische Tränen rannen aus ihren Augenwinkeln. »Ich habe ein Problem. Ich bin die ganze Zeit herumgefahren und habe Bekannte angerufen, und jetzt sind mir die Leute ausgegangen, und …« Weiter kam sie nicht, bevor sie von einem Schluchzen geschüttelt wurde.

Zach zog sie an sich. Ihr Haar roch nach Shampoo und frischer Luft, und sie passte in seine Arme, als wäre sie für ihn gemacht. Hör auf damit!, ermahnte er sich.

»Es tut mir leid, dass ich dich störe«, sagte sie weinend.

»Du störst mich nicht. Komm, setz dich!« Er führte sie ins Wohnzimmer und forderte sie auf, mit einer Rolle Toilettenpapier, die er rasch aus dem Bad geholt hatte, auf der Couch Platz zu nehmen. Sehr stilvoll, Zach!, dachte er kopfschüttelnd. Aber es war das Beste, was er auf die Schnelle anzubieten hatte. »Sag mir, was passiert ist!«, bat er und setzte sich zu ihr.

Sie begann stockend zu erzählen und tupfte sich immer wieder mit dem Toilettenpapier die Augen ab.

»Diese alte Frau hat kein Herz«, sagte er empört, als Merilee die Schilderung beendet hatte.

»Ich wollte nicht hierherkommen, wirklich nicht«, versicherte Merilee unglücklich. »Aber du hast gesagt, wenn ich etwas brauchte … und bei allen anderen, die mir einfielen, habe ich es schon versucht.«

Er war also der Letzte, an den sie sich gewandt hatte. Das war traurig. Doch nach ihrem Gespräch neulich abends war es ein Wunder, dass sie überhaupt zu ihm gekommen war.

»Meine Schwestern sind nicht zu Hause«, fuhr sie fort. »Nicht dass sie Queenie genommen hätten. Höchstwahrscheinlich nicht, da beide keine großen Freunde von Haustieren sind. Und meine Mom ist allergisch gegen Katzen, und meine Freundinnen aus dem Pet Palace haben alle Hunde.«

»Was ist mit dem Mann, der im Tierheim arbeitet?«

»Joel«, sagte sie, während sie sich die Nase putzte.

»Er ist doch bestimmt ein Katzenfreund.«

»Ja, aber er hat schon drei.«

»Was macht dann eine mehr schon aus?«, meinte Zach. »Komm, wir rufen ihn gleich mal an! Ich kann dich und Queenie dann zu ihm fahren.«

Sie schüttelte den Kopf. »Ich habe schon mit ihm gesprochen. Er sagte, wenn er noch eine Katze mehr aufnimmt, wird Anders ihn verlassen. Sie haben sich schon wegen der letzten Katze gestritten, die er gerettet hat.« Merilee sah Zach aus großen grünen, tränenumflorten Augen bittend an. »Könntest du mir nicht helfen und sie nur für eine Nacht bei dir aufnehmen?«

Zach rieb sich den Nasenrücken. Er hatte nie beabsichtigt, Tom zu behalten, und jetzt sollte er auch noch eine zweite Katze nehmen. Aber es war ja nur für eine Nacht. Selbstverständlich konnte eine heimatlose Katze für eine Nacht bei ihm bleiben.

»Ich kann sie doch nicht einfach freilassen, damit sie von einem Kojoten gefressen wird.«

»Mach dir keine Sorgen! Ich nehme das Tierchen.« Und was, wenn sie ihn bat, Queenie für immer zu behalten? Merilee zuliebe wäre er wahrscheinlich sogar bereit dazu. O Mann. Was ging bloß in seinem Kopf vor?

Sie betupfte wieder ihre Augen. »Morgen werde ich mit dem Besitzer der Angel Arms Apartments sprechen und ihn überreden, mich Queenie behalten zu lassen.«

Merilee, die Elfe, war ein entschlossenes kleines Ding. Soweit Zach wusste, war ihr Vermieter ein sturer Hund, und sie würde gegen eine Wand anreden, doch angesichts ihrer großen Augen und ihres tränenüberströmten Gesichts brachte Zach es nichts übers Herz, ihr zu sagen, dass es wahrscheinlich ein hoffnungsloses Unterfangen war.

»Morgen früh komme ich gleich als Erstes hier vorbei, um Queenie abzuholen.«

»Kein Problem«, versicherte Zach ihr.

Diese Frau allein auf ihre Mission gehen zu lassen kam ihm schrecklich herzlos vor. »Ich habe morgen frei und werde dich begleiten«, erbot er sich. Nur als Freund. Sie konnten doch wohl Freunde sein?

Mit gewissen Vorzügen? Nein, ohne Vorzüge!, sagte er sich entschlossen.

»Das brauchst du nicht«, erwiderte sie. »Ich belästige dich schon genug.«

»Es ist keine Belästigung.« Er wollte ihr sehr gern helfen. Was hatte diese Frau nur an sich, dass ihm das so wichtig war?

»Nein«, erklärte sie entschieden. »Du tust mir schon einen Riesengefallen, indem du Queenie über Nacht bei dir behältst.« Sie legte eine Hand auf seinen Arm. »Danke, Zach. Vielen, vielen Dank.« Sie sah ihn an, als wäre er eine Art Superheld.

»Ist mir ein Vergnügen«, sagte Zach. Früher hätte das Wort »Vergnügen« ihn an Blair erinnert, doch heute Abend war es eine völlig andere Frau, die in seinen Fantasien erschien. Sein Blick glitt zu Merilees vollen, weichen Lippen, und er schluckte. Wurde es hier drinnen zu warm? Würde sie vielleicht lieber ihren Mantel ausziehen? Oder womöglich gar noch etwas anderes? Zach stand plötzlich auf und räusperte sich. »Kann ich sonst noch etwas für dich tun? Oder für Queenie?«

Eine sanfte Röte stieg in Merilees Wangen, als sie sich erhob. »Nein. Oder vielleicht doch. Kannst du sie von Tom getrennt halten? Man kann nie wissen, wie eine Katze sich verhält, wenn eine neue ins Haus kommt.«

»Sie ist bezaubernd«, sagte Zach. »Ich kann mir vorstellen, wie er sich verhalten wird.« Genau so, wie er selbst sich gern verhalten würde. Merilee hatte schöne schlanke Beine. Die obere Hälfte von ihr war auch verdammt hübsch. Ihr musste doch viel zu warm sein in dem Parka. Er könnte einfach die Hand ausstrecken und den Reißverschluss ... Hör auf damit!, befahl er sich.

Zach brachte seinen vierbeinigen Übernachtungsgast gerade in die Waschküche, als Tom auf der Bildfläche erschien und sich neugierig umsah. »Sie ist nichts für dich, Kumpel«, informierte er den Kater.

Das Gleiche sagte er sich selbst, als er zurückging, um Merilee zur Tür zu bringen.

Wie in beiderseitigem Einvernehmen blieben sie in der Diele stehen. Merilees Parfum erinnerte Zach an Blumen und Schaumbäder, und vor seinem inneren Auge erstand plötzlich eine Vision von ihr in der Badewanne. Seltsamerweise trug sie in dieser Vision eine Weihnachtsmannmütze. Dann erhob sie sich aus dem Schaumbad, noch immer mit dieser albernen Mütze auf den Locken – aber der beste Blickfänger, den Zach sich vorstellen konnte. In seinem Kopf begann Joe Cocker *You Can Leave Your Hat On* zu spielen, und plötzlich war ihm definitiv zu warm hier im Haus. Wieder schluckte Zach. Schluss mit den Fantasien!, ermahnte er sich streng.

»Nochmals vielen Dank für deine Hilfe«, sagte sie mit ihrer angenehmen, weichen Stimme. »Es ist eine Erleichterung zu wissen, dass Queenie über Nacht gut versorgt ist. Ich werde morgen gegen neun vorbeikommen und sie abholen, falls es dir recht ist.«

Er nickte. »Weißt du was? Ich glaube, du hast mir noch nie gesagt, wie du mit Familiennamen heißt.« Du brauchst ihren Nachnamen nicht zu wissen, du Depp!, schalt er sich. Was zum Teufel denkst du dir bloß?

Dumme Frage. Natürlich dachte er wieder an Merilee mit der Weihnachtsmannmütze.

»White.«

Ihre Lippen schürzten sich so verführerisch, als sie ihren Nachnamen sagte, dass Zach schon wieder schlucken musste. Dann räusperte er sich und nickte. »Okay. Das ist … ähm … gut zu wissen.« Aber es genügte nicht. »Vielleicht solltest du mir besser deine Handynummer geben. Nur für den Fall, dass Queenie ein Problem hat oder so etwas.« Oder so etwas! Jemand hier hatte definitiv ein Problem, und es war nicht Queenie.

»Gute Idee«, sagte Merilee und gab ihm die Nummer. »Vielleicht sollte ich mir auch deine aufschreiben. Nur für alle Fälle …«

»Ja, für alle Fälle«, stimmte er ihr zu und nannte ihr seine Handynummer. Sie zog ein Stück Papier aus der Handtasche und notierte sie darauf.

Zach brauchte kein Papier. Er hatte Merilees Nummer schon seinem Gedächtnis anvertraut.

»Ich glaube, ich gehe jetzt wohl besser«, sagte sie, blieb jedoch stehen, wo sie war.

»Ja, das solltest du vielleicht besser«, antwortete er, ohne sich vom Fleck zu rühren.

Himmelherrgott, Mann, nun küss sie schon! Ambrose beobachtete sie vom anderen Ende der Diele aus. Was stimmte nicht mit Zach? Er wollte diese Frau doch. Es war so offensichtlich, dass sogar ein Hund es sehen könnte. Zach hatte seinen Rivalen vertrieben und Merilee irgendwie wieder hierhergelockt, doch statt zu tun, was das Normalste von der Welt wäre, führte sich der dumme Kerl noch immer so auf, als wäre er kastriert.

Ambrose' Schwanzspitze zuckte vor Ungeduld, als Zach Merilee aus dem Haus begleitete. Schon wieder eine Gelegenheit versiebt! Eine Katze hatte wenigstens sieben Leben, um ihre Sache gut zu machen, aber Menschen nur eines, und Zach war zweifellos dabei, das seine zu vergeuden.

Und das war nicht gut, weil das Leben eines gewissen anderen davon abhing, dass Zach vernünftig wurde, das siebte und damit allerletzte Leben dieses anderen. Unruhig lief Ambrose zu dem Raum zurück, in dem Zach ihren Überraschungsgast untergebracht hatte.

Und was für eine wunderbare Überraschung es war! Dieses kleine weiße Gesicht, das aus dem Käfig spähte – Ambrose schaute der Katze in die Augen und blickte ihr bis in die Seele.

Er stellte sich auf die Hinterbeine und kratzte an der Käfigtür. *Aphrodite, kannst du mich hören?*

Eine ungehaltene Antwort erreichte ihn. *Hau ab, Jackie, du Scheusal!*

Natürlich, was sollte sie auch anderes von ihm denken? Eben hatten sie sich noch gepaart, und im nächsten Moment war er für immer aus ihrem Leben verschwunden.

Du hast mich ohne auch nur ein Miau als Abschiedsgruß verlassen.

Er hatte ja zu ihr zurückkehren wollen. Er hatte es wirklich ganz fest vorgehabt … bis diese abscheuliche Blair ihn mit ihrem Wagen und ihrem Handy ins nächste Leben befördert hatte. Das war das Ende seines dritten Lebens und seiner ersten und einzigen großen Liebe gewesen.

Aphrodite, ich konnte nichts dafür. Ich wurde von einem Auto überfahren, kurz nachdem wir zusammen waren.

Schweigen.

Ich werde es wiedergutmachen.

Das Schweigen hielt an.

Ambrose setzte sich und bewegte nervös den Schwanz. Menschen! Da sah man wieder mal, wie sie allen anderen alles vermasselten!

Merilee erschien pünktlich um neun am nächsten Morgen, um Queenie abzuholen.

»Ich habe nicht einmal dran gedacht, ihre Katzentoilette mitzubringen«, sagte sie, als sie Zach in die Waschküche folgte und sah, dass er Queenie außer Futter- und

Wassernapf auch ein eigenes Katzenkistchen hingestellt hatte. Wie hatte sie nur so dumm sein können, so etwas Wichtiges zu vergessen? Aber mit Mrs. Winnamucker im Nacken hatte sie an nicht viel anderes gedacht als daran, dass sie Hilfe brauchte und Zach genau der Richtige war, um ihn darum zu bitten.

»Ich hatte eine Katzentoilette, daher war es kein Problem«, sagte er. »Ich hatte sie für Tom gekauft, doch neuerdings benutzt er die Katzenklappe und geht hinaus.« Queenie thronte auf einem Haufen Wäsche, die auf dem Trockner lag. Zach hob sie auf, und sie drückte sich an seine Brust und begann zu schnurren. »Sie ist ein liebes Kätzchen«, bemerkte er, während er ihr den Rücken streichelte.

Tom war nun auch in der Waschküche erschienen und blickte interessiert zu ihrem Hausgast auf. Er miaute, und als Zach ihn ignorierte, stellte er sich auf die Hinterbeine und kratzte an Zachs Hosenbeinen.

»Ich glaube, sie hätten sich gut verstanden«, sagte Merilee mit einem Lächeln.

»Tut mir leid, Kumpel«, meinte Zach. »Sie wird ein neues Zuhause finden.«

»Das hoffe ich«, sagte Merilee. »Ich kann es nicht ertragen, auch nur daran zu denken, dass sie eingeschläfert werden könnte.«

Tom sprang auf den Trockner und maunzte laut.

»Sieht so aus, als könnte er es auch nicht«, stellte Zach fest. »Aber mach dir keine Sorgen, Junge! Wir werden sie davor bewahren.«

Er stellte Queenies Box auf die Waschmaschine.

Merilee öffnete die Käfigtür, und Zach setzte die Katze vorsichtig hinein. Sie begann, kläglich zu miauen, als die Tür sich schloss.

Merilee seufzte.

»Bist du sicher, dass du nicht ein bisschen moralische Unterstützung willst?«, erbot Zach sich, als er mit ihr zu ihrem Wagen ging.

»Ja.« So sehr sie auch versucht war, ihr Problem an ihn weiterzugeben, wusste sie doch, dass sie schon genug von ihm verlangt hatte. Sie würde allein mit dieser Sache fertig werden. So öffnete sie die Wagentür, und Zach stellte Queenies Box auf den Rücksitz.

»Richte deinem Vermieter aus, dass er dir besser erlauben soll, die Katze zu behalten, wenn er nicht eine Tracht Prügel mit dem Feuerwehrschlauch riskieren will.«

Sie lächelte Zach an. »Vielleicht werde ich ihm genau das sagen.« Dann wurde sie ernst. »Nochmals vielen Dank für deine Hilfe gestern Abend.«

»Nichts zu danken, wirklich nicht«, versicherte er. »Du hast meine Handynummer. Lass mich wissen, wie die Geschichte ausgegangen ist!«

Und wenn sie nicht gut ausging? Würde er das wirklich wissen wollen? Merilee wollte nicht einmal daran denken, wie es weitergehen sollte, falls ihr Vorhaben scheiterte. Aber sie nickte und setzte sich ans Steuer.

»Auf sie mit Gebrüll«, sagte Zach und schloss die Tür.

Auf sie mit Gebrüll, ihr neues Mantra. Merilee biss die Zähne zusammen und ließ den Motor an.

Zehn Minuten später trug sie Queenie in das kleine, zweistöckige Bürogebäude am Angel Way. Im Erdgeschoss waren die Geschäftsräume eines Rechtsanwalts, eines Familientherapeuten und ein Yogastudio untergebracht. Die gesamte erste Etage gehörte der Firma *Falls Immobilien-Management*, deren Inhaber wiederum Mr. Richard Mook war. Merilee trat in den Aufzug und drückte den Knopf für den ersten Stock. Normalerweise wäre sie einfach die Treppe hinaufgegangen, aber ihr Herz schlug schon jetzt so schnell, dass sie befürchtete, auf halbem Weg nach oben einen Herzanfall zu erleiden.

Der Lift hielt mit einem Ruck, und die Tür öffnete sich auf einen mit neuem Teppichboden ausgelegten Gang. Direkt vor ihr befand sich eine Tür mit einer Kupferplatte, auf der der Firmenname *Falls Immobilien-Management* eingraviert war. Merilee holte noch einmal tief Luft, umklammerte den Griff der Katzenbox fester und öffnete die Tür.

Dahinter befand sich ein Empfangsbereich, der mit einer schicken Ledercouch und zwei passenden Sesseln, einem Couchtisch, einem riesigen Topf mit einer Palme und einem Schreibtisch eingerichtet war. Hinter dem Tisch saß eine schlanke Frau mittleren Alters mit kurzem grau meliertem Haar, die einen eleganten schwarzen Hosenanzug und eine blütenweiße Bluse trug. Sie lächelte Merilee an und fragte sie nach ihrem Anliegen.

»Ich muss Mr. Mook sprechen.«

»Haben sie einen Termin?« Die Vorzimmerdame beäugte misstrauisch die Katzenbox.

Merilee schüttelte den Kopf. »Mir blieb keine Zeit,

einen Termin zu vereinbaren. Es geht um einen Notfall. In einer seiner Wohnungen«, fügte sie hinzu.

Die Augenbrauen der Frau fuhren in die Höhe. »Wie, sagten Sie, ist Ihr Name?«

»Merilee White.«

Die Vorzimmerdame verzog den Mund, als hätte sie Essig geschluckt. »Ich glaube nicht, dass Mr. Mook im Moment verfügbar ist.«

Offenbar war Mrs. Winnamucker, die Petze, heute Morgen schon fleißig gewesen. »Dann werde ich warten, bis ich ihn sprechen kann«, erklärte Merilee entschieden und ließ sich auf der Couch nieder. Die Katzenbox stellte sie neben sich. Queenie maunzte.

Merilee war nicht sicher, ob es ihr entschiedener Tonfall war oder Queenies Jammern, was die Frau schließlich veranlasste, hinter einer massiven Eichentür zu verschwinden, aber es war ihr auch egal. Mit einem zufriedenen Lächeln lehnte sie sich zurück und sagte zu Queenie: »Vielleicht ist Mr. Mook ja doch verfügbar.«

Kurz darauf kam die Sekretärin zurück. »Ich fürchte, Mr. Mook ist heute sehr beschäftigt.«

Merilees Zuversicht schwand. Ihr wurde das Herz so schwer, dass sie Mühe hatte aufzustehen. Sie hatte den Kampf verloren, noch bevor sie in den Ring gestiegen war.

Queenie stieß ein durchdringendes Maunzen aus. *Hilf mir!*

Sie konnte nicht aufgeben. Queenie war auf sie angewiesen. Und so holte Merilee tief Luft, schob das Kinn vor und straffte die Schultern. »Ich werde höchstens fünf Minuten seiner Zeit in Anspruch nehmen. Er wird doch wohl einen Moment für jemanden erübrigen können, dessen monatliche Mietzahlungen ihm helfen, im Geschäft zu bleiben. Oder ist er dazu zu eingebildet?«

Die Frau blinzelte und runzelte die Stirn.

Merilee setzte sich wieder. »Wie gesagt, ich werde warten.«

Mit einem Ausdruck der Empörung verschwand die Sekretärin erneut hinter der Eichentür.

Merilees Herz kam vor Aufregung wieder fast völlig aus dem Takt. Du schaffst das schon, sagte sie sich.

Die Frau kam zurück, noch immer mit empörter Miene, aber auch mit der Nachricht: »Mr. Mook hat jetzt gleich ein paar Minuten Zeit für Sie.«

Merilee hob Queenies Box auf und segelte an der Sekretärin vorbei durch die Tür.

Das Allerheiligste enthielt ein großes Regal voller Bücher, eine weitere Topfpflanze, ein paar Lampen, eine Matte zum Putten und einen Golfschläger in einer Ecke, einen riesigen Ablageschrank und, direkt vor ihr, einen mächtigen Mahagonischreibtisch, auf dem ein aufgeklappter Laptop stand. Hinter dem Schreibtisch saß ein großer, schlanker Mann, dessen Kopf so kahl war wie der von Meister Proper. Er hatte scharfe blaue Augen, eine spitze Nase und dünne Lippen, die so fest zusammengepresst waren, dass sie wie ein Strich auf einer Kinderzeichnung aussahen. Mr. Mook wirkte alles andere als freundlich.

Merilee hatte gedacht, ihr Herz schlüge sehr schnell, bevor sie das Büro betreten hatte. Aber das war nichts im

Vergleich zu jetzt. Nun raste es förmlich und pochte so hart gegen ihre Rippen, dass sie befürchtete, es könnte eine brechen.

Sie schluckte. All ihre sorgfältig einstudierten Worte waren urplötzlich wie aus ihrem Kopf gestrichen. Merilee umklammerte den Griff der Katzenbox wie eine Rettungsleine und überlegte fieberhaft, was sie sagen sollte.

Mr. Mook kam ihr zuvor. »Nehmen Sie doch Platz, Miss White! Ich hörte von der Hausverwalterin, dass Sie ein Problem mit unserem Haustierverbot haben.«

Merilee nickte, stellte Queenies Box auf den Boden und ließ sich in einem großen Ledersessel vor dem Schreibtisch nieder. Sag schon was!, befahl sie sich, aber ihr Mund verweigerte ihr die Mitarbeit.

»Ich hoffe, Sie kamen nicht mit der Erwartung her, dass wir das Verbot zurücknehmen werden«, fuhr Mr. Mook fort.

Jetzt oder nie. »Das dachte ich in der Tat. Weil es unfair ist.«

»Ach? Und wem gegenüber?«

»Ihren Mietern. Und wie ich vielleicht hinzufügen darf, trat diese Vorschrift erst in Kraft, *nachdem* ich meinen Mietvertrag unterschrieben hatte. Auf mich müsste also noch die Altfallregelung zutreffen.«

Er zog eine Augenbraue hoch. »Und wie lange sind Sie schon Mieterin in den Angel Arms Apartments?«

»Zehn Monate.«

»Zehn Monate. Sie haben keine Einwände erhoben, als Sie über die Regeländerung unterrichtet wurden. Genau genommen haben Sie sich die ganze Zeit über nicht dazu geäußert. Ich nehme daher an, dass der einzigie Grund, warum Sie sich jetzt plötzlich beschweren, der ist, dass Sie bei einem eklatanten Verstoß gegen die Hausordnung erwischt wurden.«

Merilee war nie die Art von Kind gewesen, das ins Büro des Schulleiters beordert wurde. Jetzt wusste sie, wie es sich anfühlte. Ihre Wangen brannten, und ihr Magen begann, mit ihrem Frühstück zu jonglieren, aber sie zwang sich, in ruhigem Ton zu antworten. »Das sollte nur vorübergehend sein, bis ich ein Zuhause für diese Katze finde«, erklärte sie und dachte: Warte, bis du Queenie siehst! Dann wirst du verstehen. Sie schickte sich an, die Tür der Box zu öffnen.

»Lassen Sie das Tier nicht heraus!«, sagte er und hob abwehrend die Hand.

Aha. Er wollte das Opfer seiner rücksichtslosen Firmenpolitik also nicht sehen. Weil es ihm ein ungutes Gefühl verursachen würde? Hm. Das bedeutete, dass er doch ein Herz hatte, wahrscheinlich eines, das so dünn war wie der Rest von ihm, aber dennoch ein Herz. Merilee fasste wieder Hoffnung, und ihr Magen stellte das Jonglieren ein.

Mr. Mook blickte auf seine Uhr. »Ich fürchte, ich habe zu tun, Miss White, also lassen Sie uns zum Abschluss kommen, ja? Mrs. Winnamucker sagte mir, dass Sie bis auf diesen einen Verstoß eine zuverlässige Mieterin gewesen sind. Wenn Sie also im Angel Arms bleiben möchten …«

»Das würde ich gern, doch ich möchte, dass Sie darüber nachdenken, die Hausordnung zu ändern.« Plötzlich war ihre einstudierte Rede wieder da. »Mr. Mook, Sie sind Geschäftsmann, also betrachten Sie die Sache doch einmal von einem geschäftlichen Standpunkt aus. Besitzer von Haustieren sind gute Mieter. Sie sind verantwortungsbewusste Menschen, die ihre Tiere lieben. Sie sind bereit, einen Mietzuschlag zu zahlen für das Vorrecht, ihre Lieblinge behalten zu können, sodass etwaige Schäden leicht gedeckt wären. Und in der Regel sind sie langfristigere Mieter, da es nur so wenige Möglichkeiten für sie gibt.«

»Und wissen Sie, warum es so wenige Möglichkeiten gibt?«, versetzte Mr. Mook. »Das ist so, weil die meisten Vermieter aus eigener Erfahrung wissen, wie viel Schaden Tiere verursachen können. Nicht alle Besitzer von Haustieren sind verantwortungsbewusst. Ich habe früher an Leute mit Tieren vermietet, Miss White, tue es aber nicht mehr aus dem einfachen Grund, dass ich es leid war, die Schäden beseitigen zu müssen, die die Haustiere hinterlassen. Hunde zerkauen alles Mögliche, Katzen zerkratzen und zerfetzen. Und obwohl ich im Laufe der Jahre viele Produkte ausprobiert habe, musste ich feststellen, dass es nahezu unmöglich ist, Katzenurin aus Teppichböden zu entfernen. Diese Art von Beschädigungen zu beseitigen bringt beträchtliche Kosten und sehr viel Ärger mit sich, und deshalb habe ich nicht die Absicht, irgendetwas an der Hausordnung zu ändern.«

»Nicht einmal, um ein Leben zu retten?« Mit einer herausfordernden Bewegung stellte Merilee die Katzenbox auf Mr. Mooks Schreibtisch. »Sehen Sie sich dieses süße Kätzchen an! Es ist stubenrein und gut erzogen.«

»Dann wird es sicher ein Zuhause finden, wenn Sie es ins Tierheim bringen«, gab er mit einem widerlich freundlichen Lächeln zurück.

Dieser Mann begriff es nicht. »Die Leute sind momentan zu sehr mit Weihnachtsvorbereitungen beschäftigt. Wenn ich Queenie ins Tierheim bringe, wird sie eingeschläfert werden.«

Er zuckte mit den Schultern, und sein Gesichtsausdruck besagte: Und was kann ich dafür? »Das tut mir leid«, erwiderte er, »aber Sie werden verstehen, dass das nicht mein Problem ist. Meine Aufgabe ist es, Wohnungen bereitzustellen. Für Menschen. Und zwar zu einem vernünftigen Mietpreis. Ich wünsche Ihnen viel Glück bei der Suche nach einem Zuhause für die Katze, doch Ihnen wird nichts anderes übrig bleiben, wenn Sie bei uns wohnen bleiben wollen.« Wieder blickte er auf seine Uhr. »Und nun muss ich Sie bitten zu gehen, fürchte ich.«

Plötzlich kam Merilee ein Geistesblitz wie ein verfrühtes Weihnachtsgeschenk. »Na schön. Dann gehe ich halt«, erklärte sie und wandte sich zur Tür.

»Sie vergessen Ihre Katze«, sagte Mr. Mook.

Merilee blieb stehen und warf einen Blick über die Schulter. »Nein, keinesfalls. Ich schenke sie Ihnen. Dann tragen Sie die Verantwortung dafür, diese Katze einen Tag vor Heiligabend ins Tierheim zu bringen.«

Sagte es und setzte sich wieder in Bewegung.

»Dann werde ich sie heute noch von meiner Sekretärin hinbringen lassen.«

Merilee drehte sich um und sah, wie er die Katzenbox vom Schreibtisch nahm und sie achtlos mit einem dumpfen Laut auf den Boden setzte.

Er würde seine Drohung wahr machen. Mit absoluter Sicherheit. Merilee lief zurück und holte Queenie. »Sie haben kein Herz.«

Ihre scharfen Worte störten ihn offenbar nicht im Geringsten. Er schüttelte nur den Kopf. »Und Sie keinen gesunden Menschenverstand. Aber wenn Sie in Ihrem Apartment bleiben wollen, werden Sie hoffentlich einen entwickeln und dieses Tier loswerden. Ansonsten werden Sie sich eine neue Wohnung suchen müssen, fürchte ich.«

»Keine Sorge«, fauchte Merilee. »Ich werde nicht länger als nötig in Ihrem Apartment bleiben.« Sie riss die schwere Tür auf. »Frohes Fest, Mr. Mook. Falls Sie nun noch eins haben können.«

»Auch Ihnen ein frohes Fest, Miss White«, sagte er, als hätten sie sich nur zu einer Tasse Kaffee getroffen.

Sie schaffte es, hocherhobenen Hauptes das Büro zu verlassen, doch als sie ihren Wagen erreichte, weinte sie. »Es tut mir so leid, Queenie.«

Ein eisiger Regen trommelte auf die Windschutzscheibe, und Merilee stellte sich vor, dass es die Tränen der Engel waren, die von den dicken grauen Wolken hinunterblickten und weinten. Eine süße kleine Katze wie Queenie ohne ein Dach über dem Kopf oder eingeschläfert – nein, das war nicht richtig!

Was nun? Egal, für welche ihrer Möglichkeiten Merilee sich entschied, eine von ihnen beiden würde heimatlos werden.

»Wir werden nicht aufgeben«, sagte sie zu Queenie. »Wir werden dich fein machen, dich mit einer roten Schleife herausputzen und uns vor das Einkaufszentrum stellen und dich vorführen. Jemand wird dich haben wollen.« Vielleicht. Hoffentlich.

Ihr Lieblingsradiosender war überfrachtet mit Weihnachtsliedern, und im Moment war es Burl Ives, der ihr ein *Holly Jolly Christmas* wünschte. Merilee brachte ihn zum Schweigen, indem sie zu einem anderen lokalen Sender wechselte.

Die Stimme von Mandy Day begrüßte sie. »Heute sprechen wir über fabelhafte Last-Minute-Geschenkideen. Was ist Ihre? Rufen Sie uns unter acht-acht-acht-zwei-null-sechs an.«

Ein lang gezogenes Maunzen kam aus Queenies Katzenbox. Die Botschaft hätte nicht eindeutiger sein können, wenn das Tier auf wundersame Weise hätte sprechen können.

»Schon kapiert«, sagte Merilee, bog von der Straße auf den Seitenstreifen ab und nahm ihr Handy aus der Tasche.

Kapitel Zwölf

Zach war gerade mit dem Streichen seines Badezimmers fertig und fragte sich, wie es Merilee wohl ergangen sein mochte, als seine Mutter anrief. Dem Himmel sei Dank für die Anruferkennung. Er meldete sich nicht und ließ den Anruf auf die Mailbox übergehen.

Als er dann den Farbeimer wegräumte und den Pinsel reinigte, fühlte er sich jedoch schuldbewusst genug, um sich die Nachricht anzuhören.

»Ich hoffe, du kannst wenigstens heute vorbeikommen, und wenn auch nur für ein paar Minuten«, sagte Mom. »Die Mädchen werden sonst enttäuscht sein.«

Ja, benutz die Stiefies, um mich zu dir zu locken!, dachte Zach ärgerlich, als er sich auf den Weg zur Dusche in der Waschküche machte. Seinen Stiefschwestern zuliebe würde er hingehen. Was bedeutete, dass er noch Weihnachtseinkäufe tätigen musste. Er konnte nicht am Tag vor Heiligabend erscheinen, ohne den Mädchen etwas mitzubringen.

Aber was? Für einen Moment dachte er an Geschenkgutscheine für *Heavenly Lattes*, da beide kaffeesüchtig waren, doch bei der Vorstellung, wie seine Mutter, die Geschenkgutschein-Königin, zu werden, verwarf er die Idee schnell wieder. Ihm würde schon noch etwas einfallen.

Er zog gerade ein T-Shirt über, als Ray anrief. »He, deine Freundin Merilee ist in der Mandy-Day-Sendung.«

»Was?«

»Auf AM siebenhundertsiebzig. Sie spricht über Tieradoption, und sie hat eine weiße Katze, für die sie ein Zuhause sucht.«

Zach gab Ray kaum Gelegenheit auszureden. Er beendete das Gespräch, lief zu seinem Computer und gab das entsprechende Programm ein.

Merilees Stimme strömte aus den Lautsprechern und rührte ihn seltsam an. »Ja, das Tierheim hat heute geöffnet, und Sie können noch rechtzeitig zu Weihnachten eines der Tiere mit nach Hause nehmen.«

»Nun, diese kleine weiße Katze, von der Sie sprachen, scheint doch ganz entzückend zu sein«, sagte Mandy.

»Das ist sie. Sie wäre ein wundervoller Zuwachs für eine glückliche Familie.«

Plötzlich wusste Zach genau die richtige Familie für Queenie. Sowie Merilee nicht mehr auf Sendung war, rief er sie an. »Hat schon jemand deine Katze übernommen?«

»Nein, aber ich bin sicher, dass sie eine Familie finden wird«, antwortete sie mit erzwungener Munterkeit. »Ich bin gerade mit ihr auf dem Weg ins Tierheim.«

»Nicht nötig«, sagte Zach. »Ich habe jemanden.«

»Im Ernst? Wirklich?«

»Ja. Ich schenke sie meinen Stiefschwestern zu Weihnachten. Sie werden sie bis zum Gehtnichtmehr verwöhnen, die beiden.«

»Oh, das ist ja wunderbar!«, rief Merilee.

Als er die Erleichterung in ihrer Stimme hörte, fühlte er sich wie ein Superheld.

»Zach, ich weiß nicht, wie ich mich je dafür bedanken kann«, rief sie atemlos.

Ein Kuss wäre schön … Zach schüttelte über sich selbst den Kopf. Nein! Keine Küsse.

»Wenn du zu mir kommst, kann ich dir Queenies Sachen geben.«

Und einen Kuss. Nein! Keine Küsse, kein … nichts.

Er hielt auf dem Parkplatz der Angel Arms Apartments, als Merilee gerade Queenie vom Rücksitz ihres Wagens nahm. Das Aufleuchten in Merilees Augen, als sie ihn sah, durchflutete sein Herz mit etwas, das Zach lange nicht mehr gespürt hatte … und das er sich auch gar nicht eingestehen wollte.

»Ich bin so froh, dass du ein Zuhause für Queenie gefunden hast«, sagte sie, als sie die Katzenbox in Zachs Land Rover umluden.

»Ich helfe gern«, antwortete er. Und das war nicht gelogen. Er war aufrichtig erleichtert, ein Zuhause für die Katze gefunden zu haben. Und Merilee geholfen zu haben. Als Freund. Als Freund, der Vorteile wollte, fügte er stumm hinzu. Im Geiste gab er sich einen Klaps für den Gedanken und setzte ein zuvorkommendes Lächeln auf, als sie zusammen zu ihrem Apartment gingen.

Drinnen war es warm und behaglich. Zach betrachtete den kleinen Baum mit dem altmodischen Weihnachtsschmuck und die Lametta-Girlande, die Merilee über die Fenster gehängt hatte. Es erinnerte ihn an alte

Filme und Frauenzeitschriften, in denen alles perfekt und einladend aussah.

»Es dauert nur eine Minute«, sagte Merilee, als sie sich bückte, um ein Katzenspielzeug aufzuheben, und Zach einen Blick auf ihren wohlgeformten Po bot, der ihm einen trockenen Mund bescherte. Dann ging sie in einen anderen Teil der Wohnung. Zach hörte aber Merilees Stimme: »Ich habe noch Katzenstreu, die ich dir mitgeben kann. Und etwas Katzenfutter. Ach, und Queenies Spielzeuge natürlich auch.«

Wie wäre es mit einem Kuss? »Großartig«, rief er.

In wenigen Minuten hatte sie alles eingesammelt, und bald darauf stand Zach in der Tür, beladen mit Katzenstreu, einer Katzentoilette und einer Tüte voller Katzenspielzeug und Dosenfutter, und wusste nicht, was er noch sagen sollte. Zumindest wäre nichts von dem, was ihm durch den Sinn ging, vernünftig.

Auf Wiedersehen. Sag Auf Wiedersehen!

Merilee blickte dankbar zu ihm auf. »Ich kann dir gar nicht genug danken«, meinte sie, und dann stellte sie sich auf die Zehenspitzen und küsste ihn auf die Wange.

Bevor Zach sich's versah, fiel das Katzenzubehör zu Boden, und er zog Merilee an sich und sorgte dafür, dass ihre Lippen diesmal zu den seinen fanden. Sie war weich und sexy, und sie roch gut und … was machte er denn da? Er unterbrach den Kuss und schob sie ganz entschieden von sich weg.

Merilee stand da und starrte ihn mit großen Augen an.

»Tut mir leid, das war unmöglich von mir«, murmelte er.

»Nein, das war es nicht.« Sie griff nach seinen Armen, zog ihn zu sich zurück und presste ihren hinreißenden Mund auf seinen.

Wie konnte ein Mann so unhöflich sein und wegtreten, wenn eine Frau ihn wollte? Zach gab der Versuchung nach und erwiderte den Kuss, während seine geschickten Hände sehr behutsam Merilees Kurven zu erkunden begannen. Als sie leise stöhnte, wurde er kühner.

Und dann fragte irgendein verdammter Spielverderber in seinem Unterbewusstsein: Was glaubst du eigentlich, was du da tust? Diese Frau ist kein Häschen, das sich amüsieren will. Sie ist ein nettes Mädchen. Wenn du nicht den ganzen Weg bis zum Altar gehen willst, hör auf damit!

Natürlich hatte die innere Stimme recht. Zach löste sich von Merilee.

Verwirrt sah sie ihn an. »Zach?«

»Das war eine schlechte Idee.«

»Das fand ich aber nicht«, entgegnete sie leise.

»Doch, das war es«, versicherte er ihr und kniete sich hin, um die Sachen aufzusammeln, die er hatte fallen lassen.

Sie hockte sich zu ihm. »Zach, was du neulich abends gesagt hast, ist das der einzige Grund, warum du nicht mit mir zusammen sein willst? Ich meine, es ist nicht, weil … mit mir etwas nicht stimmt?«, schloss sie mit unsicherer Stimme.

»Nein. O Gott, nein!« Wie konnte er jemandem, der eine perfekte Familie und ein perfektes Leben hatte, jemandem, der geliebt wurde und sich offensichtlich nicht damit schwertat, Liebe zu geben, seine Beziehungsunfähigkeit erklären? Er richtete sich auf, hantierte mit den Tüten und griff nach der Türklinke. »Hör mal, ich muss gehen. Ach ja – frohe Weihnachten«, fügte er mit einem einfältigen Lächeln hinzu und schob sich rückwärts aus der Tür hinaus.

Mit schnellen Schritten verließ er das Gebäude. Er rannte praktisch schon, als er zum Parkplatz kam. Schnell verstaute er die Sachen im hinteren Teil des Wagens, stieg ein und ließ sich hinter das Steuer sinken. Dabei stieß er einen tief empfundenen Seufzer aus.

Queenies Miauen erinnerte ihn daran, dass da noch ein weibliches Wesen war, das er loswerden musste.

Je eher, desto besser, sagte er sich.

Merilee ließ sich auf die Couch fallen und schlug wütend mit der Faust aufs Kissen. Es war so unfair! Wie konnte ein Mann eine Frau so leidenschaftlich küssen und dann buchstäblich vor ihr davonlaufen? Und Zach war nicht nur irgendein Mann, sondern der perfekte Mann. Nein, das war nicht in Ordnung. Es war … *unweihnachtlich.*

Ein Klopfen an der Tür ließ sie augenblicklich von der Couch auffahren. Er war zurückgekommen! Sie hatte gewusst, dass er zurückkommen würde. Schnell wischte sie sich die Tränen ab, lief zur Tür und riss sie auf.

Aber dort stand Mrs. Winnamucker, ein sprödes Lächeln auf den Lippen. »Ich wollte nur fragen, ob Sie etwas gefunden …« Sie brach mitten im Satz ab, als sie Merilees verweintes Gesicht sah. »Oh. Geht es Ihnen nicht gut, meine Liebe?«

»Ja, ich habe ein Zuhause für die Katze gefunden«, schnauzte Merilee sie an. »Und es geht mir nicht gut, nein. Fröhliche Weihnachten«, fügte sie hinzu und schlug Mrs. Winnamucker die Tür vor der Nase zu.

Das Aroma von Schokolade und Zimt schlug Zach entgegen und kitzelte seine Geschmacksnerven, als er durch die Haustür seiner Mutter trat. Es roch, als wären Mom und die Stiefies mit Backen beschäftigt gewesen. Die süßen Düfte riefen Erinnerungen an seine frühe Kindheit wach, eine Zeit, in der er noch eine Mutter und einen Vater gehabt hatte, die im selben Haus lebten, und sein Leben von einem falschen Gefühl der Sicherheit bestimmt gewesen war. Mom hatte immer Plätzchen zu Weihnachten gebacken und Zach und David dann die meisten von ihnen schon vorher essen lassen.

Aber das war eine andere Frau und eine andere Zeit gewesen.

Seine Mutter sah noch immer wie eine Fremde für ihn aus. Ihr braunes Haar war inzwischen grau meliert, und mit den Jahren hatte sie ein paar Pfund zugenommen, doch sie war nach wie vor eine gut aussehende Frau. Heute trug sie einen schlichten schwarzen Pulli und Jeans. Ihr Anblick ließ Zach an die berühmte Lifestyle-Unternehmerin Martha Stewart denken (nur ohne die elektronische Fußfessel, mit der sie vor einigen Jahren aus der Haft entlassen worden war).

»Danke fürs Vorbeikommen«, begrüßte sie ihn. »Jetzt fühlt es sich endlich wie Weihnachten an.« Sie küsste ihn auf die Wange und umarmte ihn.

Zach erwiderte die Umarmung flüchtig und trat dann rasch zurück. Die Enttäuschung in ihren Augen flößte ihm prompt Schuldgefühle ein.

Nur gab es nichts, weswegen er sich schuldig fühlen müsste. Er hatte niemanden im Stich gelassen. Immerhin war er hier. Das sollte ihr genügen. Zach hob die Katzenbox hoch. »Ich habe ein Geschenk für die Mädchen.«

Seine Mutter tat es ihm nach und überbrückte den unangenehmen Moment, indem sie durch die Gitterstäbe spähte. »Na, du bist aber ein hübsches Tierchen«, gurrte sie.

»Glaubst du, sie werden sie mögen?«

»Und wie!« Mom ging zum Fuß der Treppe und rief die Mädchen. »Kendra, Natalie, euer Bruder ist hier.«

Es war nur eine Sache von Sekunden, bis er schnelle Schritte auf dem oberen Korridor vernahm. Dann stürmte Natalie mit wehendem blondem Haar die Treppe hinunter. »Zachie!«

Hinter ihr kam Kendra, die Älteste, ein bisschen langsamer, doch mit dem gleichen breiten Lächeln im Gesicht. »Das wird aber auch Zeit, dass du vorbeikommst«, sagte sie, als sie mit dem Umarmen an der Reihe war.

»Ich bringe euch nur euer Weihnachtsgeschenk«, erwiderte er.

»Das bedeutet dann wohl, dass du morgen arbeiten

musst«, sagte Kendra mit unüberhörbarer Missbilligung in der Stimme.

»Ich fürchte ja.« Er bückte sich, um Queenie aus der Box zu nehmen.

»Wow, ein Kätzchen!«, jubelte Natalie entzückt und nahm ihm Queenie ab, um sie an ihre Brust zu drücken. »Ich wollte schon immer eine Katze. Was für ein cleverer Bruder du doch bist!«, fügte sie hinzu und strahlte ihn an.

Das war er. Mr. Clever. »Ihr Name ist Queenie.«

»Sie ist süß«, sagte Kendra und streichelte das weiße Köpfchen der Katze. »Danke, Zachie.«

Natalie nickte glücklich. »Und Queenie ist ein hübscher Name. Die Königin des Hauses. Die Königin der Herzen.«

Mir wird gleich schlecht, dachte Zach. Aber er war froh, dass sein Geschenk so begeistert aufgenommen wurde. Merilee würde sich freuen, es zu hören.

Vergiss Merilee!, sagte er sich. Sie ist weg vom Fenster.

Aber nicht aus seinen Gedanken, wo sie, noch immer mit dieser lächerlichen Weihnachtsmannmütze auf dem Kopf, mit grimmiger Entschlossenheit ihr Lager aufgeschlagen hatte.

Er verdrängte das Bild und zwang sich, ins Hier und Jetzt zurückzukehren. »Ihr müsst diese Katze im Auge behalten«, warnte er. »Sie versucht bei jeder Gelegenheit, ins Freie zu entwischen.«

»Nun, dann sollten wir sie vielleicht nicht daran hindern«, meinte Mom. Die Mädchen tänzelten mit dem neuen Familienmitglied zur Wohnzimmercouch hinüber.

Zach sah, wie Natalie ihr Handy herausnahm, um ein Foto zu machen. »Nein. Draußen könnte ihr etwas passieren. Außerdem können Katzen sich im Freien mit verschiedenen Krankheiten anstecken.«

Seine Mutter zog eine Augenbraue hoch. »Du wirst neuerdings zu einem richtigen Tierexperten. Woher weißt du das eigentlich alles?«

»Von einer Freundin.« Kaum waren die Worte über seine Lippen, wusste er, dass er einen Fehler gemacht hatte. Der Radar seiner Mutter hatte etwas aufgefangen.

»Was für eine Art von Freundin?«

Zach zuckte mit den Schultern. »Bloß eine Freundin.«

»›Freundin‹ wie jemand, nach dem wir nicht fragen dürfen«, übersetzte Kendra, nun auch mit hochgezogener Augenbraue.

»›Freundin‹ wie ›geh und spiel mit deiner Katze‹«, gab Zach zurück, worauf sie ihm die Zunge herausstreckte.

»Ich habe dein Geschenk in der Küche«, sagte Mom und ging ihm voraus.

Zach zögerte. »Ich sollte mich jetzt besser wieder verabschieden.«

»Bleib noch ein paar Minuten!«, bat sie. »Ich habe gerade Kaffee gekocht.«

Zach gab es auf. Sie hatte es immerhin geschafft, ihm ein paar gute Jahre zu bereiten, da konnte er ihr wenigstens ein paar Minuten schenken.

In der Küche sah er einen in rotes Zellophan gehüllten Teller mit Plätzchen auf dem Tisch, und ihm lief das Wasser im Mund zusammen, als wäre er einer der pawlowschen Hunde. Da waren die Schokokugeln, die sie immer aus Schokoladenmasse zubereitete, die glasierten Weihnachtsbäume und die Pfefferkuchenmännchen.

Mom bemerkte seinen Blick und sagte: »Ja, die sind für dich.«

Zach nickte und merkte, dass sein Nacken ganz steif war vor Verlegenheit.

»Setz dich doch«, meinte sie, und er hockte sich auf die Kante eines Stuhls. »Ich bin so froh, dass du gekommen bist!«

Darauf wusste er nichts zu sagen, zumindest nichts, was wahr klingen würde, und deshalb nickte er nur wieder.

Sie schenkte einen Becher Kaffee ein, stellte ihn vor ihn hin und schob ihm die Zuckerdose zu. »Zucker?« Dann biss sie sich auf die Lippe und schüttelte den Kopf. »Ich weiß nicht einmal, wie du deinen Kaffee trinkst. Wie armselig ist das denn?«

»Ziemlich armselig«, antwortete er. Genau wie ihre mütterlichen Fähigkeiten.

Erstaunlicherweise schien sie ihre Sache bei den Stiefies doch recht gut gemacht zu haben. Zach trank einen Schluck Kaffee. Bitter.

Jetzt setzte sie sich ihm gegenüber und knibbelte an einem perfekt manikürten Fingernagel. »Weißt du, was ich am meisten bereue?«

»Nein, doch ich wette, du wirst es mir gleich sagen.«

Jetzt klang er patzig, so patzig wie damals, als sie ihn gefragt hatte, was er von Al hielt, und wie an dem Tag, an dem sie ihm mitgeteilt hatte, dass sie fortging und er und David bei seinem Vater blieben. Unwillkürlich runzelte er die Stirn.

Sie seufzte schwer. »Was ich am bittersten bereue, ist, dass ich dich nicht dazu gebracht habe mitzukommen, als wir umzogen.«

»Mich nicht dazu *gebracht*? Du hast mir nicht einmal die Möglichkeit gelassen. Verdammt, Mom, sitzen wir etwa hier, um die Vergangenheit aufzuarbeiten?«

»Zach«, begann sie leise.

Er hob die Hand. »Lass uns gar nicht davon anfangen!«

»Ich glaube, das müssen wir aber.«

»Ich nicht«, erwiderte er und schob seinen Stuhl vom Tisch zurück.

»Warte, Zach«, bat sie. »Ich möchte, dass du eines weißt: Ich wollte dich und David nicht zurücklassen.«

Okay, das reicht. »Aber du hast es getan.« Er stand auf und hatte das Gefühl, sie um Längen zu überragen.

Tränen stiegen ihr in die Augen. »Ich wollte euch nicht entwurzeln und von euren Freunden trennen.«

Also hatte *sie* für ihn entschieden. »Nun, das erklärt natürlich alles, wie beispielsweise, warum wir in all den Jahren kaum etwas von dir gehört haben.«

»Ich …« Sie senkte den Kopf.

Ja, *du*! Das brachte es mehr oder weniger auf den Punkt. Zach wollte gerade hinausgehen, als Kendra in die Küche kam. »Gehst du etwa schon?«

»Ich muss«, sagte er. Bevor er Mom die Meinung geigte.

»Aber du bist doch gerade erst gekommen«, protestierte Kendra und folgte ihm hinaus.

»Wir sehen uns ein andermal.«

Sie waren jetzt wieder im Wohnzimmer, und Natalie sprang auf. »Ach, bitte, bleib noch, Zachie!«, bat sie und kam, die Katze über der Schulter, auf ihn zu.

»Tut mir leid«, sagte er knapp.

»Wo sind deine Plätzchen? Du vergisst deine Plätzchen«, wandte Mom ein.

Zach schüttelte den Kopf und marschierte weiter zur Haustür. »Trotzdem vielen Dank. Ich habe keinen Hunger.« Tatsächlich war ihm sogar so, als müsste er sich übergeben.

Ein Besuch im Fitnessstudio trug nicht dazu bei, dass er sich besser fühlte. Und auch nicht der Hamburger, den er auf dem Heimweg aß. Sowie er wieder zu Hause war, holte Zach sich eine Cola aus dem Kühlschrank und ging ins Wohnzimmer, fest entschlossen, alle Gedanken an seine verkorkste Vergangenheit hinter sich zu lassen. Er warf sich auf die Couch und griff nach der Fernbedienung. Tom erschien von irgendwoher und sprang auf seinen Schoß. »He, Kumpel«, sagte Zach und streichelte den Kater. »Heute Abend sind wir Männer unter uns. Keine Frauen. Wer braucht sie schon?«

Tom hörte auf zu schnurren und zuckte mit dem Schwanz.

»Glaub mir, allein ist man besser dran«, fuhr Zach

fort und schaltete den Fernseher ein. Aber in ganz Kabelland fand er nichts, was sein Interesse weckte. Auch die Angebote seines Paychannels interessierten ihn nicht, und so schaltete er den Fernseher wieder aus und legte die Fernbedienung weg. Er sah Tom an, und der Kater erwiderte den Blick und ließ den Schwanz vor und zurück wippen.

»Ja, ich weiß. Man kann nicht mit ihnen leben, doch auch nicht ohne sie. Aber wir beide werden es schaffen, Kumpel.«

Nach dieser entschiedenen Beteuerung ging Zach in die Küche, um sich ein Bier zu holen. Dann kehrte er ins Wohnzimmer zurück und nahm sich das Heimwerker-Handbuch vor, das er bei Amazon bestellt hatte.

KAPITEL EINS:
WERKZEUG, DAS JEDER MANN BENÖTIGT

Werkzeug, ha! Was jeder Mann braucht, ist die Liebe einer guten Frau.

Der Gedanke war völlig ungebeten gekommen. Okay, er hatte sich lange genug auf der Couch gefläzt. Er musste sich beschäftigen, beispielsweise eine Bestandsaufnahme dessen machen, was er brauchte.

Eine Grundausstattung hatte er bereits: Hämmer und Schraubenzieher, Schraubenschlüssel, Zangen und eine Handkreissäge. Aber einige der in dem Buch erwähnten Werkzeuge wie eine Gehrungsschleiflade, einen Tacker, eine Schleifmaschine und Gripzange benötigte er noch.

Moment. War da nicht eine Gripzange in diesem alten Werkzeugkasten, den Dad ihm gegeben hatte, als er ausgezogen war? Was war noch darin? Zach konnte sich auf Anhieb nicht erinnern. Aber dieser Moment war so gut wie jeder andere, um nachschauen zu gehen.

Begleitet von Tom, der neben ihm die Treppe hinauflief, machte Zach sich auf den Weg in den ersten Stock. »Was ein Mann braucht«, belehrte er den Kater, »ist Beschäftigung.« Oben angekommen, zog er an der Kette, die die Leiter herunterbrachte, und stieg, noch immer in Begleitung Toms, zum Dachboden hinauf.

Der steilen Dachschrägen wegen musste Zach gebückt gehen, bis er in der Mitte des Raumes stand. Hier blickte er sich um und runzelte die Stirn. Gruselkabinett II.

Der Dachboden des Hauses, in dem er aufgewachsen war, »Gruselkabinett« von seinem Dad genannt, hatte eine Sammlung aller nur erdenklichen Gegenstände enthalten, von Vogelkäfigen, die den Vogel überlebt hatten, bis hin zu Kinderspielzeug. Eines der größten Durcheinander waren die Schachteln mit Weihnachtsschmuck gewesen, den seine Mutter gesammelt hatte, seit die *Mayflower* angelegt hatte. Alljährlich hatte sie Stunden damit verbracht, das Haus zu schmücken, mit immer wieder neuen Farben und Motiven. Und jedes Jahr hatte sie ihre Sammlung erweitert. Zach erinnerte sich, Dad sagen gehört zu haben, er würde lieber in der Hölle schmoren, als noch mehr Christbaumschmuck auf den Dachboden hinaufzuschleppen. Aber Moms Bestand an Festtagsschmuck vermehrte sich weiter, genau wie all die anderen Haushaltsüberbleibsel – alles landete dort oben, von Winterstiefeln bis zu Dichtungsscheiben für die Küchenspüle, alles in Kartons, von denen nicht ein einziger beschriftet war. Der Dachboden wurde zu einem Strudel, der alles und jedes anzusaugen schien.

Zach betrachtete das Durcheinander ringsumher und schüttelte den Kopf. Wie schafften die Leute es nur, so schnell so viele Dinge anzusammeln? An der gegenüberliegenden Wand lag der Basketballkorb, den er bei seinem Einzug mitgebracht hatte. Zach hatte das Ding von Apartment zu Apartment mitgeschleppt, und jetzt war es hier, obwohl er dieses Haus verkaufen und in eine Eigentumswohnung ziehen wollte. Was glaubte er, was er in einer solchen Wohnung mit einem Basketballkorb anfangen würde?

Und das war erst der Anfang. Zach schob sich an den vernachlässigten Andenken seines Lebens vorbei und fragte sich, warum er all das Zeug behielt. Da waren Skier und Stöcke, die er in den letzten zwei Jahren nicht mehr benutzt hatte, sein Lacrosse-Schläger und Handschuhe von der Highschool, Kartons mit Lehrbüchern, die er nie wieder lesen würde, und Grandmas alter Schaukelstuhl, den er in den nächsten Jahren irgendwann mal in Ordnung bringen würde. Da war der Karton mit Weihnachtsschmuck, Souvenirs aus einer glücklicheren Zeit. Mom hatte sie ihm dagelassen, zusammen mit einem Zettel mit den Worten:

Für deinen ersten Baum, wenn du eine eigene Familie hast.

Dad hatte darauf bestanden, dass er den Karton mit den Weihnachtssachen mitnahm. Aber warum behielt er sie? Weiß der Teufel, warum.

Zach hatte schon den halben Dachboden in Augenschein genommen, als er den Karton mit seinem Nintendo sah. David und er hatten ständig damit gespielt. Also, das wäre doch sicher lustig, ihn herunterzuholen und …

Er beendete den Gedanken nicht. Zu abgelenkt von dem Anblick des alten Spielzeugs, passte er nicht auf, wohin er trat, und stolperte über eine der Kufen des Schaukelstuhls. Fluchend landete er mit einem dumpfen Aufprall mit dem Gesicht im Staub, der dick genug auf dem Boden lag, um ihm einen Niesanfall zu verursachen. Was machte er überhaupt hier oben?

»Zum Teufel damit«, beschloss er.

Aber als er sich wieder aufrappelte, sprang Tom auf einen Stapel Kisten. Da diese jedoch nur achtlos übereinandergeschoben worden waren, war Toms Landung kein Erfolg. Der oberste Karton kippte um, und als der Kater sich mit einem Sprung in Sicherheit brachte, brach er auf und verschüttete seinen Inhalt auf den Boden. Na prima.

Zach warf Tom, der jetzt fluchtbereit in einer Ecke hockte, falls noch etwas anderes umfallen sollte, einen ärgerlichen Blick zu. »Vielen Dank, Kumpel«, brummte er.

Nicht gerade erfreut über den Tadel, zuckte Tom nervös mit dem Schwanz.

»Ach ja? Ich bin auch nicht froh darüber, hinter dir aufräumen zu müssen. Was sagst du denn dazu?«

Der Kater behielt seine Gedanken für sich.

Zach ermahnte sich, dass er schließlich hier heraufgekommen war, um sich zu beschäftigen. Mit einem resignierten Seufzer ging er zu der umgekippten Kiste, die alle möglichen Erinnerungsstücke enthalten hatte: seinen ersten Baseballhandschuh, ein paar Little-League-Trophäen, sein Abschlusszeugnis, das Abschlussballfoto und ein paar Fotoalben. Er nahm eins heraus und setzte sich mit untergeschlagenen Beinen auf den Boden, während er sich die ganze Zeit über sagte, was für ein Narr er doch war. Eine Reise in die eigene Vergangenheit zu unternehmen war für manche Leute ein Vergnügen, aber der Weg in die seine war bedauerlicherweise voller Dornen.

Tom kam zu ihm herüber und rieb sich an ihm, als er das Album aufschlug. »Du kannst froh sein, dass du eine Katze bist«, murmelte Zach. »Das ist weit weniger problematisch.«

Tom miaute und rieb sich erneut an ihm.

»Nein, ich füttere dich jetzt nicht. Ich bin beschäftigt, wie du siehst.« Mit einer sinnlosen Wanderung durch seine dornige Vergangenheit, wozu nicht der geringste Grund bestand. Außer, dass er sowieso schon verärgert war und jetzt erst richtig sauer werden wollte? Möglich.

Er blätterte in dem Album und fand Schnappschüsse von sich selbst in seinem Little-League-Trikot, zu Weihnachten mit seinem ersten Taschenmesser (mit dem er es geschafft hatte, sich in weniger als zwei Stunden nach Auspacken des Geschenks zu schneiden), am Meer mit

Dexter, seinem Hund, auf der Terrasse mit seinem Bruder, seinem besten Freund Henry und dessen Schwester Anna, wo sie Limonade tranken und Faxen für die Kamera machten. Im Hintergrund, auf einem Liegestuhl mit einem Drink in der Hand, saß Tante Leslie.

Tante Leslie. Es war der schönste Tag in Zachs jungem Leben gewesen, als sie und ihre beiden Kinder nebenan eingezogen waren. Sie war die beste Freundin seiner Mom gewesen, und ihre beiden Familien hatten alles gemeinsam unternommen. Er erinnerte sich noch, wie traurig er gewesen war, als Tante Leslie weggezogen war und seine Freunde mitgenommen hatte.

Nun, da er in den Nebeln der Vergangenheit stocherte, fiel ihm plötzlich auch noch etwas anderes ein: ein Telefongespräch seiner Mutter mit seiner Großmutter, bei dem seine Mom gesagt hatte: »Für mich kann sie gar nicht schnell genug wegziehen.«

Warum?

Was spielte das für eine Rolle? Die Freundschaft mit Tante Leslie war bloß eine weitere Beziehung gewesen, die seine Mutter schließlich als unter ihrer Würde erachtet hatte. Heftiger als nötig klappte Zach das Album zu. Kein Wunder, dass er nach dem Vorbild, das er gehabt hatte, mit Beziehungen nicht zurechtkam.

Nur war Mom nicht die Einzige gewesen, die seine Psyche verkorkst hatte. Es lag noch ein anderes Album in dem Karton, das Zach nicht öffnen wollte, weil es Bilder von ihm und Ella enthielt, der letzten Frau, mit der er es ernst gemeint hatte, von dem Abend, an dem sie sich verlobt hatten. Sie waren total verliebt gewesen, oder jedenfalls hatte Zach das gedacht, bis sie ihn hatte fallen lassen und ihm das Herz gebrochen hatte.

Du warst doch schon dabei, dich von ihr zurückzuziehen, wisperte ein vorlautes Stimmchen in seinem Kopf.

»War ich nicht!«, erklärte Zach nachdrücklich genug, um Tom aufspringen und zur anderen Seite des Dachbodens flüchten zu lassen.

Zach stand auf und warf das Album und all den anderen nutzlosen Kram in den Karton zurück. Dann nahm er Tom auf den Arm und ging mit ihm hinunter, um eine dieser TV-Sitcoms zu suchen, in denen das Leben aus nichts als Lachen bestand und Probleme in einer halben Stunde gelöst werden konnten.

Ambrose war verwirrt. Irgendetwas in einem dieser Bücher, die er für Zach gefunden hatte, als er den Karton umgeworfen hatte, hatte Zach innehalten lassen, um zu tun, was Menschen anscheinend sehr oft tun mussten: nachdenken. Dann hatte er die Sachen in den Karton zurückgeworfen, und sie beide hatten diese interessante Schatzkammer wieder verlassen. Und jetzt sah Zach sehr traurig aus, was immer ein schlechter Zustand war für einen Menschen.

Was war geschehen? Zum ersten Mal in seinem Leben empfand Ambrose Mitgefühl für jemand anderen. Und entmutigt war er auch. Er hatte sein Bestes versucht, um Zach zu helfen, aber offensichtlich hatte er versagt. Mehr liegt nicht in deiner Macht, ermahnte er sich. Letztendlich mussten Menschen, wie alle anderen

Geschöpfe, ihre eigenen Entscheidungen treffen und dann mit den Konsequenzen leben.

Zach *würde* mit ihnen leben. Ambrose aber war in seinem siebten und letzten Leben und lief auf Sparflamme. Das war nicht gut, überhaupt nicht gut.

Kapitel Dreizehn

Auf der Feuerwache gab es immer viel zu tun, der Weihnachtsabend jedoch brachte noch eine zusätzliche Aufgabe mit sich. Sowie es dunkel wurde, war es Zeit, den festlich geschmückten Feuerwehrwagen herauszuholen und die verschiedenen Viertel zu besuchen, um die Einwohner mit einem Weihnachtsständchen zu erfreuen. Dieses Jahr war Zach an der Reihe, den Weihnachtsmann zu spielen und den Kindern Minizuckerstangen zuzuwerfen.

»Wir brauchen noch ein Kissen«, meinte Ray, als er Zach in seinem Kostüm betrachtete. »Mann, du füllst das Ding einfach nicht aus.«

»Dann stecken wir doch dich hinein. Da werden wir keine Kissen brauchen«, gab Zach zurück.

»Amber findet mich gut, so wie ich bin«, sagte Ray, unberührt von der Spöttelei.

»Sie kennt dich wie lange? Vierundzwanzig Stunden? Lass ihr Zeit!«

»Wir kennen uns schon sehr viel länger.«

»Ja, vom Chatten auf HeißeAbenteuer.com«, sagte Zach angewidert.

»Man kann auf diese Weise sehr viel über einen Menschen erfahren«, beharrte Ray. »Außerdem haben wir schon ein Date gehabt.« Er grinste. »Sie ist echt nett. Und heiß ist sie auch, Mann. Fast so heiß wie Merilee.«

Zumindest hatte diese neueste Eroberung Ray von Merilee abgelenkt, und das war gut so.

»Wir sollten mal alle vier zusammen ausgehen«, schlug Ray vor, als er Zach ein weiteres Kissen reichte.

»Das wird nicht passen«, antwortete Zach stirnrunzelnd.

Ray nahm das Kissen zurück. »Egal. Es wird sowieso niemand in den Wagen steigen, um zu sehen, wie dick du bist. Wir müssen uns auf die Socken machen.«

Und so fuhren sie los, mit vorweg aufgenommener Weihnachtsmusik und der entsprechenden Anlage bewaffnet, um die Musik laut genug abzuspielen, um Tote zu erwecken. Der Wagen war geschmückt mit Lichterketten und einem riesigen Weihnachtskranz vorn auf der Motorhaube. Ray saß am Steuer, während Zach aus dem Fenster hing und wie ein Narr bei einer Karnevalsparade winkte. Der vierte Juli war ihm sehr viel lieber. Dann fuhren sie mit eingeschalteter Sirene den Angel Way hinunter und sahen durchtrainiert und cool in ihren Uniformen aus. In diesem albernen roten Weihnachtsmann-Anzug dagegen schaute er aus, als wäre er aus dem Einkaufszentrum abgehauen.

Aber das hier war eine altehrwürdige Tradition der Stadt. Wenn der Feuerwehrwagen in eine Straße einbog und *Here Comes Santa Claus* spielte, rannten die Kinder auf dem Bürgersteig neben ihnen her und sprangen nach den Süßigkeiten, die der Weihnachtsmann hinauswarf. Ältere Bewohner sahen aus ihren Fenstern zu, und Mütter und Väter mit Kleinkindern winkten von ihrer Veranda.

Als sie durch Fall View Estates fuhren, erregte besonders ein Paar Zachs Interesse. Die beiden standen im Eingang eines bescheidenen, mit Lichterketten geschmückten Hauses, in dessen Vorgarten eine Weihnachtskrippe aufgebaut war. Sie waren jung und standen so dicht beieinander, dass sie aussahen wie eine einzige Person, und der Mann hielt ein Baby in den Armen.

Das könntest du sein …

Zach verdrängte den Gedanken schnell, als der Wagen die Siedlung verließ und die Straße hinunterrumpelte. Ja, das Paar sah glücklich aus. Wahrscheinlich waren sie es im Moment auch noch. Aber das würde nicht anhalten.

Das vernünftige Argument hätte diese kleine Seifenblase der Sehnsucht zerplatzen lassen müssen. Früher war es jedenfalls immer so gewesen. Diesmal jedoch nicht. Irgendetwas in ihm blieb beharrlich: Sei nicht dumm – willst du enden wie der alte Turner, verbittert und allein?

So enden? Er war längst an diesem Punkt angekommen.

Ehe er sich's versah, hatten sie gedreht und umfuhren den Parkplatz der Angel Arms Apartments. Nur war Merilee nicht da. Sie war inzwischen bestimmt bei ihrer Familie, setzte sich vielleicht schon mit ihnen an den Tisch zum Weihnachtsessen. Wie mochten ihre Eltern aussehen?

Ray gab ihm einen Schubs. »He, du Depp, vergiss das Lächeln nicht!«

Zach zwang sich, die Mundwinkel hochzuziehen.

Warum war er plötzlich so niedergeschlagen? So schlecht war sein Leben doch nun auch nicht.

Aber vielleicht auch nicht so gut. Sie waren gerade zur Station zurückgekehrt, als der Feiertagsspaß begann. Dad rief an, um ein frohes Fest zu wünschen. Zach starrte auf die Anrufererkennung und war versucht, nicht dranzugehen. Er liebte seinen Vater, doch am Weihnachtsabend hörte er nicht gern etwas von Dad. Das Handy musste dreimal klingeln, bevor der verantwortungsbewusstere Teil von Zach sich durchsetzte. Er nahm den Anruf an und sagte misstrauisch Hallo.

»Hi, mein Junge«, meldete sein Vater sich. »Ich habe gerade an dich gedacht.«

Dad dachte immer an ihn an Heiligabend. Und an David. Und Mom. Besonders an Mom. Vor allem, nachdem er sich ein paar Feiertagsdrinks genehmigt hatte.

»Wie geht's dir, Dad?«, fragte Zach und wappnete sich für die Antwort.

Für einen Moment schwieg sein Vater, und Zach hörte nur das Klirren von Eis. Offenbar rührte Dad seinen Scotch on the rocks mit dem Finger um. »Oh, gut. Danke für die Zigarren, die du mir geschickt hast. Hast du meinen Scheck erhalten?«

»Ähm, ja. Danke.« Er hätte schon in der Woche zuvor, als er ihn erhalten hatte, anrufen sollen. Dann wäre Dad noch nicht so sentimental gewesen.

»Ich dachte, du könntest dir damit vielleicht ein Flugticket kaufen und im nächsten Sommer deinen alten Herrn besuchen. Es ist lange her, Zach, dass wir uns zuletzt gesehen haben.«

»Ja, das ist es.« Er sollte Dad wirklich wieder einmal besuchen. Doch jeder Besuch wurde irgendwie zu einem nur oberflächlich getarnten Verhör über Mom. Etwa so wie Dads alljährlicher Weihnachtsanruf. Es würde jetzt nicht mehr lange dauern, bis …

Und da fing er auch schon an. »Wie geht es deiner Mutter? Hast du mit ihr gesprochen?«

»Ja, es geht ihr gut.«

Wieder entstand ein Schweigen, in dem nur das Klirren von Eiswürfeln zu hören war. »Nun, das ist gut. Freut mich, dass sie glücklich ist.« Dad stieß einen tiefen Seufzer aus. »Weißt du, nach all diesen Jahren vermisse ich sie immer noch. Ihr Kinder seid so schnell erwachsen geworden. Weißt du das? Wie geht es dir, mein Sohn? Du fehlst mir.«

»Wir werden uns in diesem Sommer sehen«, versprach Zach.

»Wir hatten auch schöne Zeiten, weißt du.«

»Ja, Dad. Wie geht es Diane?«, erkundigte sich Zach, um das Gespräch in eine weniger gefühlsselige Richtung zu lenken.

Nun hielt die Stille so lange an, dass Zach schon überlegte, ob die Verbindung unterbrochen war.

»Dad?«

»Wir haben uns getrennt.«

»Das tut mir leid«, sagte Zach und meinte es ehrlich.

Der alte Herr schien keine Ruhe mehr finden zu können. Vielleicht hatte der Umstand, dass er sich angewöhnt hatte, Mom durch sein Leben geistern zu lassen wie das Gespenst vergangener Weihnachten, etwas damit zu tun, dass Ehefrau Nummer drei ihn so kurz vor den Feiertagen verlassen hatte.

Es war erst drei Jahre her, dass Zach an der Hochzeit seines Vaters teilgenommen hatte – eine von einer Cateringfirma ausgerichtete Anlegenheit im Haus von Dads frischgebackenen Schwiegereltern, die gerade mal sechs Jahre älter waren als Dad. Der Champagner war ebenso großzügig geflossen wie die guten Wünsche. Die Braut hatte Dad angesehen, als wäre er eine Art Taschenbuchheld, und Zach hatte das Beste gehofft. Aber anscheinend vergeblich.

Den meisten Leuten erging es so. Wahre Liebe war ein Mythos.

»Ach, na ja. Du weißt ja, dass wir eigentlich gar nicht zusammengepasst haben«, sagte Dad gelassen. »Keine außer Mom war je die Richtige für mich.«

Da war Mom aber offenbar anderer Meinung gewesen. Zach runzelte die Stirn.

»Wenn du die richtige Frau findest, Junge, dann halt sie fest.« Wieder klirrten Eiswürfel. »Mehr sag ich nicht.«

Das hoffte Zach auch sehr. Er wusste nicht, wie viel mehr davon er noch ertragen konnte. »Nun, dann drücke ich dir die Daumen, dass das neue Jahr besser für dich wird.«

»Mein Leben ist im Eimer, Junge. Wie, sagtest du, geht's deiner Mutter?«

»Gut.« Sie hat ihr Leben fortgesetzt, fügte Zach in Gedanken hinzu. Das solltest du auch versuchen.

»Und wie geht's dir?«

O Mann. »Gut, Dad.«

»Kommst du mich diesen Sommer besuchen?«

Hatten sie dieses Gespräch nicht gerade erst geführt? »Sicher.«

»Vielleicht sollten wir nach Australien fliegen und deinen Bruder besuchen. Drei Junggesellen, die dort unten mal die Puppen tanzen lassen, was?«

Mit seinem Vater in Australien Frauen aufreißen – das war eine Vorstellung, die Zach so schnell nicht wieder loswerden würde. »Das ist ’ne Idee«, erwiderte er diplomatisch. Morgen früh würde Dad sich nicht mal mehr erinnern, dass er angerufen hatte, geschweige denn, worüber sie gesprochen hatten. Zum Glück. »Hör zu, Dad, ich bin im Dienst. Ich sollte jetzt besser Schluss machen.«

»Schluss machen? Ach ja, klar. Nun, dann frohe Weihnachten, mein Junge. Vergiss nicht, dass du mich diesen Sommer besuchen wirst.«

»Bestimmt nicht«, versprach Zach.

Bis zum Sommer würde Dad wahrscheinlich wieder heiraten, und Zach würde sich auf einer weiteren Gartenhochzeit wiederfinden. Der arme Dad. Ob Mom auch nur eine Ahnung hatte, was sie ihm angetan hatte?

Wahrscheinlich nicht. Vielleicht hatte sie auch nie beabsichtigt, ihm wehzutun. Vielleicht hatten sie sich schon lange vor der Trennung auseinandergelebt. Nur hatte es gar nicht danach ausgesehen. Alles schien in bester Ordnung gewesen zu sein … bis das dicke Ende gekommen war.

Wer wusste schon, was anderen widerfuhr? Am Anfang waren die Leute verliebt bis über beide Ohren, aber fast immer endete es damit, dass sie einander wehtaten. Sich ernsthaft auf jemanden einzulassen bedeutete, sich Ärger einzuhandeln. Es gab stets jemanden in der Gleichung, der alles vermasselte. Dieser Gedanke öffnete noch mehr unerfreulichen Gedanken und Visionen einer düsteren Zukunft Tür und Tor, und deshalb schüttelte Zach sich innerlich und machte sich auf die Suche nach Ablenkung.

Ray hatte die DVD des Films *Schöne Bescherung – Hilfe, es weihnachtet sehr* eingelegt, und die Jungs saßen mit Weihnachtsplätzchen und Popcorn um den Fernseher herum. Ein bisschen lachen und entspannen mit den Kumpels – perfekt. Genau das, was Zach jetzt brauchte. Er nahm sich etwas Popcorn und ließ sich zu einer, wie er hoffte, ruhigen Nacht in einem Sessel nieder.

Der Abend verlief ereignislos, bis um zehn der Notruf einging.

Die Sirene heulte los, und Zach und seine Kollegen schossen hoch wie menschliche Feuerwerkskörper. Dann kam über die Gegensprechanlage die Information von CenCom herein und durchfuhr Zach wie ein Stromschlag.

Die Männer ergriffen ihre Atemgeräte und Schutzanzüge und rannten auf den Wagen zu. In der Zwischenzeit spuckte der Drucker die Informationen aus, die schwarz auf weiß bewiesen, dass Zach sich nicht verhört hatte.

Innerhalb von Sekunden befanden sich alle im Wagen

und jagten die Straße hinunter. Wie immer war es ein Wettlauf mit der Zeit; allen war klar, dass es bei einem Hausbrand maximal nur acht Minuten dauerte, bis das Feuer von einem Raum auf den anderen übergriff.

Aufregung, Anspannung und Furcht waren in der Regel kein Thema für Zach und seine Kollegen. Wenn ein Mann eine Zeit lang bei der Feuerwehr beschäftigt war, konzentrierte er sich darauf, mit seinem Team zusammenzuarbeiten und seine Aufgabe auf die schnellstmögliche und effektivste Weise zu erledigen. Vieles war einfach Routine: sich die Informationen beschaffen, den Wagen in Position bringen und den Schlauch befestigen …

Diesmal war jedoch alles anders. Adrenalin schoss wie ein rasender Fluss durch Zachs Adern, als der Wagen mit brüllender Sirene durch die Stadt jagte. Zach kannte die Adresse, zu der sie unterwegs waren. Trotzdem dachte er: Nicht meine Familie! O Gott, nicht meine Familie! Plötzlich spielte es keine Rolle mehr, dass seine Mom seine Kindheit auf den Kopf gestellt, sich von Dad getrennt und einen anderen geheiratet hatte. Es war auf einmal auch gleichgültig, dass sie danach alle auseinandergedriftet waren. Das Einzige, was in diesem Moment für Zach zählte, war, alle lebend aus den Flammen zu bergen.

Als der Wagen eintraf, verschlang das Feuer schon die Ostseite des Hauses, wo sich die Schlafzimmer befanden. Die Nachbarhäuser waren mit Lichterketten und Kränzen an den Türen weihnachtlich geschmückt. Sanfter Schneefall hatte den Boden bereits leicht bestäubt.

Doch das brennende Haus machte die beschauliche Weihnachts-Szenerie zur Farce. Flammen züngelten in den Himmel auf, und Funken flogen taumelnd durch den Rauch wie winzige Dämonen.

Eine Menschenmenge hatte sich auf der Straße versammelt, viele trugen noch ihre Festtagskleidung, andere hatten Mäntel über ihren Pyjama oder Bademantel geworfen. Zu seiner grenzenlosen Erleichterung entdeckte Zach seine Mutter, Natalie und Kendra sehr schnell. Sie waren noch angezogen und drängten sich, in Decken gehüllt, aneinander, hielten sich in den Armen und weinten. Ein wohlmeinender Nachbar versuchte, Mom zu beruhigen, indem er ihr die Schulter tätschelte.

Aber wo war Al? Wo zum Teufel steckte Al?

Kapitel Vierzehn

Beim Anblick des Feuerwehrwagens riss Mom sich von den Mädchen los und lief zu Zach herüber. Tränen hatten weiße Streifen auf ihrem rußgeschwärzten Gesicht hinterlassen. Ihr Haar war durcheinander, ihre Augen stark gerötet. »Al ist nicht hier!«

O Gott. Zach war speiübel. Mach deinen Job!, befahl er sich.

Er überließ Mom Daniel, einem der Kollegen. Es war Daniels Aufgabe, sie zu befragen, auf diese Art detaillierte Informationen zu beschaffen und dann die genaue Vorgehensweise zu bestimmen.

»Wo ist er?«, fragte Daniel Mom, während Zach und die anderen ihre Ausrüstung anlegten und eine Flüssigkeit auf Nacken und Ohren auftrugen, die diese Hautpartien vor Verbrennungen schützen sollte.

»Ich weiß es nicht. Er ist zurückgelaufen, um die Katze zu holen.«

Ins Haus? Al war der Katze zuliebe ins Haus zurückgegangen? Zach konnte es nicht fassen. Was hatte er sich dabei gedacht? Man lief nicht in ein Haus zurück, wenn es in Flammen stand!

Daniel begann sofort, die wichtigsten Informationen durchzugeben. »Zweiundzwanzig Uhr elf. Einfamilienhaus. Zweistöckig, Holzgebälk. Feuer im Erdgeschoss greift bereits auf die erste Etage über. Mögliche Rettung …«

Eine Million Gedanken schossen Zach durch den Kopf, als er den Schutzanzug anlegte und nach Axt und Feuerlöscher griff. Was werde ich im Haus vorfinden?, fragte er sich beklommen. Ist Al schon tot? Bewusstlos? Hätte ich doch nur mit jemandem den Dienst getauscht, um Heiligabend frei zu haben! Dann hätte ich das alles verhindern können.

Diese unkontrollierten Gedanken waren kontraproduktiv, das wusste Zach. Wieder einmal schob er sie beiseite und machte sich an die Arbeit. Als Ingenieur blieb Ray beim Wagen und kümmerte sich um die Wasserversorgung, Julio entrollte bereits einen Schlauch. Die Sanitäter standen bereit, und auch der Leiterwagen war schon eingetroffen. Als Zach zum Haus rannte, konnte er aus dem Augenwinkel seine Kollegen Pete und Jason sehen, die sich darauf vorbereiteten, aufs Dach zu steigen und Löcher hineinzuschneiden.

Zach hatte gerade die Veranda erreicht, als Al hustend und mit Queenie in den Armen um das Haus herumgetaumelt kam. Gott sei Dank!, dachte Zach, als er seinem Stiefvater von der brennenden Ruine weghalf, die einmal Als Zuhause gewesen war. Al würde Weihnachten im Krankenhaus verbringen, das Haus würde monatelang unbewohnbar sein und sein Inhalt vom Rauch verdorben, aber die Familie lebte. Sie würden zurechtkommen. Zach klammerte sich an diese Überzeugung, als er, jetzt dicht gefolgt von Daniel, das Haus betrat.

Im Innern wütete ein Inferno, das laut prasselnde Feuer schien das ganze Haus zerstören zu wollen. Nach fünf Minuten schwitzte Zach in seinem Schutzanzug wie ein Spanferkel am Spieß. Die Treppe brach wie ein Turm aus Kinder-Blauklötzchen zusammen. Zach bewegte sich bei den Löscharbeiten schnell und umsichtig. Eine Erinnerung an Natalie und Kendra schoss ihm durch den Kopf, wie sie, die eine Erstklässlerin, die andere noch ein Vorschulkind, voller Vorfreude am Weihnachtsmorgen vor ihm eine andere Treppe hinuntergerannt waren. »Der Weihnachtsmann war da! Komm schon, Zachie! Schnell!« Eine Erinnerung, die Zach auf einmal lieb und teuer war.

Daniel und er löschten die letzten emporzüngelnden Flammen, bevor sie auch die Küche und das Wohnzimmer verschlingen konnten. Der Rest des Hauses war verloren.

Der Brand war in Minuten gelöscht, aber die Bergungsarbeiten und Untersuchung des Brandherdes würden noch Stunden dauern. Das war nicht Zachs Aufgabe, doch da sein Wagen als erster an der Unglücksstelle eingetroffen war, würden sie trotzdem die Letzten sein, die in die Feuerwache zurückkehren konnten.

Als das Schlimmste vorüber war, nahm er sich eine Minute Zeit, um nach seiner Familie zu sehen. Al war bereits von der Ambulanz ins Krankenhaus gebracht worden, und Mom versuchte noch immer, die Stiefies zu trösten, die beide weinten.

»Es ist alles nur meine Schuld«, schluchzte Natalie. »Ich hatte auch in Dads kleinem Arbeitszimmer eine

Duftkerze angezündet und sie dann vergessen. Sie muss die Vorhänge in Brand gesetzt haben.«

»Hätten wir uns nicht alle *Das Wunder von Manhattan* im Wohnzimmer angesehen, sondern schon geschlafen, wären wir jetzt tot«, sagte Kendra. Sie erschauderte und rieb sich die Arme, worauf Natalie noch heftiger schluchzte.

Mom drückte die beiden an sich. »Aber wir leben noch und sind zusammen. Das ist das Allerwichtigste.«

»Ihr könnt bei mir bleiben«, bot Zach seiner Mutter an. »Der Reserveschlüssel liegt unter dem großen Stein neben der hinteren Veranda.«

»Ich werde die Mädchen hinbringen und dann ins Krankenhaus fahren«, sagte Mom. Ihre Stimme war fest, doch sie sah um zehn Jahre gealtert aus.

Zach umarmte sie. »Bis übermorgen habe ich Dienst, aber dann werde ich zu Hause sein.«

»Nein, das kommt überhaupt nicht infrage«, sagte Zachs Chef. »Sobald wir hier fertig sind, verschwindest du. Du solltest jetzt ein bisschen Zeit mit deiner Familie verbringen.«

Erstaunlicherweise klang das wie eine großartige Idee.

Da sie alle nicht vor zwei Uhr morgens ins Bett gekommen waren, war Zach sicher gewesen, dass Mom und die Stiefies wie die Toten schlafen würden. Ganz gewiss hatte er nicht damit gerechnet, seine Mutter in aller Herrgottsfrühe durch das Haus geistern zu hören. Er hatte Mom sein Schlafzimmer überlassen, die Stiefies und Queenie schliefen in Grandmas altem Bronzebett im Gästezimmer, und Zach kampierte mit Tom auf der Couch im Wohnzimmer. Aber immer wieder rissen ihn das leise Ächzen und Knacken der Dielen im Obergeschoss aus dem Schlaf. Um sechs Uhr morgens hörte Zach seine Mutter dann die Treppe herunterkommen und in die Küche tappen. Sie machte jedoch kein Licht, sondern saß im Dunkeln da. Um halb sieben gab Zach den Versuch weiterzuschlafen auf und ging zu ihr.

Sie blinzelte schuldbewusst, als er in die Küche kam und das Licht einschaltete. »Habe ich dich geweckt?«

»Nein.« Sie sah so elend und verlassen aus, dass er sich vorbeugte und sie auf die Wange küsste, eine Geste, die sich ungewohnt, aber irgendwie auch richtig anfühlte. Mom roch nach seinem Duschgel. Im Geiste machte er sich eine Notiz, Kosmetikartikel für sie und die Stiefies zu besorgen. Zu dritt würden seine Mutter und Stiefschwestern im Nu alles verbraucht haben, was er im Haus hatte. Natalie hatte zweimal geduscht, bevor sie ins Bett gefallen war, weil sie meinte, immer noch den Rauch an sich riechen zu können. Über das Rauschen des Wassers hinweg hatte Zach sie schluchzen gehört.

Mom legte eine Hand an sein Gesicht, vielleicht um zu sehen, ob er wirklich da war, oder ob sie das, was gerade geschehen war, nur geträumt hatte. »Danke«, flüsterte sie.

»He, ich würde euch doch nicht auf der Straße sitzen lassen.«

»Nein, für …« Ihr versagte die Stimme, und sie

senkte den Blick auf ihre Hände, die nun fest verschränkt auf ihrem Schoß lagen.

»Du solltest versuchen, ein bisschen zu schlafen«, riet er ihr sanft, obwohl er es besser wusste. Sie würde genausowenig in der Lage sein zu schlafen, wie Natalie sich würde vergeben können.

Mom schüttelte den Kopf. »Ich kann nicht. Ich …« Offensichtlich von Gefühlen überwältigt, brach sie ab und schüttelte den Kopf.

Zach hatte die Gesichter von vielen von einem Brand Betroffenen gesehen, aber sie waren immer nur etwas Verschwommenes am Rand gewesen, wenn er zu ihren Häusern gerannt war, um zu retten, was noch zu retten war. Diesmal war es anders. Der Gesichtsausdruck seiner Mutter war für Zach wie ein Faustschlag in den Magen.

Er setzte sich ihr gegenüber und griff über den Tisch, um ihre Hand zu nehmen. »Al wird wieder gesund. Das weißt du doch, nicht?«

Sie biss sich auf die Lippe und nickte. »Ich bin froh, dass wir noch leben, aber es ist alles sehr schwer zu verarbeiten. Ich weiß nicht mal, wo ich beginnen soll. Und ich mache mir auch Sorgen, dass Natalie sich vielleicht nie verzeihen wird.«

»Es war ein Unfall«, erwiderte Zach. »Unfälle passieren.«

»Das ist leicht zu sagen, wenn man nicht der Verantwortliche ist.« Mom rieb sich die Stirn.

»Ich habe Ibuprofen«, bot Zach an.

Sie schüttelte den Kopf. »Ich habe es gefunden und

schon zwei Tabletten genommen. Zach?« Sie sah ihn aus tränenfeuchten Augen an. »Wirst du mir je vergeben können?«

Sechs kleine Worte, aber sie durchströmten Zach mit einer Flutwelle solch starker Emotionen, dass er dachte, sie müssten ihm die Brust sprengen. Ärger, Sehnsucht, Rechtfertigungsdrang und Scham – der Strudel der unterschiedlichsten Gefühle drohte ihn mitzureißen. »Oh, Mom.« Was sollte er sagen? Was sollte er denken?

»Ich kann es dir nicht verübeln, dass du nichts mit mir zu tun haben willst. Ich wünschte, ich könnte die letzten fünfzehn Jahre ungeschehen machen.«

Die letzten fünfzehn Jahre? Viel länger, Mom, dachte er. Es hatte an dem Tag angefangen, an dem sie Dad hinausgeworfen hatte. Zach rieb sich den schmerzenden Kopf.

»Jedes Mal, wenn ich anrief, warst du so wütend. Und irgendwann habe ich dann … aufgegeben. Ich war ein Feigling. Und dir eine schlechte Mutter.«

Das war es, worauf er jahrelang gewartet hatte. Eigentlich hätte er sich jetzt besser fühlen müssen, aber nach diesen Worten seiner Mutter hätte er am liebsten losgeheult wie ein Kind.

»Ach, Zach, ich wünschte, ich könnte die Uhr zurückdrehen! Dann würde ich so vieles anders machen.«

Jetzt weinte sie bittere Tränen. Ihr Kummer war so groß, dass er wie ein Ozean war, in dem sie beide unterzugehen drohten.

Zach hockte sich neben sie und nahm sie in die Arme. »Es ist schon gut, Mom.« War es das wirklich? Im

Moment war er sich dessen nicht mal sicher, aber es war das Einzige, was zu sagen ihm einfiel. Auch Zach wünschte, sie könnten die Uhr zurückdrehen, doch der einzige Weg, der ihnen offenstand, war der nach vorn.

Vielleicht war es auch gar nicht mal so schlecht, nach vorn zu schauen.

Sie nahm sich zusammen und lächelte unter Tränen. »Du bist zu einem wunderbaren Mann herangewachsen, und du ahnst gar nicht, wie glücklich mich das macht.«

Die Feststellung bereitete ihm Unbehagen, und deshalb sagte er schnell: »Ich glaube, wir brauchen ein Frühstück, Mom.«

Sie wollte aufstehen, doch er winkte ab. »Ich kümmer mich schon darum. Was möchtest du?«

»Nur Kaffee.«

»Kaffee und Eier«, beschloss Zach und machte sich an die Arbeit. »Wir haben einen langen Tag vor uns.«

Sie seufzte. »Ich fürchte, wir haben eine ganze Reihe langer Tage vor uns.«

Beim Frühstück schwiegen sie und gönnten sich einen Moment der Erholung von dem emotionalen Sturm, den sie gerade überstanden hatten. Danach ging Zachs Mutter nach oben, um zu duschen und sich anzukleiden.

Eine weitere Stunde kroch dahin, in der Zach merkte, dass er überhaupt nichts mit sich anzufangen wusste. Er räumte die Spülmaschine ein, ging zu seiner Couch zurück, kraulte den schlafenden Tom hinter den Ohren und griff nach einer Zeitschrift, um kurz darauf wieder aufzuspringen und unruhig herumzulaufen. Und als er sich dabei in seinem Haus umblickte, fiel ihm auf einmal auf, dass es nichts, aber auch gar nichts Weihnachtliches hatte.

Gegen neun holte eine von Moms Freundinnen sie ab, um mit ihr ins Krankenhaus zu Al zu fahren, und Kendra tauchte aus dem Gästezimmer auf. Als Zach sah, wie ihre Unterlippe zu zittern begann, als sie sich umschaute, wusste er schon, dass der Tag nicht mehr gut werden würde. Er hatte aber auch keine Ahnung, wie er seine Stiefschwestern aufheitern könnte.

»Kaffee?«, fragte er und bemühte sich um einen aufgeräumten Ton.

Sie nickte und folgte ihm in die Küche, wo sie auf der Suche nach einem Becher einen der Hängeschränke öffnete.

»Dort drüben«, sagte Zach, nahm dann selbst einen Kaffeebecher für sie heraus und reichte ihn ihr.

Sie dankte ihm und schenkte sich Kaffee ein. »Wo ist Angie?«

Die Stiefies hatten ihre Mutter nie »Mom« genannt, so wie er niemals »Dad« zu Al gesagt hatte. Sie waren nie eine Bilderbuchfamilie gewesen. War es zu spät, um es noch einmal zu versuchen? »Sie ist zu deinem Dad ins Krankenhaus gefahren.«

Kendra runzelte die Stirn. »Sie hätte warten sollen. Ich hätte sie gern begleitet.« Nun knabberte sie an ihrer Unterlippe, und Zach wusste ganz genau, was sie gerade dachte.

»Er kommt wieder auf die Beine«, sagte er.

Kendra ließ sich auf einen Stuhl fallen und sah ihn so

böse an, als wäre es irgendwie seine Schuld, dass ihr Vater im Krankenhaus lag. »Wie kannst du dir da so sicher sein? Woher willst du wissen, dass er nicht ein Emphysem oder so etwas bekommt?«

Zach wäre lieber zu einem Brand ausgerückt, als hier in der Küche zu sitzen und nach beruhigenden Worten für seine unglückliche Stiefschwester zu suchen. »Du hast recht, ich kann es dir nicht garantieren. Im Leben gibt es nun mal keine Garantien. Doch im Krankenhaus erhält dein Dad im Augenblick die bestmögliche Pflege.« Jetzt stiegen Tränen in Kendras blaue Augen. O nein! Zach seufzte innerlich. »He, du brauchst nicht zu weinen, Süße«, sagte er.

Zu spät. Seine Worte gingen in ihrem Schluchzen unter. »Armer Daddy.«

Ehe er sich's versah, hockte Zach ein zweites Mal an diesem Morgen vor einem der Küchenstühle und versuchte, die Dinge wieder ins Lot zu bringen. Aber er war nun einmal Feuerwehrmann und kein Therapeut, dennoch empfand er seine eigene Unzulänglichkeit als hässlichen Makel.

Eine halbe Stunde später gesellte sich Natalie zu ihnen, und noch mehr Tränen flossen. »Es ist alles meine Schuld«, jammerte sie wieder.

»He«, sagte er streng, »red keinen Unsinn, Nat!«

»Aber es ist doch wahr«, beharrte sie.

Nun ja, in gewisser Weise schon. Menschen wurden unvorsichtig, besonders an den Feiertagen. »Unsinn. Du bist doch keine Brandstifterin«, widersprach er dennoch. »Es ist ja nicht so, als hättest du Feuer legen *wollen*.

Dann könnte man von ›Schuld‹ sprechen. Es ist einfach dumm gelaufen, Nat.«

»Unser Haus ist ruiniert«, schluchzte sie. »Und Weihnachten auch.«

»Nein, das ist es nicht.« Zach hielt sie auf Armeslänge von sich weg und bedachte sie mit seinem strengsten Großer-Bruder-Blick. »Alle leben, und wir sind zusammen. *Das* ist das einzig Wichtige. Und Weihnachten ist noch nicht vorbei, also fahren wir nach dem Frühstück los, um einen Baum zu besorgen.«

»Wir haben keinen Christbaumschmuck«, wandte Natalie ein. »Ich habe ihn mit allem anderen abgefackelt.« Und schon brach sie erneut in Tränen aus.

»Ich habe Christbaumschmuck«, sagte Zach.

Kendra sah ihn zweifelnd an. »Du?«

Er runzelte die Stirn. »Wie sehe ich aus – wie der Grinch?«

»Dein Haus wirkt jedenfalls wie sein Hauptquartier«, gab sie zurück, nahm ihren Worten aber mit einem Lächeln die Schärfe.

»Nun, dann werden wir das ändern.« Zach ging zum Küchenschrank, um ein Päckchen Pfannkuchenbackmischung hervorzuholen, und stellte eine große Metallschüssel auf die Arbeitsplatte. »Zuerst werden wir uns mit einem guten Frühstück stärken, und dann fahren wir los und besorgen einen Baum.«

Er beauftragte die Schwestern, den Tisch zu decken, während er die Pfannkuchen ausbackte. Was sich als pure Zeitverschwendung herausstellte. Von dem großen Stapel, den er schließlich auf den Tisch stellte, aß keines der Mädchen mehr als einen. Natalie schaffte sogar nur einen Bissen und schob dann den restlichen Pfannkuchen zehn Minuten lang auf dem Teller herum, ohne ihn noch einmal anzurühren.

»Nimm dir einen anderen, Nat«, schlug Zach vor und hielt ihr die Platte hin.

Aber sie schüttelte nur stumm den Kopf.

Als könnte ein anderer Pfannkuchen sie aufheitern! Zachary Stone, was für ein Idiot du doch bist!

Was würde Merilee jetzt tun? Und warum zum Teufel dachte er in einem solchen Moment an sie? Vielleicht, weil sie ihr Leben immer so gut im Griff zu haben schien. Und nicht nur sie, sondern offenbar ihre ganze Familie. Wie schafften die Leute das nur? Zach hatte keine Ahnung, doch er hoffte, dass er es lernen würde.

»Also los«, versuchte er es aufs Neue, »lasst uns einen Baum besorgen! Aber vorher sollten wir noch den guten alten Tom und Queenie füttern.«

Zehn Minuten später hatte er die Mädchen in zwei seiner Anoraks und Handschuhe eingepackt, die ihnen viel zu groß waren. Mit all den nötigen Werkzeugen ausgestattet, um einen Baum zu schlagen, saßen sie in Zachs Land Rover und machten sich auf den Weg zu *Großmutters Weihnachtsbaum-Farm* zwei Meilen außerhalb der Stadt. Aus dem Radio klangen Weihnachtslieder. Vereinzelte Schneeflocken schwebten matt zu Boden und verliehen den hübsch geschmückten Häusern einen Hauch von Winterromantik.

Natalie und Kendra waren normalerweise sehr gesprächig, doch an diesem Morgen blieben sie entnervend still. Zach warf ihnen einen verstohlenen Blick zu. Kendra war offensichtlich in düstere Gedanken versunken, und Natalie wischte sich immer wieder Tränen aus den Augenwinkeln, während sie aus dem Fenster starrte.

»He, ihr zwei, es wird alles wieder gut.« Das würde es. Irgendwann würde alles wieder gut werden. Sie konnten das Haus wiederaufbauen. Und dabei konnten sie vielleicht auch gleich eine echte Familie aufbauen …

Kendra streckte die Hand nach der ihrer Schwester aus und drückte sie. »Er hat recht. Wir leben noch, und wir sind zusammen.«

»Ich weiß. Aber Daddy …« Natalies Stimme brach.

»Er wird wieder in Ordnung kommen«, versicherte ihr Zach. »Wer weiß? Vielleicht lassen sie ihn ja sogar heute schon nach Hause.«

»Das bezweifle ich«, sagte Kendra, was Natalie erneut zum Weinen brachte.

Danke, Kendra! Zach warf ihr einen ärgerlichen Blick über die Schulter zu.

»Sorry«, murmelte sie zerknirscht.

»Er wird jedenfalls schon bald nach Hause kommen«, beharrte Zach. »Also lasst uns den größten, coolsten Christbaum besorgen, den wir kriegen können, um Al willkommen zu heißen. Okay?«

Beide Mädchen nickten, und Zach atmete ein wenig auf. Es ging langsam bergauf.

Bis sie zu *Großmutters Weihnachtsbaum-Farm* gelangten und das *Geschlossen*-Schild an dem Tor auf der anderen Straßenseite sahen. Großmutter war offenbar zu beschäftigt mit dem Zubereiten des Essens, um sich am ersten Weihnachtsfeiertag mit Kunden abzugeben. Was allerdings auch nicht sehr überraschend war, da das Weihnachtsbaum-Geschäft eigentlich gelaufen war.

Kendra blickte Zach mit spöttisch erhobener Augenbraue an, als wäre es seine Schuld, dass Großmutter sich freigenommen hatte. »Und was nun?«

Ein Scheitern der Mission kam nicht infrage. Zach konnte das, was geschehen war, zwar nicht ändern, aber er konnte verdammt noch mal zumindest einen Baum besorgen. »Kommt, ich weiß, wo wir fündig werden«, sagte er und wendete den Land Rover.

Sie fuhren in die Stadt zurück und zu der Straßenecke, an der in der Vorweihnachtszeit Bäume verkauft worden waren. Jetzt standen hier aber nur noch einige wenige, von Lichterketten zusammengehaltene Tannen. Das handgeschriebene Schild an einem der Bäume verkündete *Onkel Wallys Weihnachtsbäume*. Es schien fast so, als wäre jeder im Christbaumgeschäft ein lange verschollenes Familienmitglied.

»Onkel Wally« war auch gleich zur Stelle, um sie zu begrüßen, als sie sich seiner Ecke näherten. Er sah aus wie jemand, den man gleich zu seinem Weihnachtsessen einlud, weil man gar nicht anders konnte. Er hatte einen umfangreichen Bauch, den das karierte Flanellhemd und der Parka kaum umschließen konnten, und dazu trug er weite Jeans und Armeestiefel. Auf seinem Kopf saß eine Jägermütze, und nicht einmal der dicke Schal konnte Onkel Wallys mächtiges Doppelkinn verbergen.

»Hallo, Leute«, begrüßte er sie freundlich. »Ich hab heute ein paar echte Schnäppchen für euch da.«

Zach sah sich die verbliebenen Bäume an. Dreieinhalb Meter hohe Riesen und spindeldürre Dinger, die ihre Nadeln bereits jetzt verloren. Schnäppchen. Klar. »Das kann ich sehen«, sagte er.

»Ihr habt mich gerade noch rechtzeitig erwischt«, meinte Onkel Wally und deutete mit dem Kopf auf einen kleinen Anhänger am Ende des Parkstreifens. »Die Missis und ich wollten gerade zu unserem Truthahn-Dinner heimfahren.«

Truthahn-Dinner. Oh-oh. Über ein Weihnachtsessen hatte Zach bisher nicht einmal nachgedacht. Würden die Mädchen Truthahn essen wollen? Oder würde der Anblick eines Weihnachtsessens sie nur wünschen lassen, sie wären in ihrem eigenen Haus? Aber das war eine rein hypothetische Frage. Zach verstand genug vom Kochen, um zu wissen, dass es völlig unmöglich war, noch rechtzeitig zum Abendessen einen Truthahn aufzutauen. Verdammt, es sah ja nicht mal gut aus, was den Weihnachtsbaum betraf!

»Der hier ist ganz nett«, sagte Kendra, die vor einen kleinen Baum getreten war.

Natalie blieb zurück, aber Zack ging zu Kendra und legte eine Hand um das Stämmchen, um den Baum zu schütteln. Eine Million Nadeln rieselten zu Boden. Ein schöner, trockener Baum – das war genau das, was sie brauchten.

»He«, protestierte Onkel Wally. »Vorsicht mit der Ware!«

»Das geht nicht mehr als Ware durch. Das ist Brennstoff«, entgegnete Zach. »Kommt, Mädchen, diese Bäume sind eine Feuergefahr.«

»Was erwarteten Sie denn, wenn Sie bis zur letzten Minute warten?«, rief Onkel Wally ihnen nach, als sie zu ihrem Wagen gingen. »Es ist Weihnachten, Herrgott noch mal!«

»Ach nee«, raunte Kendra.

Zach knirschte mit den Zähnen.

Sie legte tröstend eine Hand auf seinen Arm. »Das macht nichts, Zach. Wir brauchen keinen Baum.«

»Doch, den brauchen wir«, behauptete er beharrlich.

»Ich glaube aber uns sind die Möglichkeiten ausgegangen«, meinte Kendra.

»Nein, das sind sie nicht.«

»Oookaaay«, sagte sie, um ihn nicht zu verärgern. »Und was tun wir jetzt?«

»Das einzig Richtige für einen echten Mann«, erklärte er. »Wir gehen in den Wald.«

»In den Wald?«, wiederholte Natalie alles andere als begeistert.

Er drehte sich um und sah sie stirnrunzelnd an. »Was ist das Problem?«

Sie zeigte auf ihre Füße, die in schwarzen Ballerinas steckten. »Ohne Stiefel?«

Oje, natürlich. Die Mädchen hatten ja keine Winterkleidung mehr. Oder besser gesagt, überhaupt keine eigene Kleidung mehr. »Nun, dann könnt ihr zwei im Wagen warten, während ich den Baum schlage.«

»Ganz allein?«, fragte Natalie erschrocken.

»Also ich bin dafür, dass wir zu Onkel Wally zurückfahren«, sagte Kendra.

Zach schüttelte den Kopf. »Nein. Wir wollen doch nichts Feuergefährliches im Haus.«

»Auf gar keinen Fall«, stimmte Natalie aus tiefster Seele zu.

»Vielleicht macht Großmutter uns ja auf, wenn wir ihr von dem Feuer erzählen«, schlug Kendra vor.

»Das ist eine gute Idee«, pflichtete Natalie ihr bei.

Zach hielt es für aussichtsreicher, in den Wald zu fahren, doch möglicherweise war es das Beste, den Mädchen ihren Willen zu lassen. »Okay. Also wieder zurück zu Großmutter.«

Über den Fluss und durch den Wald fuhren sie zu *Großmutters Weihnachtsbaum-Farm*, einer Baumschule. Und dann hieß es für Zach, an dem *Geschlossen*-Schild vorbei über den Zaun zu klettern und den von Reihen um Reihen gesunder Tannen gesäumten Kiesweg hinaufzugehen. Hinter einer Biegung des Weges gelangte er auf eine Lichtung, auf der ein heruntergekommener Wohnwagen mit einem ebenso heruntergekommenen Laster davor stand. Ein wütendes Bellen lenkte Zachs Aufmerksamkeit auf einen Pitbull, der an einem dünnen Bäumchen angekettet war.

Das war Großmutters Zuhause?

Kapitel Fünfzehn

Einen Moment darauf erschien ein dürrer Mann von etwas über sechzig Jahren auf der Veranda vor dem Wohnwagen. Er trug Jeans und ein Sweatshirt, das schon bessere Tage gesehen hatte. Das spärliche Haar des Mannes war grau, sein Kinn mit ebenfalls grauen Bartstoppeln bedeckt. Eine Zigarette steckte in seinem Mundwinkel, und er hielt eine Flinte in der Hand. Großvater.

»Kann ich Ihnen helfen?«, rief er. Man musste nicht erst zwischen den Zeilen lesen, um zu wissen, was Großvater eigentlich sagen wollte: Hauen Sie ab von meinem Grundstück! Aber ein bisschen dalli.

Zach wusste nicht, was »hilfreicher« aussah, der Pitbull oder das Gewehr. »Ich brauche einen Baum.«

Der Mann zog die Mundwinkel herunter. »Sind Sie blind? Haben Sie das Schild nicht gesehen? Wir haben geschlossen.«

»Ich weiß, aber ich bin verzweifelt«, rief Zach zurück. »Er ist für meine Familie. Ihr Haus ist gestern Abend abgebrannt, und sie wohnen jetzt bei mir. Und ich habe keinen Baum«, fügte er hinzu. Es hatte ihn noch nie gestört, keinen Weihnachtsbaum zu haben, doch nun war es ihm plötzlich peinlich, es zugeben zu müssen, selbst vor dem alten Weihnachtsmann hier.

Der Mann schüttelte den Kopf und winkte Zach mit

einer Handbewegung weg. »Na, dann holen Sie sich einen.«

»Was bekommen Sie dafür?«, wollte Zach wissen.

»Nehmen Sie einfach einen und verschwinden Sie«, brummte der Mann und kehrte Zach den Rücken zu.

Das ließ der sich nicht zweimal sagen. Er lief den Weg zurück. Der Alte wünschte ihm ein frohes Fest und schien froh, ihn los zu sein.

»Können wir hier einen Baum bekommen?«, fragte Natalie bei Zachs Rückkehr.

»Auf jeden Fall.«

»Sie haben aber geschlossen. Wie hast du das geschafft?«, wollte Kendra beeindruckt wissen.

»Ich habe Beziehungen«, scherzte Zach und ging um den Land Rover herum, um die Axt aus dem hinteren Teil des Wagens zu holen. »Auf geht's!«

»Du hast wohl schon wieder vergessen, dass wir nicht für einen Waldspaziergang angezogen sind«, erinnerte ihn Kendra.

»Der Boden ist ziemlich stark gefroren.« Zach stampfte mit dem Stiefel auf, um es zu beweisen. »Ein paar Minuten werdet ihr es schon aushalten. Also kommt mit und helft mir, einen Baum auszusuchen!«

Kendra nickte und stieg aus, doch Natalie blieb sitzen.

Ihre Schwester öffnete die hintere Tür. »Komm schon, Nat!«

Natalie zuckte mit den Schultern. »Geht ihr zwei. Ich warte hier.«

Sie sah aus, als würde sie gleich wieder in Tränen ausbrechen.

»Los, Schwesterchen«, drängte Zach. »Du bist diejenige mit dem künstlerischen Auge. Also komm und hilf uns!«

Natalie lächelte nicht, doch sie stieg zumindest aus. Das war immerhin etwas. Zach umarmte sie kurz und ging dann durch die Reihen gut gepflegter Bäume voran.

Natalie raffte sich dazu auf, ihnen zu helfen, aber kaum waren sie wieder im Wagen, verblasste ihr Lächeln, und sie verfiel in düsteres Schweigen. Zach und Kendra wechselten einen Blick. »Es wird alles gut«, versicherte er sich und ihr.

Wieder daheim, stellten sie den Baum auf, und Zach schleppte den Christbaumschmuck vom Dachboden herunter. Tom beaufsichtigte das Ganze von der Rückenlehne der Couch aus, und sein Schwanz schlug unablässig hin und her. Als Queenie dann aber auf der Bildfläche erschien, verlor der kleine Kerl jegliches Interesse an dem Weihnachtsbaum und sprang von der Couch, um sie zu beschnuppern und ihr rußverschmiertes Fell zu lecken.

Kendra trat zurück, um ihr Werk zu begutachten. »Nicht schlecht«, sagte sie mit einem anerkennenden Lächeln.

Natalie schaffte es zu nicken. »Was denkt ihr, wie es Daddy geht?«, fragte sie leise.

Wahrscheinlich besser als dir, dachte Zach. »Lasst uns hinfahren und es herausfinden!«, schlug er vor. Er ging zu dem Schrank in der Diele und warf den Mädchen Jacken zu. »Kommt, wir gehen ihn besuchen und singen ihm ein paar Weihnachtslieder vor.«

Weihnachten im Krankenhaus war etwas, was keiner von ihnen geplant hatte, aber immer noch besser, als um einen halb geschmückten Baum herumzusitzen. Und das beste Geschenk, das er den Mädchen im Augenblick machen konnte, war, sie zu ihrem Dad zu bringen.

Falsch, korrigierte er sich. Zu ihrem und seinem Dad.

»Ich habe schon wieder gewonnen«, triumphierte Liz.

Das festliche Abendessen war vorüber, und Merilee und ihre Schwestern hatten die jüngere Generation mit einem alten Kartenspiel unterhalten, das die Familie seit Jahren spielte. Später am Abend würden sie die schwierigeren Spiele wie Trivial Pursuit herausholen.

Gloria zeigte mit dem Finger auf Liz. »Entweder hast du geschummelt, oder du bist eine Hexe«, beschuldigte sie sie sehr zur Belustigung ihrer kleinen Nichten. »Niemand gewinnt so oft beim Schwarzen Peter.«

»Das steht fest«, sagte Merilee und griff nach dem Make-up-Entferner, um die schwarzen Flecken auf ihrer Nase abzuwischen, die für all ihre verlorenen Runden standen.

»Sie ist eben einfach gut«, sagte Lance, Liz' Verlobter.

Gloria verdrehte die Augen. »Liebe macht blind.«

»Lass uns als Nächstes Sorry spielen!«, bettelte Annabelle, die älteste Nichte.

»Nein, wir machen zuerst 'ne Pause«, sagte Gloria und nahm Merilee den Make-up-Entferner ab.

Eine Pause. Das war ein geheimer Code der Schwestern, sich mit heißer Schokolade in den Wintergarten zurückzuziehen und über ihr Liebesleben zu plaudern. Liz und Gloria würden von Merilee erwarten, dass sie etwas zu erzählen hatte. Schon seit dem Abend zuvor hatten sie zwischen dem Singen der Weihnachtslieder und dem Besuch der Christmette versucht, ihr etwas zu entlocken. Bisher war es Merilee gelungen, sie zu vertrösten, doch sobald sie mit ihrer heißen Schokolade dasaßen, würde es kein Hinauszögern mehr geben.

»Ich sollte wahrscheinlich besser gehen«, beschloss sie, doch kaum waren die Worte über ihre Lippen, wusste sie, dass ihr ein taktischer Fehler unterlaufen war.

Und da verengten Glorias Augen sich auch schon. »Du gehst sonst nie so früh.«

»Musst du noch irgendwohin?«, fragte Liz und wackelte mit den Augenbrauen.

Gloria packte Merilee am Arm und zog sie aus dem Esszimmer. »Nicht, bevor sie mit uns redet.«

Fünf Minuten später hatten sie ihre Becher heiße Schokolade vor sich stehen und befanden sich hinter geschlossener Tür im Wintergarten, wo sie es sich unter handgehäkelten Decken in bequemen Polstersesseln gemütlich machten.

»So, und nun erzähl schon, wie es mit dem Männershopping läuft!«, forderte Liz sie auf. »Wir sind ganz Ohr«, fügte sie hinzu und ließ die pinkfarbenen Perlenohrringe baumeln, die Lance ihr geschenkt hatte.

Merilee, die keiner ihrer Schwestern ins Gesicht

sehen konnte, starrte in ihren Becher. All das Geld, das sie für ihr neues Äußeres ausgegeben hatten, war pure Verschwendung gewesen.

»Okay, nicht gut, vermute ich«, sagte Gloria.

Merilee seufzte und blickte auf. »Ich weiß nicht, ob das bei mir klappen wird.«

»Du musst es wenigstens versuchen«, beharrte Liz. »Außerdem hast du dich gerade erst angemeldet. Und du weißt ja, was der Volksmund sagt. Du musst eine Menge Frösche küssen, bevor du deinen Prinzen findest.«

Und was sagte »der Volksmund«, wenn man seinen Prinzen gefunden hatte, er aber ein Beziehungsgegner war, der zudem auch noch kalte Füße bekommen hatte? Eiskalte Füße, berichtigte sie sich. »Ich bin meinem ersten Frosch bereits begegnet«, sagte sie.

»Das hört sich nach einer Geschichte an«, bemerkte Liz schmunzelnd und beugte sich zu ihr vor. »Erzähl!«

Merilee schilderte ihnen die Begegnung mit Chuck, und einfühlsam wie ihre Schwestern waren, lachten sie, bis ihnen die Tränen kamen.

»Du wirst schon jemanden finden«, versicherte Gloria und wischte sich über die Augen. »Und bis dahin amüsier dich einfach. Das mach ich auch.«

»Amüsieren« nannte sie das? So ein Humbug.

Natalie lächelte sogar, als sie aus dem Krankenhaus-Aufzug traten. »Er wird wieder.« Es klang halb wie eine Feststellung, halb wie eine Frage.

Mom umarmte sie. »Natürlich wird er wieder. Er

wird morgen Abend zum Dinner zu Hause sein. Wir gehen morgen früh einkaufen und besorgen einen Schinken und alles, was dazugehört.«

»Und lasst uns noch eine schöne Weihnachtstorte backen. Eine Schokoladentorte«, schlug Kendra vor.

»Gute Idee. Das ist meine Lieblingstorte«, sagte Zach.

Kendra grinste ihn an. »Ich weiß. Deshalb habe ich es vorgeschlagen.«

Das entlockte auch ihm ein Lächeln.

Kendra seufzte müde, als sie durch die Eingangshalle gingen. »Ich kann es kaum erwarten, ins Einkaufszentrum zu gehen und mir ein paar neue Sachen zu kaufen. Dein Anorak ist super, Zachie, aber nicht meine Größe.« Sie hob lächelnd einen der weiten Ärmel, in denen ihre Hand vollständig verschwand.

Beide Mädchen ertranken buchstäblich in ihren Jacken. Mom hatte Zachs Angebot, ihr einen Mantel zu leihen, abgelehnt und fröstelte nun in ihrem Pullover.

Natalies blaue Augen wurden plötzlich riesengroß. »Und wie bezahlen wir das alles?«

Natürlich. Keine Handtaschen, keine Kreditkarten. Kein gar nichts. »Ihr könnt meine Mastercard benutzen«, sagte Zach.

»Ich bin sicher, dass Mr. Gorton, unser Bankberater, uns helfen kann«, erwiderte Mom. »Ich finde, du hast bereits genug für uns getan.«

»Ihr seid meine Familie«, entgegnete er. »Seit wann gibt es Grenzen, wie viel jemand für seine Familie tun kann?« Woher kam diese Überzeugung denn? Sie war neu, das auf jeden Fall.

»Danke, Lieber«, murmelte sie. »Ich weiß nicht, wo wir ohne dich wären.«

Er konnte spüren, wie ihm die Kehle eng wurde, doch er schaffte es zu sagen: »Kein Problem.«

»Wir haben eine Überraschung für dich, Mom«, verkündete Natalie, als sie auf dem Heimweg waren.

»Ich glaube, ich habe genug Überraschungen gehabt«, erwiderte sie.

»Nein, die wird dir gefallen«, versicherte Natalie ihr.

Bei Zach angekommen, schoben sie sie ins Haus, und Natalie lief voran, um die verstellbare Schreibtischlampe einzuschalten, die sie auf dem Kaminsims platziert und in Ermangelung einer Lichterkette auf den Baum gerichtet hatten.

Der provisorische Spot beleuchtete einen ziemlich jämmerlichen Baum, der mit ein paar goldenen Perlenketten und den Ornamenten aus Zachs früher Kindheit geschmückt war. Aber Mom schaffte es, Erstaunen und Bewunderung zu heucheln. »Wie schön!«, rief sie und lächelte Zach an. »Ich wusste ja, wie gut ein Baum in deinem Erkerfenster aussehen würde.«

»Ich will ein Foto davon für meine Facebook-Seite«, scherzte Kendra. Die Worte waren jedoch kaum über ihre Lippen, als ihr Lächeln sofort wieder verblasste.

»Meine Fotos, alle verbrannt«, sagte Mom mit Tränen in den Augen.

Das brachte auch die Mädchen wieder zum Weinen, und plötzlich hielten sich die drei in inniger Umarmung umfangen und schluchzten, während Zach wie erstarrt neben seinem kümmerlichen Baum stand und sich unbeholfen und nutzlos fühlte. WWMT? Was würde Merilee tun? Er wünschte, er wüsste es, weil er vermutete, dass es genau das Richtige wäre.

Der Verlust der Familienfotos war gewöhnlich der meistbedauerte materielle Besitz nach einem Hausbrand. Die Familienalben waren vielfach das Einzige, was eine Frau dazu verführen konnte, in ein brennendes Haus zurückzukehren. Und dagegen war auch ein Feuerwehrmann machtlos.

Außer in diesem Fall. Plötzlich wusste Zach, wie er helfen konnte.

Kapitel Sechzehn

Ambrose und Zach waren wieder in der Schatzkammer, diesmal allerdings mit Mom. Warum waren sie hier heraufgestiegen? Nicht dass Ambrose etwas dagegen hätte. Er war nur neugierig. Interessiert sah er zu, wie Zach den Karton öffnete, den er, Ambrose, gefunden hatte, als sie das erste Mal hier oben gewesen waren.

Anscheinend hatte er etwas entdeckt, das für Zach sehr wichtig war. Und auch Mom schien es viel zu bedeuten. Das konnte Ambrose daran erkennen, wie sie den Atem anhielt und eine Hand vor den Mund legte.

Er hatte diese menschliche Geste schon des Öfteren gesehen. Mütter machten sie, wenn sie über irgendwas gerührt waren. Zach war auch gerührt, nach seinem selbstzufriedenen Gesichtsausdruck zu urteilen. (Als wäre er es, der diesen Karton umgestoßen und geöffnet hatte, und nicht Ambrose! Menschen rechneten sich gern Dinge an, an denen sie gar keinen Anteil hatten.)

Apropos Menschen. Ambrose war immer noch nicht ganz sicher, warum sich all diese zusätzlichen Mitglieder der Spezies Mensch im Hause aufhielten. Er wusste, dass etwas Schlimmes geschehen war, weil diese Leute nach Rauch riechend und weinend hier erschienen waren.

Aber sie waren nicht allein gekommen. Sie hatten

Aphrodite mitgebracht, und sie konnte natürlich bleiben, solange sie wollte, wenn es nach Ambrose ging. In der Nacht, als die Menschen geschlafen hatten, hatten Ambrose und Aphrodite sich versöhnt, was er als positives Zeichen wertete, dass sein schönes, langes siebtes Leben vor der Tür stand.

Bis dahin hätte er allerdings zu gern gewusst, was es mit diesem Buch auf sich hatte, das Zach Mom gegeben hatte. Und ob es irgendwelche Auswirkungen auf Ambrose' Leben haben würde? In der Hoffnung zu erfahren, worum es ging, schlich er näher.

Mom öffnete das alte Fotoalbum, das Zach ihr überreicht hatte, und lächelte. »Sieh nur, wie niedlich du warst! Und David – was für entzückende zwei kleine Jungen!« Ihr Lächeln verblasste.

Dachte sie daran, wie anders alles hätte sein können? Aber Zach sagte nichts, weil es sinnlos wäre zu fragen.

Sie schlug die nächste Seite auf. »Apropos niedlich.«

Er blickte über ihre Schulter und sah einen mageren Jungen auf dem Küchentisch sitzen, dessen Lächeln zwei fehlende Vorderzähne offenbarte. Auf dem Tisch vor ihm stand ein Kuchen, der wie ein Roboter geformt war. Das war ein perfekter Kindergeburtstag gewesen. Sie waren damals noch eine richtige Familie gewesen. Wie wäre ihrer aller Leben verlaufen, wenn Mom und Dad zusammengeblieben wären?

»Du liebtest diesen Kuchen«, sagte Mom.

»Es war ein supercooler Kuchen.«

Sie blätterte zu einer neuen Seite um, und da war das Foto von Zach und David und ihren Freunden Henry und Anna, auf dem sie mit Tante Leslie auf der vorderen Veranda saßen.

Mom drehte die Seite schnell um, aber Zach streckte die Hand danach aus und blätterte zurück. »Was ist eigentlich aus Tante Leslie geworden?«

»Sie ist weggezogen«, antwortete Mom in nüchternem Ton.

»Warum?«

»Zach, die Leute ziehen hin und wieder um.«

Er runzelte die Stirn. Ich habe nicht nach dem Offensichtlichen gefragt, dachte er. »Ihr wart die besten Freundinnen.« Und dann waren sie es plötzlich nicht mehr. »Aber ich erinnere mich auch, dass ihr einmal Streit hattet. Worüber habt ihr euch gestritten?«

Moms Gesicht war plötzlich wie versteinert. »Über nichts, was dich betraf«, erwiderte sie steif.

»Nun, damals betraf es mich sehr wohl, Mom. Immerhin verlor ich meinen besten Kumpel. Eben waren wir alle noch die dicksten Freunde, und ehe ich mich's versah, zogen sie plötzlich weg.« Das war der Anfang vom Ende gewesen, als der Boden unter ihren Füßen sich verlagerte und aufbrach. Innerhalb von Monaten brach seine perfekte Welt zusammen. Mom hörte auf zu lächeln, verlor schnell die Geduld und explodierte leicht. Vier Monate später war Dad ausgezogen.

Moment mal …

Nein, lass es sein!, ermahnte er sich. Dieser Gedanke war völlig abwegig. Es konnte keine Verbindung zwischen Leslies plötzlichem Wegziehen und Dads Auszug bestehen. Zach *wollte* nicht, dass es hier eine Verbindung gab, und sein Verstand scheute vor der hässlichen Idee zurück.

Aber sein Bauch blieb hartnäckig. »Ich bekomme allmählich das Gefühl, dass es mich noch immer betrifft. Was ist damals wirklich passiert?« Er wollte es doch gar nicht wissen. Warum fragte er dann, verdammt noch mal?

Weil er es wissen *musste*. Es war wahrscheinlich ohnehin nicht, was er glaubte. Wenn ja, hätte er schon vor langer Zeit darauf kommen müssen.

Oder auch nicht. Vielleicht hatte er das Rätsel des plötzlichen Auszugs seines Vaters ja nie lösen wollen. Weil es zu schmerzlich gewesen wäre. Und es leichter gewesen war, Mom die ganze Schuld zu geben.

»Zach, das ist Geschichte«, sagte sie, klappte das Album zu und wollte sich erheben.

Er hielt sie am Arm zurück. »Das mag sein, aber es ist unsere Geschichte. Mom …« Er wollte es nicht aussprechen, doch jetzt blieb ihm nichts anderes mehr übrig. »Hatten Tante Leslie und Dad …«

Seine Mutter biss sich auf die Lippe und senkte den Blick.

»O Gott.« Übelkeit stieg plötzlich in Zach hoch.

»Kinder müssen nicht alles wissen, was zwischen Erwachsenen geschieht«, sagte Mom.

»Ich dachte, du hättest ihn verlassen. All diese Jahre hast du dir von mir die Schuld anlasten lassen und dich zur Bösen machen lassen. Warum?«

Sie brachte ein kleines Schulterzucken zustande. »Weil es in gewisser Weise wirklich meine Schuld war.«

»Deine Schuld?!«

»Dein Vater fühlte sich schrecklich hinterher. Er wollte, dass wir versuchten, alles hinter uns zu lassen, um einen Neuanfang zu machen. Ich auch. Deshalb bemühte ich mich, aber ich kam einfach nicht darüber hinweg.« Tom gesellte sich zu ihr, und sie kraulte ihn hinterm Ohr. »Ich sah keinen Sinn darin, es euch Jungen zu erzählen. Ihr solltet nichts Schlechtes von mir über euren Vater hören. Unsere Beziehung war zerstört, aber ich wollte nicht auch die eure noch vergiften.«

Zach fuhr sich mit der Hand durchs Haar. »Mein Gott, all diese Zeit … Mom, es tut mir leid«, sagte er, den Tränen nahe. Er war ein erwachsener Mann und könnte heulen wie damals, nachdem sein Vater ausgezogen war. So viele Nächte hatte er sein Gesicht im Kissen vergraben, wütende Tränen über die Ungerechtigkeit des Ganzen vergossen und sich den Kopf darüber zerbrochen, was er oder David verbrochen haben könnten, um Dad aus dem Haus zu treiben.

Mom nahm ihn in die Arme und küsste ihn auf die Wange. »Es ist schon gut, Zach.«

»Nein, das ist es nicht!«, widersprach er heftig und konnte die zornigen Worte nicht mehr zurückhalten. »Gott, Mom! Er hat dich mit deiner besten Freundin betrogen.«

»Er hat einen Fehler gemacht, den er sein ganzes Leben bereut hat. Wir alle machen Fehler, Zach. Ich wünschte, es wäre anders. Dein Vater und ich haben beide teuer für unsere Fehler bezahlt.«

Zach schüttelte den Kopf. »Es war so ein Schock, als er plötzlich auszog. Wir hatten ein schönes Leben vorher, und ihr schient glücklich miteinander, Mom.«

»Das waren wir auch einmal.«

»Nur hält es leider nie sehr lange an«, murmelte Zach.

»Doch, das tut es.« Jetzt klang sie verärgert. »Sieh mich an, Zach!«

Er kam sich wieder wie ein Achtjähriger vor, dem eine Strafpredigt bevorstand. Zach musste sich zwingen, ihren Blick zu erwidern.

Ihr Gesichtsausdruck war ernst. »Es kann anhalten und hält auch an. Bei deinem Vater und mir war es leider nicht so, doch dann fand ich Al, und er ist mir ein wundervoller Ehemann gewesen, und wir sind immer noch sehr glücklich miteinander. Liebe ist nicht immer die stabilste Emotion, aber wenn man den richtigen Menschen findet, ist sie das Beste, was das Leben dir zu bieten hat. Man muss das Risiko nur eingehen wollen.«

»Es ist ein großes Risiko.«

»Ja«, stimmte sie lächelnd zu, »das ist es. Doch wenn es sich auszahlt, hast du den Hauptgewinn gezogen. Für mich war es auch ein Risiko, hierher zurückzukehren«, fügte sie leise hinzu. »Und ich bin sehr froh, dass ich mich dazu entschlossen habe.«

Es war zu viel auf einmal. Ihm würde noch der Kopf platzen, wenn er versuchte, all das, was er erfahren hatte, zu verarbeiten.

»Ein Mensch hat eigentlich nur zwei Möglichkeiten, Junge. Du kannst allein durchs Leben gehen, oder du kannst etwas riskieren.«

»Ich glaube, ich gehe lieber allein.«

»Dann wird dir etwas entgehen, fürchte ich«, erwiderte sie nur.

Ein reizendes Gesicht mit großen grünen Augen und Lippen, die zum Küssen einluden, kam ihm in den Sinn. Zach schüttelte den Kopf, um es loszuwerden, aber es blieb so hartnäckig wie eine Zwangsvorstellung.

»Es ist kalt hier oben«, erklärte er, erhob sich und reichte seiner Mutter eine Hand. »Komm, lass uns hinuntergehen, dann zünde ich ein Feuer an!«

Der Rest des Tages war voller schöner Weihnachtserlebnisse. Zachs Chef kam mit einem Umschlag voller Geld vorbei, das die Jungs auf der Feuerwache gespendet hatten, damit Mom und die Mädchen sich neue Kleider kaufen konnten. Moms Freunde aus ihrer Nachbarschaft spürten sie auf und standen plötzlich Weihnachtslieder singend auf der vorderen Veranda, um ihnen nicht nur ein Festessen, sondern auch Geld und Geschenke zu überreichen. Eine Familie hatte sogar einen Korb mit DVDs für die Stiefies zusammengestellt.

Als Zach glückliche Paare und ihre Kinder *O du fröhliche, o du selige …* singen hörte, wisperte das hübsche kleine Gesicht mit den großen grünen Augen, das er wieder vor sich sah: Das könnten wir sein.

»Wunschdenken«, erwiderte er.

»Das war vielleicht toll«, sagte Natalie, nachdem die letzten Besucher gegangen waren.

»Lasst uns den Truthahn essen, solange er noch warm ist!«, schlug Mom vor.

»Und uns einen Film ansehen«, fügte Kendra hinzu.

Zach versuchte, nicht zu erschaudern, als sie *Mamma Mia* aus dem Korb zog, seiner Meinung nach einer der dümmsten Filme, die je produziert worden waren. »Ich sollte vielleicht mal auf der Wache vorbeischauen«, sagte er.

»Nein«, widersprach Kendra und packte ihn am Hemd. »Dein Chef hat dir den Tag freigegeben, damit du ihn mit deiner Familie verbringst. Und das sind wir, falls du das noch nicht gemerkt haben solltest.«

Er war auf dem besten Weg, es zu merken.

Mit Tellern voller Putenfleisch und Cranberrysauce ließen sie sich im Wohnzimmer nieder und sahen zu, wie Pierce Brosnan sich zum Narren machte, als er zu singen versuchte. Die Leute wussten nicht, was sie taten, verliebten und *ent*liebten sich, während sie einander nachjagten – was für ein selten dummer Film. Dumm genug, um einen Mann dazu zu bringen, mit seinen Weihnachtsplätzchen Ball zu spielen.

Und dann, als Zach gerade dachte, der Streifen könnte nicht noch schlechter werden, begann eine der Frauen darin zu singen: »Gib mir eine Chance! Riskier's mit mir!«

Und dieses hübsche kleine Gesicht in seinem Hinterkopf fing nun auch zu singen an: Riskier etwas! Riskier etwas! Na los. Du verdienst dir deinen Lebensunterhalt damit, in brennende Gebäude hineinzustürmen. Also sei nicht feige und riskier etwas!

Die kleine Stimme sang noch lange weiter, nachdem der Film zu Ende war.

Und als Tom es schaffte, das Cluedo-Spiel vom Fensterbrett zu werfen und Natalie es aufhob und sagte: »He, das könnte Spaß machen«, begann die Stimme zu schreien:

RISKIER ETWAS, DU TROTTEL!

Zach sprang von der Couch auf, als stünde seine Hose in Flammen. »Ich muss noch mal weg.«

Kapitel Siebzehn

Merilee hatte ihre schicken neuen Sachen gegen einen bequemen pinkfarbenen, mit Zuckerstangen bedruckten Flanellpyjama ausgetauscht. Sie hatte die Lichter an ihrem Baum angezündet und sich zum Trost ein wenig Eierlikör light zu den Weihnachtsplätzchen eingeschenkt, die ihre Mutter ihr mitgegeben hatte. Nun lag sie gemütlich unter einer weichen (tröstlichen) Decke und sah sich *Ist das Leben nicht schön?* an (was ebenfalls ein Trost sein müsste). Das perfekte Ende eines perfekten Tages.

Nein. Sie war allein. Sie hatte jetzt nicht mal mehr eine Katze. Was also sollte so perfekt sein?

Ein neues Jahr steht vor der Tür, sagte sie sich. Du wirst dein Studium wieder aufnehmen. Du wirst den richtigen Mann bei MeineAndereHälfte.com finden. Und du wirst umziehen und dir eine Katze anschaffen. Na also. Das neue Jahr sah schon viel besser aus.

Sie trank einen großen Schluck von dem Eierlikör. Das Zeug war widerlich. Nach Weihnachten würde sie gleich in den Getränkeladen gehen und einen richtigen Eierlikör besorgen. Und bis dahin würde sie … Hör auf, Zach zu einer fixen Idee werden zu lassen!

Merilee klappte den Laptop auf. Vielleicht hatte MeineAndereHälfte.com ja ein paar neue Froschkönige auf den Weg zu ihr geschickt.

George Bailey bettelte im Film darum, wieder leben zu dürfen, und Merilee checkte am Computer eine neue potenzielle andere Hälfte aus, als es an ihrer Tür klopfte. Was zum Teufel …? In die Decke gehüllt, schlurfte sie hinüber und spähte durch den Spion.

Zach? Halluzinierte sie unter dem Einfluss von zu viel Eierlikör light?

»Mach auf, Merilee!«

Sie blickte entsetzt auf ihren Flanellpyjama herab. Na prima. Wo war ihr supersexy schwarzes Top, wenn sie es brauchte? Merilee zog die Decke noch fester um die Schultern, öffnete die Tür und war überzeugt, dass ihre Wangen so rot waren wie ihr Haar, als sie ihn dort stehen und den ganzen Türrahmen ausfüllen sah.

»Zach«, sagte sie ein bisschen einfältig.

Er ließ ihr keine Zeit, noch mehr Weisheiten von sich zu geben, sondern zog sie an sich und küsste sie. Und was für ein Kuss das war! Das Einzige, was Merilee davor bewahrte, in Flammen aufzugehen, war ihr schwer entflammbarer Pyjama.

Träumte sie? Nein. Ihre Augen waren noch groß vor Schock, und da war dieses gut aussehende Gesicht ganz dicht vor ihrem. Zach, er war wirklich gekommen. *Ooh.*

Aber … »Was tust du hier?«, wollte sie wissen, als er schließlich ihren Mund freigab. Und warum fragte sie überhaupt? Unter welchem Weihnachtszauber er auch stehen mochte – wollte sie ihn brechen?

»Ich riskiere etwas«, antwortete er und küsste sie erneut.

Alle potenziellen Froschkönige und Prinzen waren sofort vergessen, und die Decke fiel zu Boden.

Aus dem Fernseher schrie Mary Bailey: »Es ist ein Wunder!«

Und sie hatte recht.

Epilog

Ein Jahr später

Das ist Leben, dachte Ambrose, während er sich am Feuer genüsslich streckte. Und es sah ganz so aus, als würde es ein schönes, langes Leben werden.

Er hatte es sich schließlich auch verdient. Es war nicht leicht gewesen, Merilee und Zach zusammenzubringen, aber er hatte es geschafft. Noch immer blickte er auf einige seiner Leben zurück und konnte ihnen keinen Sinn entnehmen. Eins wusste er jedoch mit Sicherheit: Dieses letzte war sein wichtigstes gewesen. Er hatte es gut genutzt.

Und es hatte sich gelohnt. Draußen schneite es in dicken Flocken, die einen eisigen Teppich auf den Rasen legten, aber in Zachs Wohnzimmer war es sehr gemütlich. Weihnachtsmusik kam aus dem komischen kleinen Ding auf Zachs Couchtisch, und im Erkerfenster stand ein Weihnachtsbaum, dessen Lichter verführerisch blinkten. Aber Ambrose war zu schlau, um sich dazu verleiten zu lassen, sich dem Ding zu nähern. Er hatte genug Zusammenstöße mit Christbäumen gehabt, um für ein ganzes siebtes Leben zu reichen. Trotzdem war es schön, den Baum aus der Ferne zu bewundern.

Als Ambrose seine abendlichen Streckübungen beendet hatte, zog er zur Couch um, auf der Zach und Merilee aneinandergekuschelt vor Zachs Computer saßen und sich Bilder von Bräuten ansahen. Zufrieden machte Ambrose es sich auf Merilees Schoß bequem. Sie war irgendwo gewesen, was sich »Tierärztliche Hochschule« nannte, aber zu den Feiertagen heimgekommen, und zur Begrüßung hatte Zach ihr einen Diamantring geschenkt.

Ambrose wusste, was das bedeutete. Katzen hielten sich nicht mit solchem Brimborium auf, aber Menschen schienen Dinge wie Ringe und Zeremonien zu brauchen, bevor sie ihre Paarung ernst nehmen konnten.

Im Sommer würde also eine richtig große Zeremonie stattfinden – und dann würden irgendwann bestimmt auch Kinder kommen. *Puh*. Doch im Leben einer jeden Katze mussten auch hin und wieder ein paar Tropfen Regen fallen.

Ein neues Lied begann, und ein Chor von Menschen begann zu singen: »We wish you a Merry Christmas.«

Es war ein fröhliches Weihnachtsfest gewesen, mit Zachs ganzer Familie und einer Menge Frauen, die Ambrose gestreichelt und verwöhnt hatten. Aphrodite hatten sie daheim gelassen, aber das war okay gewesen, weil es mehr Aufmerksamkeit für ihn bedeutet hatte. Aphrodite und er hatten es geschafft, in Kontakt zu bleiben, und später am Abend würde er wahrscheinlich noch zu einem Rendezvous aus seiner Katzentür schlüpfen. Ah, das Leben war schön!

»We wish you a merry christmas«, sang der Chor, »and a happy new year.«

Ein Scheit verlagerte sich im Feuer und blieb mit einem kleinen Zischen liegen, das sich so anhörte wie: Und ein glückliches siebtes Leben!

Danke, dachte Ambrose, schloss die Augen und begann zu schnurren.

Danksagungen

Wie immer habe ich vielen Leuten zu danken, die mir geholfen haben, Ambrose' Geschichte zu erzählen. Meinen herzlichen Dank an Daniel Olson, den Feuerwehrchef Poulsbos, Washington, der sich die Zeit nahm, mir die Arbeitsweise der Feuerwehr zu erklären. Die Bürger von Poulsbo zu beschützen und Sheila auf dem Laufenden zu halten – ich weiß nicht, was die größere Herausforderung war! Jedenfalls danken Ambrose und ich Ihnen. Meinen Autorenfreundinnen Susan Wiggs, Elsa Watson, Anjali Banerjee und Kate Breslin danke ich für all ihre großartigen Beiträge, als ich Ambrose' Geschichte schrieb. Und natürlich auch ein großes Dankeschön an meine fantastische Redakteurin Rose Hilliard und meine großartige Agentin Paige Wheeler. Ihr macht die Arbeit zu einem Vergnügen!